RUDOLF RUSCHEL

RUHET IN FRIEDBERG

Kriminalroman

btb

Prolog

Bevor Hubert Döller im Alter von 48 Jahren als Elfriede Statzinger begraben wurde. Bevor die kleine österreichische Ortschaft Friedberg ins Visier von Interpol geriet. Bevor die Mafia-Spitzel unruhig wurden, tote Hunde Post bekamen und der Polizei vor lauter Vermisstenanzeigen das Druckerpapier ausgegangen ist. Vor dem Polocheinriss Jesu Christi. Vor dem Hass, dem Leid, der Gier. Vor den gebrochenen Knochen und Versprechen, den abgetrennten Gliedern und verscharrten Träumen. Vor den Kehlen, die kein Wort hervorbrachten, den Blicken, die jedes Maß verloren, und den Wunden, die nicht heilen wollten. Vor alldem ist der Rebhansel Wirt am Klo gesessen und hat gegrübelt...

Kapitel Eins

Bier Allee

»Kennen Sie das, wenn einen den ganzen Tag das Gefühl beschleicht, man hätte etwas vergessen? Wenn einem immer und immer wieder derselbe Gedankenbrocken zwischen die Synapsen funkt, aber man einfach nicht dahinterkommt wieso, weshalb, warum? Oft versucht man dann, den Gedanken zu verdrängen. Wird schon nicht so wichtig gewesen sein, sagt man sich. Aber wenn es nicht wichtig war, warum besteht dann das Hirn so vehement auf diesen einen ganz bestimmten Gedanken?

Vielleicht, weil Gehirne generell schwer loslassen können. Sind ja oft ziemlich nachtragend, diese grauen Zellen. Da knallt der Vater seinem Kind ein paar, und das Kinderhirn schleppt das dann so lange mit, bis es erwachsen geworden ist und sich beim eigenen Spross denkt: Na ja, geben wir dem Buben halt auch ein paar, wird schon nicht schaden. Andererseits, so große Probleme mit dem Loslassen kann das

Hirn auch wieder nicht haben, weil Hochzeitstage, Geburtstage und die ganzen Hausaufgaben früher – da war das Loslassen überhaupt kein Problem.

Und beim Rebhansel Wirt war Loslassen sowieso mehr Regel als Ausnahme, in dem seinen Rübenschädel sind die Informationen meistens bloß auf der Durchreise. Deswegen war es ja auch so komisch, dass sich ausgerechnet bei ihm dieses ungute Gefühl des Vergessens breitgemacht hat, noch dazu, weil es an diesem Tag ohnehin nicht gut bestellt war um den Rebhanselrübenschädel. Das kennen Sie ja sicher auch, wenn am Vortag ein paar Schnäpse zu viel geflossen sind, dann laufen im Kopfkino eher Trailer als abendfüllende Hollywood-Opern.

Normalerweise sind dem Rebhansel ja ein paar Schnäpse egal, weil alte Bauernregel: Da, wo ein Normalsterblicher die Latschen aufstellt, wird so ein gestandener Wirt erst richtig warm. Aber gestern hat er einen Fehler gemacht, er hat geraucht, und zwar nicht wenig. Der Arzt hat ihm das strengstens verboten, und eigentlich hat er auch aufgehört – ist jetzt sogar ein Nichtraucherlokal, seine Bier Allee. Doch mit Verboten ist das halt so eine Sache, um zwei in der Früh hält so mancher Gast davon genauso viel wie der Rebhansel von Sushi, Yoga und Dinkelmehl: nix. Und weil ein Wirt auf sein Geschäft schauen muss, schmeißt er die Leute natürlich nicht raus. Im Gegenteil, einem guten Wirt bleibt in so einem Fall nichts anderes übrig, als sich dazuzusetzen und mitzurauchen. Manchmal wird's dann ein ganzes Packerl, kommt drauf an, wie viel getrunken wird. Und gestern wurde viel getrunken, das hat er jetzt gespürt. Das und eben dieses Gefühl, dass er irgendwas vergessen hat.

Beim Zähneputzen hat er gegrübelt, am Klo, wie er sich angezogen hat und wie er wieder in seine Bier Allee gefahren ist, war er immer noch am Grübeln. Nur leider: ohne Erkenntnis.

Am Ende ist er dann natürlich doch noch draufgekommen. Nicht von allein, versteht sich – wie auch, bei dem Brummschädel. Aber als er die Tür zur Bier Allee aufgesperrt hat, ist die Erkenntnis quasi wie auf dem Präsentierteller vor ihm gelegen. Mitten im Lokal, zwischen den umgekippten Barhockern, regungslos am Boden und bleich im Gesicht: der Andi.

Sie kennen die Bier Allee nicht, das hab ich Ihnen an dieser Stelle voraus, aber sagen wir so: Es ist nicht unbedingt von Vorteil, sie zu kennen. Die Bier Allee ist eines von jenen Wirtshäusern, wie sie eigentlich in jedem österreichischen Dorf zu finden sind. Dort sieht man immer dieselben alten Saufbrüder, die sich immer dieselben alten Geschichten in ihrer ewig gleichen Stammtischmentalität erzählen. In solchen Etablissements wird viel geschimpft. Über Ausländer, über Politiker, über die Jugend und eigentlich über eh alles, was in der Zeitung steht. Und Sie sehen schon – über die Jugend schimpfen –, daran erkennt man den Altersdurchschnitt der Gäste, der sich irgendwo bei 50, 52, also knapp nach oder vor der Frühpension einpendelt.

Da fragt man sich schon, was der Andi da eigentlich zu

suchen hatte, mit seinen 26 Jahren. Und besondere Preisfrage natürlich: Was hatte er am Boden der Bier Allee zu suchen?

Der Rebhansel Wirt war im ersten Moment auch keine große Hilfe, weil der, ganz biblisch, einen auf Salzsäule und das große Starren. Aber dann ist der Groschen gefallen.

»Andi, steh auf, du musst zum Friedhof! Ist schon spät«, hat er ihn angeschnauzt, denn jetzt ist ihm alles wieder eingefallen. Dass der Andi gestern irgendwann einfach stockbesoffen vom Hocker gekippt ist und sich nicht mehr bewegt hat. Dass es dem Rebhansel schlicht gesagt zu blöd war, ein Taxi zu rufen, ihn rauszutragen, dem Fahrer Geld zu geben und so weiter. Und deswegen hat er ihn am Boden liegen gelassen, weil dem Rausch ist es ja egal, wo er sich herausschläft. Aber bevor er dann um fünf in der Früh aus seinem Lokal gewankt ist, hat der Andi noch etwas dahergelallt, was ungefähr so klang wie: mussmiaufwecknmorgenumelf. Und der Rebhansel hat so etwas geantwortet wie iweckdirechtzeitigmachmascho. Aber so lange wie der Rebhansel im Bett war, kam der Weckruf natürlich viel zu spät.

Rückspiegelerscheinung

»Scheiße«, hat sich der Andi gedacht, und gesagt hat er es auch, aber mit einer so brüchigen Stimme, dass es absolut niemand verstanden hätte. Zuerst war alles dumpf und weit weg, aber als dann der glasige Blick vom Andi den glasigen Blick vom Rebhansel Wirt getroffen hat, da ist es ihm sofort wieder eingefallen: die Beerdigung, scheiße!

Er wollte dann zackigst aufspringen und zur Tür hinaus, aber so schnell ist man halt nicht auf den Beinen, wenn einem die Marille, die Zwetschke, die Himbeere und das restliche Schnapsrepertoire der Bier Allee tief in den Knochen sitzt. Also ist der Andi gleich einmal gegen die Barhocker geknallt, und der Rebhansel musste ihm aufhelfen. Dann hat er ihm einen großen Krug Wasser auf die Schank gestellt, den der Andi runtergezischt hat wie ein Weltmeister, und im nächsten Moment war er auch schon zur Tür hinaus.

Und jetzt, bitte kein Vorbild nehmen: Da hält sich der Mensch gerade mal drei Minuten auf den Beinen, schwankt wie ein Schiff, kann kaum aus den Augen schauen, und trotzdem steigt er in seine Benzinschleuder und macht einen auf Mika Häkkinnen – und das, obwohl er es gar nicht weit gehabt hätte. In Friedberg hat man es eigentlich nie weit, egal woher man kommt und wohin man will. Eine Hauptstraße mit ausgedünnter Ladenzeile, die Kirche oben am Hang, ein paar verwinkelte Gassen links rechts, der Marktplatz, die besseren Häuser am Waldrand, die Gemeindebauten ein bisschen versteckt, ein Bahnhof, ein Gasthof, ein Friedhof und das war's. Da könnte man durchaus flotten Fußes oder vielleicht mit dem Rad – aber nein, natürlich wird der PS-Bolide angeschmissen und der Bleifuß durchgedrückt, egal wie viele Restpromille in der Blutbahn sprudeln.

Der Andi war noch so im Öl, er hat nicht einmal bemerkt,

dass er nicht alleine war im Auto. Erst bei der Kreuzung Haller Haus Konditorei Schrick, wo man sich so richtig schön in die Kurve legen kann, da hat es hinten plötzlich einen Bumperer gemacht und gleich darauf ein lautes:

»He!«

Der Andi wäre beinahe in den Jeep vom alten Schrick gekracht, so erschreckt hat er sich, aber passiert ist dann doch nichts. Im Rückspiegel ist bloß der Fipsi aufgetaucht, hat sich den Kopf gerieben, und jetzt ist dem Andi noch etwas eingefallen.

Das war fast so wie beim Rebhansel Wirt, nur hat der Andi ja nicht einmal gewusst, dass ihm etwas einfallen hätte sollen. Der ist ja quasi direkt aus dem Koma in die Barhocker gehechtet, dann kurzer Abstecher zum Wasserkrug und mit 90 Sachen Richtung Friedhof – da bleibt einfach keine Zeit zum Grübeln, der Hirntrakt zählt die wichtigsten Organe durch und das war's auch schon wieder. Aber mit dem verquollenen Fipsi im Rückspiegel ist seine Erinnerung zurückgekommen.

Er hat ja gestern nicht alleine mit dem Rebhansel Wirt die Schnapsbestände dezimiert. Sein bester Freund Fipsi war natürlich mit von der Partie, hat aber schon früher schlappgemacht. Und weil dem Andi das zu blöd war mit dem Taxi rufen, raustragen, Geld zahlen und so weiter und so fort, hat er ihn einfach in sein Auto auf die Rückbank gelegt. Dem Rausch ist es ja egal – na Sie wissen schon. Und eigentlich nicht blöd vom Andi, weil der Fipsi musste ja auch zum Friedhof.

Bocelli vom Band

Wie der Andi mit seinem tiefergelegten Golf auf den Friedhofsparkplatz gebrettert ist, haben ihn gut drei Dutzend zornige Augenpaare gleichzeitig angefunkelt – so spät waren sie dran. Das muss ein Gefühl sein, sag ich Ihnen, gar nicht schön, aber kehrtmachen ging jetzt auch nicht mehr, also sind sie schnurstracks und bucklig wie die Diener an den Trauergästen vorbei und direkt ins Pfarrerkammerl. Normalerweise ziehen sie sich ja schon vorher im Betrieb um, aber für Fälle wie diesen liegen im Pfarrerkammerl immer Talare bereit. Leider waren nicht nur die Talare da, sondern auch der Geri.

Der Geri war Pfarrer, aber er wollte immer nur Geri genannt werden. Nie beim Nachnamen, nie Herr Pfarrer und Hochwürden schon mal gar nicht. Der Geri ist nämlich ein ziemlich lockerer Kerl, lässt für die Dorfjugend beim Feuerwehrfest schon mal eine Runde Alkopops springen, sieht das mit dem vorehelichen Liebhaben nicht so streng, und um die Welt gereist ist er auch, nur auf seinem Fahrrad. Aber jetzt war der Geri gar nicht locker.

Gleich wie der Fipsi mit fahlem Gesicht reingestolpert ist, ging's los: Was das für eine Arbeitseinstellung sei, das lasse er sich nicht bieten, wie sie wieder aussehen, so kann man keine Trauerfeier ausrichten, wir sind ja nicht bei den Hottentotten, und, und, und. Von Lockerheit und christlicher Nächstenliebe – keine Spur.

In seinem rauschigen Restdusel wollte der Fipsi nachhaken, ob der Geri auf seiner Reise die Hottentotten ausgelassen hätte, weil sonst wüsste er ja sicher, dass Hottentotten eine abwertend rassistische Bezeichnung ist und dass es sich dabei um einen Sammelbegriff für die in Namibia lebenden Völkerfamilien der Khoikhoi handelt.

Das ist halt so eine Marotte vom Fipsi, besonders in Stress-Situationen. Da kann es noch so hoch hergehen und jeder noch so viel im Dreieck springen – der Fipsi fängt an zu schwadronieren, dass die Redewendung »im Dreieck springen« aus einem Berliner Gefängnis stammt, welches Friedrich Wilhelm der Vierte im 19. Jahrhundert unter speziellen architektonischen Bedingungen errichten ließ und so weiter und so fort und so langweilig.

Im Prinzip waren da ja manchmal ganz interessante Sachen dabei, und er hat auch wirklich viel gewusst über solcherlei Dinge. Aber was er halt oft nicht gewusst hat, ist das Datum, welche Schuhe zu einer Hose passen, wie man eine Krawatte bindet und vor allem: Wann man besser die Schnauze halten sollte.

Da musste der Andi oft ein bisschen Nachhilfe geben, und als der Fipsi schon dazu ansetzen wollte, dem Geri mit seinen Hottentotten den letzten Nerv zu rauben, hat ihm der Andi den Talar ins Gesicht geschleudert und geschnauzt: »Anziehen, aber dalli!«

Und jetzt muss ich ein bisschen ausholen, weil wahrscheinlich haben Sie noch nie bei einer Bestattung gearbeitet. Also, bei der Bestattung, da gibt es den Chef, zu dem kommen Sie, wenn ein Angehöriger ins Gras gebissen hat und Sie derjenige sind, der sich um das ganze Verabschiedungs-Brimborium kümmern muss. Sie kreuzen also bei der Bestattung auf und dann wird einmal traurig händegeschüttelt, traurig kopfgeschüttelt und traurig gesagt, wie traurig das alles ist. Dann sagt der Chef so etwas wie: Mahagonisarg mit Messingbeschlägen, und Sie sagen: Fichte reicht. Und der Chef sagt wieder: Trauermusik vom Streicherquartett, und Sie sagen: Bocelli vom Band reicht. Am Ende sagt dann der Chef: 45.000 Schilling, und Sie sagen nix mehr. So eine Bestattung ist halt arg kostspielig. Die ganze Verwaltung, Organisation, Behördengänge, Pipapo, da kommt schon einiges zusammen. Weil natürlich ist der Chef nicht alleine, der braucht ja auch seine Arbeiter, die alles für ihn erledigen.

Bei der Beerdigung selbst reden Sie dann entweder mit einem von denen oder dem Chef, je nachdem, wer Sie sind und ob Sie den Mahagonisarg oder die billige Holzklasse gewählt haben. Und wenn man ehrlich ist: Der Chef wäre den meisten dann doch lieber, weil mit den Arbeitern, das ist halt so eine Sache. Denen müsste man ja vielleicht die Hand geben, und wer weiß, wen die vorher angefasst haben. Den runzeligen Leichnam der eigenen Oma, oder noch schlimmer einer wildfremden Oma, nein, nein, so jemanden möchte man lieber nicht berühren. Die Bestatter sind da nicht so zimperlich, die schütteln alle Hände, da muss nicht mal ein Körper dranhängen.

Sehen Sie, wenn einer aus dem zehnten Stock springt, damit er den Schuldeneintreibern einen Strich durch die Rechnung machen kann, wer ist dann zur Stelle? Die Bestatter. Wenn einer mit 180 Sachen auf die Gegenfahrbahn kommt, weil er meint, sich seinen Rausch am Lenkrad ausschlafen zu müssen, wer ist dann vor Ort? Die Bestatter. Und wenn auf der Gegenfahrbahn auch noch ein Laster unterwegs ist, dann heißt es oft: einsammeln, abkratzen, retten, was zu retten ist, und losgeht das große Puzzeln. Welche Hand gehört zu welchem Arm, wo ist der große Zeh abgeblieben, wer hat den passenden Kopf zum Jeanskleid-Torso – ich denke, wir verstehen uns.

Der Andi und der Fipsi mussten so etwas natürlich nie machen, die waren ja auch keine richtigen Bestatter, sondern nur Aushilfsträger. Weil bei den meisten Bestattungen gibt es Aufgaben, dafür braucht es keine großen Puzzler. Man braucht nur irgendwelche Rentner, Studenten oder andere Dodeln, die für 200 Schilling pro Begräbnis den Sarg von A nach B schleppen, die Urne polieren, Kränze aufschlichten, dem Pfarrer helfen oder das Kreuz tragen.

Kreuz tragen, das kennen Sie ja sicher aus den Filmen. An der Spitze eines ordentlichen Trauerzuges geht immer einer mit dem Kreuz. Dann kommt der Pfarrer, gefolgt von Sarg plus Träger und zum Schluss die Angehörigen. Die Sargträger sind eigentlich immer Festangestellte und Aushilfen, aber Kreuztragen ist meistens Hilfsarbeit. Obwohl, so unwichtig, wie alle immer tun, ist der Kreuzträger auch wieder nicht, weil er trägt ja nicht nur das Kreuz, sondern auch die Verantwortung. Schließlich machen alle einen auf bibeltreuen Lemming und trotten dem Kreuzträger stur nach. Und an dem Tag sind alle dem Fipsi nach.

Zunächst ist alles noch halbwegs glatt gelaufen. Der Andi und der Fipsi haben sich im Pfarrerkammerl schnell den Rausch aus dem Gesicht gewaschen, den Talar übergezogen, und dann ging es auch schon los: Fipsi mit Kreuz zu Geri, Andi zu den anderen Sargträgern.

Es war eine Affenhitze in der kleinen Kapelle, und noch dazu hat sich der Geri ziemlich ins Zeug gelegt, sprich: Trauerrede de luxe mit extra viel Pathos. Vaterunser hier, der Herr sei dein Hirte da, ein bisschen Weihrauch schwingen, ein bisschen Abschiedslieder singen – da dauert so eine Zeremonie schon mal eine Stunde oder länger.

Für den Andi kein Problem, der stand ja gemütlich hinten mit den anderen Sargträgern und hat gewartet, bis der Geri endlich fertig war. Aber Fipsis Platz war leider Gottes vorne. Erhobenen Kreuzes hat er mit der Leiche quasi um die Wette gesaftelt, was der Leiche natürlich egal sein konnte, aber dem Fipsi nicht. Der musste gleichzeitig Kreuz hochhalten, mit dem Würgereflex kämpfen, und wenn keiner hinsah, hat er sich schnell den Suffschweiß von der Stirn gewischt. In den hinteren Sitzreihen ist auch schon ein Gemurmel laut geworden, dass sich der Herr Kreuzträger am besten gleich in den Sarg mit dazulegen sollte, aber das hat der Fipsi gar nicht mitbekommen. Der ist erst wieder aus seinem Delirium herausgerissen worden, als der Andrea Bocelli vom Band gesungen hat, und dann ging es raus an die frische Luft.

Das war zwar nicht wirklich besser, weil draußen am Friedhof noch drückendere Hitze, aber wenigstens haben ihm keine dutzend Augenpaare beim Schwitzen zugesehen. Gar nicht schön, was da alles aus seinem Körper rausgekommen ist. Das Bier, die paar Achtel Weiß, der Jägermeister, die Marille, die Zwetschke, das ganze Knabbergebäck, die Zigaretten – gefühlt ist die halbe Bier Allee aus seinen Poren geflossen. Aber auch, wenn er gestern schwer gesündigt hatte und der Suffschweiß mehr als verdient war – es kam ihm dann doch sehr komisch vor, als er plötzlich schwarz geschwitzt hat.

Das war natürlich ein kompletter Blödsinn. Niemand schwitzt schwarz. So etwas hab ich in meinem Leben noch nicht gehört, dass einer schwarz schwitzt. Vielleicht im übertragenen Sinne Blut oder von mir aus auch Urin – das geht wirklich –, aber schwarz? Zu Fipsis Verteidigung muss man sagen, dass der Kopf im Restrausch oft die seltsamsten Gedanken fabriziert. Und als er sich den Schweiß von der Stirn gewischt hat und seine Finger schwarz waren, ist ihm als Erstes Strafe Gottes, Pest und Cholera eingefallen. Ein jeder halbwegs mitdenkende Mensch hätte sich natürlich zuerst gedacht: Da hab ich wahrscheinlich Dreck auf der Stirn – aber an der Gedankentheke vom Fipsi war Logik eben aus.

Erst als er dann bei der Friedhofskapelle vorbei auf den Hauptweg gebogen ist, ganz gemächlich mit der kompletten Trauersippe im Nacken, da ist ihm klar geworden: Er schwitzt nicht die Strafe Gottes, er schwitzt Kugelschreibertinte. Und die schwitzt er nicht wirklich, sondern die hat er einfach auf der Stirn gehabt. Und eigentlich gehört die nicht auf seine Stirn, sondern auf seinen Handrücken.

Vorher im Pfarrerkammerl hatte er sich nämlich, wie immer, schnell die Grabparzellennummer notiert, damit er nicht vergisst, wohin mit dem Sarg und den Angehörigen. Da stand dann zum Beispiel: R24Z12-817 oder R02Z55-208. Aber jetzt stand auf seiner Hand bloß: R irgendwas mit 3 oder 5 oder 8 oder weiß der Teufel.

Und das war natürlich eine ganz blöde Geschichte, weil: Wohin jetzt mit den Leuten? Außer den Angehörigen wusste ja niemand, wo das Grab war, und vor versammelter Menge zurück zur alten Trauerwitwe gehen und fragen: Entschuldigung, aber wissen Sie, wo die letzte Ruhestätte Ihres Mannes liegt – peinlicher geht's ja wohl kaum. Und irgendwie hat der Fipsi dann auch geglaubt, er braucht die Nummer auf seinem Handrücken gar nicht, weil vor seinem geistigen Auge ist plötzlich die R33Z18 aufgetaucht. Die Schlussziffern haben die Geistergucker nicht erspäht, aber die waren im Prinzip unwichtig, denn wenn man erst einmal die richtige Reihe und Zeile hatte, dann konnte man die Grabstelle eigentlich nicht verfehlen. Vorausgesetzt natürlich, es war die richtige Reihe und Zeile.

Zehn Minuten ist der ganze Trauerzug schweren Schrittes dem Fipsi nach, beim Kriegerdenkmal links, Richtung Reihe 33, hinein in Zeile 18 und dann war da nichts, nada, geschlossene Gesellschaft. Der Fipsi hat einen Schweißausbruch nach dem anderen bekommen, die Sargträger natürlich alle schon am Schnaufen und das Raunen im Trauerzug war langsam unüberhörbar. Jetzt hat der Fipsi geglaubt, dass irgendwer R20 hätte fallen lassen. Sicher war er natürlich nicht, aber etwas Besseres ist ihm auch nicht eingefallen, also ging er unauffällig weiter. R20 war es dann aber leider auch nicht, R27 schon gar nicht und als sie nach einer Dreiviertelstunde in R12 eingebogen sind, musste sich die Witwe des Verstorbenen hinsetzen, und irgendwer von den Angehörigen hat dem Fipsi zugezischt: beim Kriegerdenkmal gleich rechts, Reihe eins.

Ich kann Ihnen sagen, der Fipsi war noch nie so froh, ein offenes Grab zu sehen, wie in diesem Moment. Der Andi und die anderen haben drei Kreuze gemacht und den Sarg rüber zum Grab gehievt, der Geri hat seinen Text im Eiltempo heruntergespult, die Angehörigen waren gedanklich auch schon beim Leichenschmaus, und da alle so fertig ausgesehen haben, hat gar niemand bemerkt, dass einer so richtig am Ende war.

Blass um die Nase ist der Andi ja schon die ganze Zeit über gewesen, keine Frage. Aber wie er und die anderen Bestatter dann den Sarg mit allerletzter Kraft ins Grab gleiten haben lassen, da hat sich seine Gesichtsfarbe in eine Richtung hin verwandelt, dass der Fipsi kurz schmunzeln musste. Küflü Peyniri, hat er sich gedacht, und das war jetzt wieder typisch Fipsi, weil niemand sonst auf so einen bescheuerten Gedanken kommt, dem Andi sein Gesicht mit türkischem Blauschimmelkäse zu vergleichen. Obwohl andererseits: Gegenüber vom Andi ist der Macho gestanden, der Vorarbeiter der Truppe, und der hat sich etwas Ähnliches gedacht. Natürlich ist dem kein so ein origineller Vergleich in den Sinn gekommen, nicht mal ansatzweise. Der Macho hat sich einfach nur gedacht, der Andi sieht aus, als müsste er gleich speiben.

Und was soll ich sagen: So interessant der Vergleich mit dem Küflü Peyniri auch war – in Käse hat sich der Andi nicht verwandelt...

Gewichtige Argumente

Zwanzig Minuten später haben in der Bestattung sämtliche Lampen gezittert, so hoch ist der Macho an die Decke gesprungen. Und wenn man eines nicht will im Leben, dann ist es ein wütender Macho. Wenn der erst einmal in Fahrt kommt, meine Herren, da wird ein jeder Duden neidisch, bei den Wörtern, die der kennt. Aber keine von der netten Sorte, nein, nein, die richtig tiefen. Die aus der untersten Schublade vom untersten Kasten im Keller einer Tiefgarage – solche Wörter mein ich. Und dass ihm der Andi ständig ins Wort gefallen ist, hat die Sache nicht wirklich besser gemacht.

»Der Sarg war mindestens...« wollte er protestieren, aber der Macho ist ihm dermaßen übers Maul gefahren, dass er nicht weit gekommen ist.

»ABER NIX WAR DER! ANGSOFFEN WARTS, BIS OBEN

HIN! UND Z'DUMM ZUM SCHEISSEN SOWIESO! EUCH SOLLTE MAN AN DIE WAND STELLEN UND ERSCHIESSEN!«

Spätestens da hätten die anderen beiden Bestatter vielleicht ein Wort des Friedens, ein bisschen Wogen glätten, die Gemüter beruhigen…, aber Fehlanzeige. Der Gustl und der Hubsi sind einfach nur dagestanden, haben auf den Boden gestarrt und nichts gesagt. Weil erstens will man einem Choleriker wie dem Macho nicht in die Quere kommen. Und zweitens: Verdient haben es der Fipsi und der Andi ja schon irgendwie. Das muss man erst einmal schaffen, der eine findet das Grab nicht, der andere speibt hinterher – da ist so eine ordentliche Standpauke vielleicht genau das Richtige. Aber fruchten wollte sie nur teilweise, weil während der Fipsi vor lauter Scham im Boden versunken ist, kam der Andi wie immer mit Ausreden daher.

»Der Sarg hat doch mindestens 190 Kilo gewogen, da müsst ihr vorher Bescheid geben.«

Und das war typisch Andi. Da kann er noch so viel Mist bauen, kolossal scheitern und mit Pauken und Trompeten alles in den Sand setzen – Schuld hat immer wer anderer. Der Andi ist nämlich ein sturer Hund, müssen Sie wissen, und ein Rechthaber sowieso. Einen Fehler eingestehen – nie und nimmer, da macht er selbst vor den absurdesten Ausreden keinen Halt.

»Kann ja keiner ahnen, dass sich der Ornatschek Willi auf seine alten Tage zum Schwergewicht hochfuttert,« ist er weiter in die Offensive gegangen, wobei man sagen muss –

gewagte Offensive, denn besonders gut war er mit dem Verstorbenen nicht und obendrein auch schon Ewigkeiten nicht gesehen. Aber 190 Kilo? Da muss er in den letzten Jahren kein Schnitzel ausgelassen haben und die Mehlspeisen dito.

Gelten lassen hat der Macho die Ausrede natürlich trotzdem nicht.

»SAUFST DU LACK ODER HAB'NS DIR INS HIRN GSCHISSEN? DAS WAREN DOCH NIEMALS 190 KILO! UND SELBST WENN ... DER KANN SICH 300 KILO DRAUFFRESSEN UND TROTZDEM SPEIBT KEIN NORMALER MENSCH INS GRAB, DU FETZNSCHÄDEL DU ELENDIGER!«

Sie sehen schon, wirklich empfänglich für Diskussionen war der Macho nicht gerade – ist er eigentlich nie. Bei sowas hat er sich nicht im Griff und deswegen auch ganz schlechte Idee, dass die Standpauken immer von ihm gekommen sind, aber bitte: Die anderen zwei Bestatter waren ja noch ungeeigneter. Der Gustl hat den Mund nie aufgebracht, beim Hubsi war man froh darüber, und einen Geschäftsführer hat es de facto nicht gegeben, seitdem der Seniorchef nicht mehr ist und sein Nachfolger sich für nix interessiert.

Und deswegen: immer der Macho die Standpauken. Die haben der Andi und der Fipsi schon zu hören bekommen, als sie die Barbiepuppe ans Kreuz genagelt haben oder damals mit der Katze im Sarg oder bei der Nummer mit dem Katafalkrennen. Und erst recht bei der Säure-Schnaps-Geschichte.

Da muss man ehrlicherweise sagen: Nicht lustig, aber irgendwie auch hausgemachtes Problem. So etwas kommt halt immer in Betrieben vor, denen die weibliche Hand fehlt. Weil – und bitte, das kann ich jetzt nicht garantieren – eine Frau würde nicht im Traum daran denken, gefährliche Chemikalien in eine leere Schnapsflasche umzufüllen. Die haben das in den Genen, diese Vernunft. Wegen der Kinder. Weil so schnell kann man gar nicht schauen, hat das kleine Butzi den Hochprozentigen in der Hand, und wenn da der Meister Proper drinnen ist, na dann gute Nacht. Gut, ein Schnaps ist auch nicht gerade das Wahre, aber früher sind die Kinder damit schlafen gelegt worden und hat auch nicht geschadet. Jedenfalls: So ein Macho, so ein Gustl und so ein Hubsi sowieso, die haben kein Gespür für so etwas. Die denken nicht nach und füllen einfach die Desinfektions-Säure in eine Schnapsflasche, weil dann muss man nicht immer mit dem großen Kanister hin und her, und wissen ja eh alle, was drinnen ist. Aber der Andi und der Fipsi natürlich: keine Ahnung. Den Aushilfen sagt ja keiner was. Da kann man von Glück reden, dass ihnen der Macho gerade noch rechtzeitig die Flasche aus der Hand gerissen hat.

Und damals wie heute, das ewig gleiche Spiel. Der Macho schreit sich seine Seele aus dem Leib, der Fipsi starrt reumütig Löcher in den Boden, und der Andi saugt sich irgendeine Ausrede aus den Fingern und beharrt darauf – immer.

Aber diesmal war etwas anders als sonst, dieses Mal gab es eine entscheidende Abweichung. Ein kleines, aber nicht unwichtiges Detail unterschied sich von all seinen anderen Ausreden zuvor: Es war schlicht und einfach keine. Der Andi hat wirklich geglaubt, dass der Sarg viel zu schwer war, er konnte sich nur nicht erklären, warum. Und im Nachhinein gesehen: Besser, er hätte es nie herausgefunden. Dann wären heute noch einige Menschen mehr am Leben.

Rosettenglühen

»I like to Move it Move it, I like to Move it Move it, I like to Move it Move it, You like to ... Move it!«

Das Handy vom Geri hat prinzipiell immer zu den ungünstigsten Zeitpunkten geläutet. Beim Ja-Wort geben, beim Oblaten verteilen oder eben jetzt, draußen auf dem Friedhof und direkt neben dem offenen Grab vom Ornatschek Willi, wo die Angehörigen nach dem langen Marsch wenigstens halbwegs wieder zur Ruhe gekommen sind. Bis jetzt.

»I like to Move it Move it, I like to Move it Move it, I like to Move it Move it, You like to ... Move it!«

OPTIONEN. NACHRICHT LÖSCHEN. JA/NEIN. JA. NACHRICHT GELÖSCHT.

Und dann auch noch dieser depperte Klingelton. So ein normales Ding-Dong oder Klingeling oder von mir aus auch ein Palim-Palim, das ist dem Geri nicht aus den Boxen gekommen. Etwas Jugendliches hat es sein müssen, ein fetziger Hitparaden-Kracher, damit die coolen Kids gleich verstehen, dass er einer von ihnen ist. Wenigstens für die SMS hätte er ein Bim-Bim einstellen können, und das wollte er auch, aber leider: Handy zu blöd, kann nur einen Klingelton für alles.

Und das ist ein kompletter Blödsinn, sag ich Ihnen. So ein Handy spielt dir zehn russische Schachweltmeister gleichzeitig an die Wand und kommt dabei nicht einmal ins Schwitzen, da wird es ja wohl noch unterschiedliche Klingeltöne schaffen. Und ist auch so. Aber der Geri: stur wie ein Esel und genau so technisch begabt.

»I like to Move it Move it, I like to Move it Move it, I like to Move it Move it, You like to … Move it!«

Optionen. Nachricht löschen. Ja/Nein. Ja. Nachricht gelöscht.

Diesmal ist es sogar bis rüber zur Witwe vom Willi gedröhnt. Da wird die Kollekte am Wochenende aber mau ausfallen, hat sich der Geri geärgert und die SMS gelöscht, ohne sie wirklich gelesen zu haben. Normalerweise fatal, weil – und das ist auch der Grund, warum sein Handy dauernd gebimmelt hat – der Geri war nämlich auch Seelsorger. Sagen Sie: Na bumm, Pfarrer und Seelsorger, wo bleibt denn da die Freizeit? Sage ich: Pfarrer und Seelsorger, Freizeit kein Problem. Wenn Sie heute in die Kirche gehen, sieht man da eh nicht mehr als ein paar alte Mutterln und hier und da einen Sandler, der sich seinen Rausch ausschläft. Die heutigen Pfarrer haben so wenig Schäfchen zu zählen, die kriegen nachts schon kein Auge mehr zu. Und deswegen: Telefonseelsorge, da kommt man sich wenigstens nicht komplett unnötig vor.

Im Gegenteil, da hört man die brisantesten Geschichten. Ich steh auf meine Cousine hier, ich steh mit einem Bein im Grab da, die Reptilienmenschen haben mir den Aluhut geklaut – da muss man extrem dahinter sein, bei den Verrückten. Immer brav zurückschreiben, schnell abheben, ja nichts Falsches sagen. Weil wenn einer schon mit dem Benzinkanister in der Hand vor dem Haus seiner Exfrau steht und vielleicht vor lauter Verzweiflung doch noch den Seelsorger anruft, dann kommt das halt recht schlecht, wenn man ihn in der Leitung verhungern lässt. Nein, als Seelsorger muss man höllisch aufpassen, sag ich Ihnen, solche Posten kann man nur mit vernünftigen Menschen wie dem Geri besetzen.

»I like to Move it Move it, I like to Move it Move it, I like to Move it Move it, You like to ... Move it!«

Optionen. Nachricht löschen. Ja/Nein. Ja. Nachricht gelöscht.

Aber in letzter Zeit, da hat der Geri immer mehr Probleme gehabt, denn was da oft für Sachen in den SMS gestanden sind, das hatte mit Seelsorge nur mehr wenig zu tun. Wenigstens hat er die wichtigen Nachrichten sofort erkannt, weil Faustregel: Waren im ersten Satz Wörter wie Hilfe, Benzinkanister, weiß nicht weiter – klarer Fall für den Seelsorger-Geri. Stand da aber etwas von Rosettenglühen, Zungenwalzer oder rotbehelmte Lustramme, dann eher weniger Seelsorge.

Solche Nachrichten sind dem Geri natürlich ziemlich zuwider gewesen, und bei den Anrufern hat er sofort aufgelegt, weil mit so einem Schweinkram hat ein Pfarrer nichts am Hut. Ihm war auch absolut nicht klar, wie die ganzen Perversen auf seine Nummer gekommen sind. Er hat sogar schon bei der Telefonzentrale wegen Mehrfachnummernvergabe nachgefragt, aber natürlich völlig ausgeschlossen. Eine neue Nummer hat er sich auch nicht zulegen können, weil dann würden ja die mit dem Benzinkanister und dem Aluhut nicht durchkommen, also ist ihm nichts anderes übrig geblieben: Er musste mit dem Zungenwalzer und dem Rosettenglühen leben. Und die Angehörigen vom Ornatschek Willi leider auch.

Donnerstag ist Vogeltag

Derweil sind drüben in der Bestattung selbst dem Macho die Schimpfwörter ausgegangen, und auch der Andi war mit seinem Latein am Ende. Sein letzter Strohhalm war der Gustl.

»Sag du doch auch einmal was. Der Sarg war doch sauschwer, oder?«

»Na ja, vielleicht ein bisschen schwerer als sonst. Aber nicht viel«, kam es zögerlich zurück, und diese Antwort hat dem Andi jetzt auch noch das letzte bisschen Wind aus den Segeln genommen. Weil dass sich der Macho lieber die Zunge abgebissen hätte, als ihm recht zu geben, klar, aber der Gustl? Der grundsolide, ehrlich bodenständige und stets verlässliche Gustl? Der Andi ist mit seiner Ausrede immer mehr ins Straucheln gekommen. Könnte es nicht vielleicht doch sein, dass er sich das Ganze nur eingebildet hat? Immerhin ist ja gestern beim Rebhansel wirklich viel gebechert worden, dann das schnelle Aufstehen, der Kreislauf, der Schwindel – da kann es schon passieren, dass der Körper nicht so tut, wie er soll. Aber dass er sich so täuschen kann?

Scheiß drauf.

Warum sich das Hirn zermartern? Gebracht hat ihm die Streiterei ja sowieso nichts: Der Macho war gegen ihn, der Gustl auch, sonst hat nur der Hubsi den Sarg getragen, und dem eine Frage stellen – da kann man gleich mit einer Topfpflanze reden. Und außerdem war er gar nicht mehr da.

»Wo ist eigentlich der Hubsi?«, hat der Andi jetzt ablenken wollen und drei Kreuze gemacht, weil der Macho ist sogar darauf eingestiegen.

»Der ist Vögel schauen, heut ist Donnerstag. Aber wir sind hier noch nicht fertig.«

Zu früh gefreut.

»Haben wir uns jetzt verstanden? Noch einmal so eine Aktion und ich begrab euch eigenhändig im tiefsten Loch, das ich finden kann, klar so weit?«

»Ja«, kam es unisono von Andi und Fipsi, aber so leise, dass der Macho noch einmal nachsetzen musste.

»OB DAS KLAR IST, HAB ICH GEFRAGT!«

»Ja Macho!«

Und dann war die Sache gegessen. Ein Streit ist ein Streit, und nachtragend sind nur die Waschweiber, Punkt aus. Bei sowas sind Männer ja eher pragmatisch veranlagt, und weil sonst nicht viel Neues, sind sie recht schnell wieder zur Tagesordnung übergegangen.

»Und jetzt? Gehen wir Hubsi schauen?«
»Gehen wir Hubsi schauen.«
Weil das war neuerdings ihr Lieblingshobby.

Am Donnerstagnachmittag ist der Hubsi immer oben in der Bestattung am Fenster gestanden und hat nach Vögeln geschaut – mehr braucht man eigentlich nicht über den Hubsi zu wissen. Außer vielleicht: Wenn er nicht im beschaulichen Friedberg aufgewachsen wäre, sondern drüben in den US und A, dann hätten dem Hubsi seine Eltern mit einem findigen Anwalt das Schulgeld einklagen können, so blöd wie er war. Ist ja schon Hubsis Vater keine große Leuchte gewesen und die Mutter sowieso Energiesparlampe, doch im Vergleich zum Hubsi ist selbst das nasseste Streichholz ein Flutlicht.

Aber so jemand muss halt auch irgendwo arbeiten, und weil für Gemeinderat zu wenig Beziehungen und für alles andere zu Hubsi – Bestattung. Da konnte er wenigstens niemanden umbringen. Dafür hat er die Kollegen regelmäßig zur Weißglut gebracht. Den Macho sowieso alle paar Minuten und hin und wieder selbst den Gustl, obwohl der ja vom Typ her eher der Ruhige ist. Und den Andi und den Fipsi, na ja, für die ist der Hubsi in erster Linie eine Riesengaudi gewesen. Wegen seinem abgegriffenen rosa Bauchtascherl und seiner unheimlich patscherten Art, weil er watschelt wie eine Ente, weil er heimlich seine Schuppen isst und weil sie ihm einfach jeden Scheiß einreden konnten, der ihnen eingefallen ist – mit dem Hubsi hatten sie immer ihren

Spaß. Und aktuell fanden alle am lustigsten, dass er verliebt war.

Deswegen ist er donnerstags am Fenster gestanden, nicht zum Vögelschauen, sondern weil er rübergespechtelt hat zur Gansterer, der alten Vogelscheuche.

Die Frau Gansterer hat nämlich jeden Donnerstag Klavierunterricht gegeben, und wenn der Flügel genug malträtiert worden ist: Auftritt Klasseweib.

Aufgebrezelt wie ein Mannequin und kurvig wie die Serpentinenstraße am Großglockner kam sie angestöckelt, holte ihre kleine Virtuosentochter von der Alten ab und war so schnell wieder verschwunden, wie sie gekommen ist. Nur ein kurzer Moment, ein flüchtiger Augenblick, aber der hat dem Hubsi so viel gegeben, dass ihm die Ohren geschlackert haben. Und zu Recht, muss man sagen, da sind sich alle einig gewesen. Wirklich ein Klasseweib, das Klasseweib, nur eben auch sehr lustig, denn der Hubsi war halt nur der Hubsi, sprich: die Schöne und das Biest mit rosa Bauchtasche.

»Hubsi!«, ist ihn der Macho plötzlich von hinten angefahren, »hast du z'Haus keine Fenster zum Vögelschauen?«

Das hat dem Hubsi jetzt gar nicht gepasst, mit dem Macho und der kompletten Truppe im Nacken, und sein Zuhause war seit dem Tod seiner Eltern sowieso ein heikles Thema, weil das mit dem alleine Wohnen und ein geregeltes Leben auf die Beine stellen – schwieriges Unterfangen.

»Ja schon, aber die müsst ich einmal putzen, da sieht

man schon so schlecht durch«, hat sich der Hubsi unbeholfen herausgeredet, und das war natürlich ein gefundenes Fressen für die Bagage. Einen Schmäh nach dem anderen haben sie gerissen, zuerst der Andi, dass der Hubsi-Casanovinger einfach keine Zeit hätte für so Lappalien wie Fensterputzen, bei seinen ganzen Weibergeschichten. Dann der Macho – irgendwas Ordinäres mit feucht durchwischen oder so – dann wieder der Andi, und so ist es hin und her gegangen, eine Wuchtel nach der anderen. Selbst der Fipsi und sogar der Gustl haben hier und da einen Spruch beigesteuert und lautstark mitgelacht, aber das Witzigste dabei ist ja eigentlich: Am lautesten gelacht hat immer der Hubsi selbst. So etwas findet man nicht alle Tage, dass einer so über sich lachen kann, aber bitte: Was im Hubsi-Kopf alles passiert und was nicht – sowieso großes Fragezeichen.

Jedenfalls hat der Andi dann nach einiger Zeit wegmüssen und die anderen dito, nur der Macho ist noch geblieben für ein kleines Vieraugengespräch.

»Geh Hubsi, wissen doch eh alle, warum du hier stehst. Du bist doch ein fescher Mann! Geh hin zu ihr, wirst sehen, sie steht auf dich! Hauptsache ist, du bist selbstbewusst! Zeig ihr, wo dein Hammer hängt!«

Und da sieht man mal wieder, dass es Menschen gibt, die einfach nicht wissen, wann Schluss ist. Die anderen haben es ja bei ein paar harmlosen Sprüchen belassen, aber der Macho muss natürlich noch einen draufsetzen und dem armen Hubsi Hoffnung machen, wo keine ist. Kein schöner Zug, wenn Sie mich fragen, besonders, weil er den Hubsi dann einfach stehen gelassen hat, alleine mit sich und seinen Gedanken. Und in seinem kleinen Kopf ist zumindest für den Bruchteil einer Sekunde die Idee entstanden, der Macho könnte recht haben. Aber der Macho hat sich natürlich nur gedacht: Vollkoffer.

Frau Mutter

Der Macho ist ein Stachler. Ein Zündler, der immer noch einen und noch einen draufsetzen muss. Das völlige Gegenteil vom Gustl. Der ist ruhig, bedacht, umgänglich, vielleicht ein bisschen eigen, aber nicht auf die ungute Art. Verliert nie ein böses Wort. Kommt pünktlich, geht nicht zu pünktlich, ist beim Wirtshaus mit dabei, geht aber rechtzeitig und stürzt nie ab. Einfach eine verlässliche Type, der Gustl, und so jemanden braucht diese Truppe auch, besonders seitdem der Seniorchef nicht mehr ist und sein Sohn den Betrieb übernommen hat. Das war keine Freude für niemanden, denn interessieren tut sich der Herr Sohn nur für seine Sekretärin und die Jagd. Aber weil in der Schule nichts Besonderes, Studium auch keines – ist er halt der neue Juniorchef geworden. Mehr oder weniger, sprich: mehr am Papier, weniger im Alltag, denn er hat sich ja oft wochenlang nicht blicken lassen in der Bestattung. Der Junior ist nur in seinem feinen Büro am Marktplatz gesessen, hat den Hinterbliebenen die Aufwartung und das Bürokratische gemacht und das war's. Mit den Leichen wollte er nichts zu tun haben, mit den Mitarbeitern schon gar nicht.

Und wenn Sie sich jetzt überlegen: Ein Juniorchef, der nie da ist und sich für nix interessiert, zwei Lausbuben mit lauter Blödsinn im Kopf, ein jähzorniger Stachler und ein Hubsi – da kann ein Betrieb gleich zusperren ohne so eine ruhige, sichere Konstante wie den Gustl.

Aber Vorarbeiter war trotzdem der Macho. Erstens, weil bekanntlich immer der Lauteste Chef wird, und zweitens: Erfahrung. Der hat ja im Gegensatz zu den anderen schon früher als Bestatter gearbeitet. Und wie er dann vor ein paar Jahren nach Friedberg gezogen ist, natürlich sofort angefangen. Danach kam der Hubsi, strafversetzt aus der Straßenkehrerei wegen der vielen Wickel mit seinen Kollegen, und dann der Gustl aus der Stadtgartenverwaltung. Den haben sie dort nicht mehr behalten wollen wegen eines Disziplinarverfahrens. Und jetzt nicht, dass Sie glauben: Dauerkrankenstand oder dass oft Sachen verschwunden sind, nein, nein. Der Gustl war einfach nur gut. Zu gut.

Wo andere einen grünen Daumen haben, hat der Gustl eine ganze Hand und ein Herz für die Pflanzerl und Viecherl sowieso. Aber genau das ist ihm zum Verhängnis geworden, weil kennt man ja: Einsparungen, Kürzungen, Gürtel enger schnallen – dann kommt halt ein Betonteppich auf die Blumenwiese. Den muss man nicht gießen, und der kostet auch weniger. Und wie sich der Gustl ein paar Mal geweigert hat, über die Pflanzerl drüberzubetonieren – c'est la vie, Gustl. So ist das heutzutage, selbst im beschaulichen Friedberg.

Aber gut, ganz losgeworden sind sie ihn nicht, immerhin hatte er ja ein Parteibuch. Also ist er zur Bestattung versetzt worden, und eigentlich kein blöder Gedanken, weil: Wenn sich einer über der Erde so auskennt, warum sollte es dann unter der Erde anders sein? Und recht haben sie gehabt, hat sofort gepasst im Betrieb.

Der Gustl hat sowieso auf alle geschaut, aber am allermeisten auf seine Frau Mutter. Im Hause Kowatschek war das nämlich nicht wie bei den anderen, wo es gar nicht schnell genug gehen kann mit dem Heim, und höchstens Geburtstag und Weihnachten für ein halbes Stündchen, um noch die letzten Penunzen abzugreifen. So etwas wäre dem Gustl im Traum nicht eingefallen, und erlaubt hätte es die Mutter auch nicht, weil Sie müssen wissen: Der Gustl war schon recht ein Mamakind.

Der hat noch nie woanders gewohnt als zuhause. Ist nie ausgezogen, nie durchgebrannt, nicht einmal länger in den Urlaub gefahren, nix. Nur ein einziges Mal wollt er weg von daheim, da hat sich eine Stadtgartenverwalterin, die auch die Pflanzerl und Viecherl so gerne gehabt hat, den Gustl angelacht. Und anfangs alles wie im Bilderbuch: romantische Spaziergänge im Wald, lange Gespräche, Händchen halten, knutschen – sogar das bisschen Intensivere hat geklappt, obwohl der Gustl da wirklich kein sonderliches Talent war.

Aber dann: die Mutter. Die hat kein gutes Wort für die Stadtgartenverwalterin übriggehabt und ist dem Gustl in einer Tour in den Ohren gehangen, dass er sich dieses Flitscherl aus dem Kopf schlagen soll. Und gut, kann man sagen: So sind sie, die Mütter. Wollen immer nur das Beste für die Kinder und für die Buben sowieso. Aber was man halt auch sagen muss: Der Bub war über vierzig, arm wie eine Kirchenmaus und optisch nicht gerade ein Mister Universum. Da ist so eine Stadgartenverwalterin eigentlich völlig okay, und hat der Gustl auch gedacht. Nur leider: die Mutter nicht.

Und weil selbst so eine Stadgartenverwalterin nicht bis zum Sankt Nimmerleinstag wartet, bis sich der Herr zwischen ihr und der Frau Mutter entscheiden kann, ist die Geschichte dann im Sand verlaufen. Wäre sowieso alles sehr schwierig geworden, weil sagen wir so: Die Antipathie hat auf Gegenseitigkeit beruht.

In den Augen der Stadtgartenverwalterin war die Frau Kowatschek mehr selbstsüchtiger Feldwebel als treusorgende Mutter. Die hat dem Gustl seinen Vater unter die Erde gebracht, die komplette Verwandtschaft ins Ausland vertrieben, und ein später Nachzügler hat klugerweise schon im Geburtskanal einen Rückzieher gemacht. Übrig geblieben ist ihr nur der Gustl. Und wenn einem nur ein Kind bleibt, dann gibt man das natürlich ungern her. Aber ein bisschen mehr Freiheit hätte nicht geschadet, weil das war schon eine ungute Nähe zwischen den beiden, besonders seitdem die Mutter bettlägerig geworden ist.

Jeden Tag das gleiche Spiel. Nach der Arbeit ist der Gustl in die gemeinsame Gemeindebauwohnung gekommen und es ist losgegangen: Du musst einkaufen, du musst Medikamente holen, du musst ans Grab vom Vatern, du musst kochen, du musst Bettpfanne, du musst, du musst, du musst. Der Gustl hat so viel müssen, da ist gar keine Zeit geblieben für ein bisschen möchten oder wollen. Nur wenn die Frau Mutter eingeschlafen ist, hat er seine Ruhe gehabt. Und dann ist er in sein Zimmer und hat sich um seine Lieblinge gekümmert: die Pflanzen.

Unfassbar, was der Gustl da aus den Blumentöpfen hochgezüchtet hat, den reinsten Dschungel. Das müssen Sie sich einmal vorstellen: Da sind Blumen gewachsen, die bringen die besten Botaniker im Palmenhaus nicht so schön zum Blühen wie der Gustl im Gemeindebau. Das war ein reiner Garten Eden mit ihm als Adam, und die Eva – na ja, die hat halt gefehlt.

Und wenn mich nicht alles täuscht, dann war der Name von der Stadtgartenverwalterin wirklich Eva. Aber ich glaub, die hat mittlerweile einen Fleischer geheiratet.

Hintereingang

Mit der Stadtgartenverwalterin hatte der Andi sein erstes Mal, aber das hat er dem Gustl nie erzählt. Mit 15 muss das gewesen sein, da ist er mit ihr nach dem Pfarrfest im Kohlenkeller verschwunden. Und wenn der Andi, so wie jetzt, durch das Kellerfenster ins Pfarrhaus eingestiegen und vorbei an den Kohlen nach oben geschlichen ist, musste er daran denken – jedes Mal, nur nicht heute. Weil die Sache mit dem Ornatschek Willi und dem schweren Sarg hat ihm dann doch keine Ruhe gelassen. Sogar aufgeflogen wäre er beinahe.

»I like to Move it Move it, I like to Move it Move it, I like to Move it Move it, You like to ... Move it!«

Wie der Geri die Treppe im Pfarrhaus heruntergewieselt kam, ist der Andi sofort hinter der Kredenz in Deckung gegangen.

»Sie können sich Ihren Dings in den Arsch stecken!«, hat der Geri in den Apparat geschrien, und da wäre der Andi fast nochmal aufgeflogen, weil erstens: »Dings in Arsch« schon einen Schmunzler wert, und zweitens ist ihm jetzt doch etwas von früher eingefallen.

Sie müssen wissen: Heute war der Andi natürlich nicht wegen der Stadtgartenverwalterin da, sondern wegen der Vali. Und kennengelernt haben sich die beiden über Analsex. Also nicht direkt, aber das war so:

Dem Andi hat mal ein Türke oder Kurde oder sonst irgendein Lustiger erzählt, dass bei den gläubigen Mädels der Hintereingang quasi Standardeingang ist, zumindest vor der Ehe. Weil eigentlich ganz logisch: Wenn dir der liebe Gott, der liebe Allah oder sonst irgendein Überdrüber den Vordereingang verbietet, dann musst du als Mädel kreativ werden, um die Burschen bei der Stange zu halten. Denn wurscht ob Öztürk oder Österreicher, in dem Punkt sind die Herren aller Schöpfer bei der Religionsauslegung ziemlich tolerant.

Die Mädels sind da eigentlich auch nicht mehr so, aber leider: die Väter. Und Sie sagen jetzt vielleicht, na und, wie soll der Herr Papa den Vordereingang kontrollieren, wenn er nicht selber in Ungnade fallen will? Antwort: Gar nicht, das übernimmt der Mann, mit dem das Mädel verheiratet wird. Und wenn der dann zum Kontrollieren kommt und den Fahrschein hat schon wer anderer gezwickt, na dann ist der Zug aber abgefahren. Deswegen: Hintereingang. Rein raus, fertig. Wenn der neue Gatte nicht zufällig Proktologe ist, bemerkt das niemand.

Seitdem der Andi das gehört hat, war er irgendwie fixiert. Er ist den Gedanken einfach nicht mehr losgeworden, und weil die gläubigen Jesusgroupies meist hässlich wie die Nacht, hat er sich eben eher bei den muslimischen Schönheiten umgesehen. Aber dass er dann ausgerechnet in Friedberg eine finden würde, hätte er sich nie gedacht – besonders nicht im Pfarrhaus.

Der Andi und der Fipsi sind dort damals, noch unter dem alten Pfarrer, als dienstälteste Ministranten ein- und ausgegangen, und trotzdem haben sie die Vali nie bemerkt. Aber gut, da braucht man gar nicht viel Tomaten auf den Augen haben – mit Kopftuch, Schlabberkleidung und Meister-Proper-Montur, da denkt keiner sofort an Scheherazade aus tausendundeiner Nacht. Erst als sie sich einmal absichtlich unabsichtlich in ihrer Umkleide versteckt haben und eh gar nicht hinschauen wollten, aber dann doch – da sind die Tomaten natürlich sofort aus den Augen, bei den Melonen. Und auch sonst alles ein Wahnsinn bei der Vali: Langes pechschwarzes Haar, honigfarbene Haut, eine Figur zum Niederknien, Augen wie ein Reh, zarte Lippen und ein Lächeln, sag ich Ihnen, sagenhaft.

Da waren der Andi und der Fipsi natürlich sofort Feuer und Flamme und muss man sagen: zum ersten Mal kleine Rivalitäten. Bis dann aber mal wirklich etwas passiert ist, hat es noch eine Ewigkeit gedauert. In der Zwischenzeit waren sie nicht mal mehr Messdiener, der alte Pfarrer ist gegangen, der Geri gekommen, und sie sind immer noch erfolglos um sie herumgeschwänzelt. Aber am Ende hat sie dann doch der Andi bekommen. Der Fipsi kommt bei so etwas einfach nicht in die Gänge, keine Chance. Der zögert und faselt und witzelt und redet und plötzlich ist sie beim Andi und c'est la vie.

Hatte vielleicht auch etwas mit der Motivation vom Andi zu tun – Stichwort Hintereingang –, aber sagen wir so: Jetzt ist es schon zwei Jahre her, dass die beiden zum ersten Mal auf dem rostigen Himmelbett am Dachboden der Pfarre geschmust haben, aber den Hintereingang hat der Andi trotzdem noch nie genommen. War ihm mittlerweile aber auch nicht mehr wichtig, weil wenn so eine Traumfrau wie die Vali ihre Lippen auf die deinen senkt und du ihren Atem spürst, dann ist die Welt, das Universum, deine Wünsche, deine Sorgen, die Vergangenheit und die Zukunft – dann ist einfach alles sowas von unwichtig, glaubt man gar nicht.

»I like to Move it Move it, I like to Move it Move it, I like to Move it Move it, You like to ... Move it!«

Das Geri-Handy hat wieder losgelegt, diesmal SMS. Und

so wie er geschaut hat, wieder nichts Erfreuliches. Zumindest ist er danach fuchsteufelswild und mit hochrotem Schädel abgedampft, und der Andi natürlich – Gunst des Moments – sofort einen auf Häuptling Samtpfote, die Treppe hoch und auf den Dachboden zu Vali. Ganz heimlich, still und leise, denn draufkommen hat ihnen ja keiner dürfen.

Wenn dem Andi sein Vater wüsste, dass er mit einer Muslima, na dann gute Nacht. Blitzenterbung und Hochkantrausschmiss sag ich da nur, natürlich nicht offiziell. Andis Vater war schließlich Bürgermeister und als solcher musst du ja selbst in Österreich eine gewisse Weltgewandtheit haben. Doch privat hatte der Vater nicht viel mit der Welt am Hut, sondern war mehr von der Marke pseudokatholischer Stammtischbruder mit einem kleineren Horizont als eine Oblate. Lieber kein Sohn als einer mit Kopftuchweib, hat er einmal gesagt. Einfach nur so, beim Essen, damit alle Bescheid wissen.

Aber was der Herr Bürgermeister so dachte und wollte, war dem Andi und der Vali gerade ziemlich egal. Auf dem Dachboden des Pfarrhauses, im Himmelbett des ehemaligen Pfarrers, war ihnen die ganze Welt egal – mit Ausnahme des Lattenrostes. Der hätte sie schon ein paar Mal beinahe auffliegen lassen, weil wenn von oben her so ein Dauerquietschen kommt, dann wird selbst ein Pfarrer Geri nicht glauben, dass der liebe Gott gerade den Dachboden ausbaut. Obwohl, zutrauen könnte man es ihm, so verwirrt, wie er manchmal war. Besonders in den letzten Tagen, weil die Vali hat am Telefon mitgehört, dass ein Schützling vom Geri gestorben ist – sehr traurige Geschichte. Langer Leidensweg, tausend Ärzte, Chemos noch und nöcher, aber am Ende nur mehr 40 Kilo Haut und Knochen, Palliativstation und aus. Bauchspeicheldrüsenkrebs.

»Haben du vielleicht auch gekannt. Ornoro...Orano... Oranek...«, hat die Vali nach dem Namen gerätselt, aber interessiert hat das den Andi anscheinend nicht. Er ist einfach nur dagelegen, mit gedankenverlorenem Blick, und war selbst für die zweite Runde Dachbodenausbau zu lethargisch. Aber bitte: kann ihm keiner verdenken. Krebs ist halt ein Thema, da verliert man schnell einmal die Lust, egal auf was, und deswegen hat sich die Vali auch nicht großartig gewundert.

Das Ding ist nur: Der Andi war gar nicht lethargisch, sondern tief in Gedanken. Und er hat auch gar nicht an Krebs gedacht, sondern an Hummer und Langusten. An Kalbsschnitzel, Tafelspitz, Nektar, Ambrosia und weiß der Teufel, welche Gustostückerl sie dem Ornatschek Willi auf der Palliativstation in St. Veith serviert haben mussten – sie machen scheinbar das Unmögliche möglich. Weil dass sich der Ornatschek Willi auf seine alten Tage zum Schwergewicht hochfuttert: unwahrscheinlich, aber möglich. Aber dass ihm das Kunststück mit einer zerfressenen Bauchspeicheldrüse gelingt – eigentlich unmöglich.

Und scheinbar doch möglich.

Literaten

Eine Stunde später ist der Andi in die Bier Allee gestürmt und wollte schon zwischen Tür und Angel mit der Ornatschek-Story loslegen, aber bevor er etwas sagen konnte, hat ihm der Fipsi einen Stapel DIN-A4-Seiten in die Hand gedrückt und dreingeschaut wie eine Katze, die ihrem Frauchen einen toten Vogel bringt. Und dann ist auch noch der Rebhansel mit zwei Bier dahergekommen.

»Prost, ihr Literaten«, hat er gemurmelt und sich gleich wieder aus dem Staub gemacht, weil oberste Faustregel bei den zweien: Liegen am Tisch irgendwelche Zettel und Notizen, ist es nur eine Frage der Zeit, bis sie sich wieder in endlosen Diskussionen über ihre Schreiberei verheddern. Und weil der Rebhansel absolut nichts damit zu tun haben wollte, ist er lieber hinter seiner Schank verschwunden. Früher sind die beiden mit ihren Geschichten wenigstens noch daheim geblieben, aber dann haben sie mit den Zigaretten angefangen und die Eltern natürlich Aufstand gemacht. Also sind sie zu ihm in die Bier Allee, mitsamt ihren spinnerten Ideen, ihrer Debattiererei und tonnenweise Schmierzetteln. Gut, in den letzten Jahren sind sie seltener gekommen. Und seitdem der Andi in Wien studiert, sowieso nur mehr am Wochenende ab und an oder so wie jetzt, in den Uniferien. Und wenn, dann nur zu zweit.

Alleine hat man den Fipsi nie in der Bier Allee gesehen, obwohl der ja nicht in Wien, sondern noch immer in Friedberg gewohnt und gearbeitet hat. Als was – das wusste man beim Fipsi nie so genau. Einmal Kellner, einmal in der Trafik, kurz mal Postler, dann irgendwo ein Praktikum – lange ist er nirgendwo geblieben. Außer eben als Aushilfe bei der Bestattung, aber das nur nebenbei. Die Frage ist nur: neben was?

Beim Fipsi seiner Erziehung hat einfach eine starke Hand gefehlt. War ja nie ein Mann im Haus und die Mutter jetzt auch nicht unbedingt ein leuchtendes Vorbild, weil Putzfrau ehrbarer Beruf und alles, aber Sie wissen schon. Der Fipsi konnte von Glück reden, dass die Frau Mama nicht bei irgendwem, sondern bei Andis Familie geputzt hat und der Herr Bürgermeister und seine Frau so nette Menschen sind. Sonst wären der Fipsi und der Andi ja nie beste Freunde geworden und das Gymnasium und das Haus, in dem der Fipsi und seine Mutter gewohnt haben – unleistbar. Der Bürgermeister war eben ein herzlicher Mann, hat den Burschen quasi adoptiert, und wenn die Familie nach Disneyland, natürlich auch der Fipsi mit nach Disneyland. Und wenn der Andi Schulausflug nach England: Fipsi England. Da gab es nie große Debatten wegen Geld und so.

Das einzige Mal, wo der Herr Bürgermeister nein gesagt hat, war beim Studium. Und irgendwie auch verständlich, weil früher oder später müssen selbst die größten Spendierhosen einmal in die Wäsche. Ist der Andi eben allein nach Wien gegangen, Fipsis Mutter war insgeheim sogar froh darüber. Das Putzen ist ihr eh schon schwergefallen – da war es ganz gut, dass der Bub im Haushalt helfen konnte.

Der Andi und der Fipsi selbst waren natürlich alles andere als froh, obwohl objektiv gesehen kein Beinbruch – bei Rückenwind ist Wien gerade mal zwei Autostunden entfernt. Aber trotzdem: Zum ersten Mal seit ihrer Kindheit sind die beiden getrennt gewesen, und zumindest anfangs konnte Andi die Entscheidung seines Vaters überhaupt nicht verstehen. Erst mit der Zeit ist ihm klar geworden: Wer weiß, vielleicht besser so.

Weil der Fipsi hätte ja Germanistik, Literatur oder sonst irgendwas mit Schreiben studieren wollen, und war ja von der Interessenslage her völlig okay, aber allein mit dem Interesse ist es halt nicht getan. Als Autor braucht man Begabung, Stil, Klasse, revolutionäre Ideen und das gewisse Etwas, ohne das geht es nicht. Und weil in Andis Augen dem Fipsi das alles gefehlt hat – besser nicht studieren. Das wäre bloß verschlepptes Scheitern, reine Zeitverschwendung. Seine Schreibe war einfach zu simpel und bodenständig, mehr so auf Groschenromanniveau. Und der Inhalt – immer und ewig gleich.

»Praxis Dr. Mord? Das hab ich doch schon gelesen«, hat der Andi die Angelegenheit abkanzeln wollen, weil der Ornatschek Willi und seine wundersame Gewichtsvermehrung natürlich schwerer Stein am Herzen und Redebedarf hoch drei, aber so schnell hat sich der Fipsi mit seinen Zetteln nicht abwimmeln lassen.

»Nein, kann nicht sein, die ist neu. Du meinst wahrscheinlich ›Praktische Morde‹, die hab ich dir letztes Jahr gegeben, mit dem Pfleger-Psychopathen. Oder ›Quadratisch. Praktisch. Mord.‹? Da wo der Schokoladenfabrikant die Leichenteile in den Riegeln entsorgt?«

»Ja, oder vielleicht mein ich das Mörder mordende Mordsspektakel,« ist es dem Andi genervt über die Lippen gekommen.

»Hä? Das Mörder mordende was? Das kommt mir jetzt überhaupt nicht…«

»Das war ein Scherz! Fällt dir nix auf?«

»Was denn?«

»Na Mord, Mord, Mord! Du schreibst immer nur von Mord! Schreib doch mal etwas anderes, die Welt ist voll von Mord und Totschlag, da brauch ich nicht auch noch ständig davon lesen«, hat sich der Andi echauffiert und es gleich darauf bereut, weil Sie müssen wissen: Genau so ist es immer losgegangen. Der Rebhansel, zwei Bier, ein Wort, ein Widerwort, und plötzlich waren es zehn Bier, zehn Selbstgebrannte, drei Schachteln Zigaretten und endlose Diskussionen, aus denen sie erst wieder herausgefunden haben, wenn keiner mehr reden konnte. Das war der übliche Ablauf, tausendmal gehabt, tausendmal durchlebt. Aber nicht heute, hat sich der Andi innerlich zugesprochen, und die aufkeimende Streiterei auf die einzige Art und Weise beendet, die beim Fipsi immer funktioniert: von oben herab.

»Okay, pass auf: Ich werde die Geschichte mitnehmen, ich werde sie lesen, und ich werde dir sagen, was ich davon halte – wie immer. Ich behaupte ja auch nicht, dass das schlecht ist, was du da schreibst. Aber es ist halt wertlos.

Trivialliteratur. Der Markt ist überschwemmt mit Revolvergeschichten, und die meisten Autoren verschwinden so schnell, wie sie gekommen sind. Es gibt nur ganz wenige, die sich durchsetzen können. Nur schreiben die auf einem völlig anderen Niveau. Da sitzt die Spannung in jedem Buchstaben, während deine Geschichten, na ja, die plätschern so dahin. Da passiert anfangs recht wenig, dann ein bisschen was, plötzlich überschlägt sich alles, mischt sich irgendwie zusammen, aber läuft auf nichts hinaus. Einfach dahingeplaudert. Aber wie gesagt: Ich werde es trotzdem lesen. Zufrieden? Ja? Können wir jetzt über was Wichtigeres reden?«

Ende der Ansage.

Immer wenn der Andi mit solchen Vorträgen um die Ecke gekommen ist – der Fipsi natürlich Pokerface und Jimmy Cool, aber insgeheim hat er sich schon gedacht: Recht wird er haben. Der Andi muss es ja schließlich wissen, weil der hat schon ganz früh die anspruchsvollsten Schinken gelesen und in letzter Zeit sowieso nur noch Edelfederlektüre. Beim Fipsi war das anders. Der hat alles gelesen, von Märchen über Sachbücher bis hin zu den kitschigsten Abenteuerromanen. Aber am liebsten natürlich Krimis. Und als die beiden angefangen haben zu schreiben, mit sieben oder acht, da haben sie nur solche Sachen geschrieben. Abenteuerschmonzetten, Detektivgeschichten, Verschwörungs-Trara, Hauptsache spannend und mit viel Action. Erst wie sie dann älter geworden sind, ist der Andi auf Tiefschürfendes umgestiegen, während der Fipsi bei seinen Kriminalgeschichten geblieben ist.

Für die Deutschaufsätze in der Schule war das ja auch völlig okay, da hat er sogar immer ein »Sehr gut« bekommen. Und als Grammatikkönig, Kommakaiser und Rechtschreibass ist der Fipsi sowieso der Lehrerliebling schlechthin gewesen, wohingegen der Andi: eher weniger.

Gegen den hatten die Lehrer meistens einen richtigen Zorn, so oft wie ihnen bei seinen Hausaufgaben die rote Tinte im Füller ausgegangen ist. Die konnten schon froh sein, wenn der Andi überhaupt das geschrieben hat, was Aufgabe war. Aber auch irgendwie klar: Wer sich mit dem Weltschmerz von Schopenhauer, Heidegger und Sartre beschäftigt, schreibt einfach keine Erörterung zum Tamagotchi-Verbot im Klassenzimmer. Das passt allein von der Interessenslage her gar nicht. Und wenn zum Beispiel die Hausaufgabe war: Schreib einen Aufsatz über den Klassenausflug, dann hat der Andi stattdessen eine Abhandlung über die Illusion des autonomen Selbst im tradierten Schulwesen abgegeben und eine glatte Fünf kassiert – Thema verfehlt. Und weil er in den anderen Fächern auch nicht gerade der Musterschüler war, hat der Bürgermeister nicht nur einmal mit einer Flasche Château Lafite-Rothschild beim Direktor vorsprechen müssen, damit sich am Ende des Semesters doch noch eine knappe 4 ausgeht.

Aber dann, ganz plötzlich, nur ein Schuljahr später: der Andi wie ausgewechselt. Hat sich immer an die Themen gehalten, die Hausübungen pünktlich abgegeben und auch sonst keine Spompanadeln. Da haben sich die Lehrer natürlich gefreut bis zum Gehtnichtmehr, weil wenn so ein bockiger Schüler einlenkt, dann ist man schon irgendwie stolz, dass die ganzen Konfliktlösungsseminare und Mediationsfortbildungen zu etwas nütze waren.

Natürlich: Hätten sie genauer hingesehen, wäre ihnen vielleicht aufgefallen, was wirklich passiert ist. Aber bitte – wer zerstört sich schon gerne die wenigen Erfolge im Leben? Kein Mensch! Und deswegen haben die Lehrer auch nicht bemerkt, dass sich der Andi um keinen Deut gebessert hat. Die beiden haben in den Ferien lediglich eine spezielle Begabung vom Fipsi entdeckt: Handschriften fälschen.

Nur einen Monat hat er gebraucht, um die Unterschrift von seiner Mutter plus Herr und Frau Bürgermeister perfekt zu imitieren, und das komplette Schriftbild vom Andi gleich mit dazu. Absolut deckungsgleich, können Sie nebeneinanderlegen, sehen Sie keinen Unterschied.

Und wie die beiden das entdeckt haben, war die Aufgabenverteilung recht klar: Der Fipsi kümmert sich um die Hausaufgaben, der Andi um den Rest. Hat den Fipsi nicht einmal so gestört, weil Deutsch-, Englisch-, Französischaufsätze hat er ja eh gerne geschrieben. Ob jetzt in einfacher oder doppelter Ausführung, war dann auch schon egal. Und der Andi hat derweil Zeit gehabt für tiefschürfende Gedanken und für das, worin der Fipsi nicht so gut war: Soziales.

Telefonnummern von Mädels besorgen, Einladungen zu Partys checken, die ganzen angesagten CDs kennen – so eine Pubertät managt sich nicht von selbst, da gehört schon einiges dazu, und da war wiederum der Andi ein Naturtalent. Hat nichts anbrennen lassen, wirklich alles rausgeholt und den Fipsi nie vergessen, muss man schon sagen! Einmal ist er seinen Eltern sogar zwei Monate lang auf die Nerven gegangen, bis sie ihm ein Moped geschenkt haben, das eigentlich nicht er wollte, sondern der Fipsi. In dem Punkt darf man nichts auf den Andi kommen lassen.

Und ich finde: Wenn einer so großherzig ist, kann man schon mal ein Auge zudrücken, dass der Fipsi die ganzen Hausaufgaben schreiben musste, während der Andi das lustige Taschenbuch im Kant-Schutzumschlag gelesen hat.

»Also pass auf, wegen dem Sarg heute ...« hat der Andi den Fipsi aus seinen Gedanken gerissen und zurück in die Bier Allee geholt, weil ihm der Ornatschek Willi schon arg auf den Fingernägeln gebrannt hat. Nur leider: So ein Wirtshaus ist halt kein Séparée, da herrscht ein ewiges Kommen und Gehen.

»Na ihr zwei, anstrengender Tag heute, gell? Wollts euch vielleicht ein bisschen Luft machen?«, säuselte es plötzlich hinter Andis Rücken hervor, und ohne eine Antwort abzuwarten, hat sich der zur Stimme passende Geri neben ihnen auf die Bank gepflanzt. Der Andi wäre beinahe aus der Haut gefahren, so fuchsteufelswild ist er geworden.

»JETZT, HERRSCHAFTSZEITEN, KANN MAN DENN HIER NICHT EINMAL IN ALLER RUHE MITEINANDER ...«

» ... reden, genau, das ist das Wichtigste. Durchs Reden kommen die Leute zusammen!«, ist ihm der Geri sanft, aber bestimmt in den Satz gefahren, unbeirrbar im Seelsorgermodus, wie im Priesterseminar gelernt. Hat über die Wichtigkeit des sich Aussprechens referiert, das Seelenheil durch die Beichte, dass er immer ein offenes Ohr für seine Schäfchen hat, und, und, und. Die übliche Moralapostel-Nummer halt, nichts Besonderes. Erst als dann der Macho zur Tür reinkam, ist dem Andi und dem Fipsi klar geworden, dass es diesmal doch etwas Besonderes werden würde.

Böser Bengel

»Bzzz Bzzz. Bzzz Bzzz.«

Optionen. Nachricht löschen. Ja/Nein. Ja. Nachricht gelöscht.

Mittlerweile hat der Geri sein Handy dann doch auf Vibration gestellt, weil war ja auch wirklich lästig, das ewige Gebimmel. Und damit ihm kein Seelsorgenotfall entgeht, hat er es immer in der Hand gehalten. Aber diesmal wieder: Seelsorge Fehlanzeige.

Diese Perversen, hat sich der Geri kopfschüttelnd gedacht und den Macho an den Tisch gewunken.

»Herr Mario, setzen Sie sich doch her zu uns.«

Herr Mario, so hat den Macho eigentlich niemand genannt, aber Macho war dem Geri zu vulgär, und außerdem war es halt sein Name: Mario Tscholl.

Und bitte, ich weiß nicht, ob er sich das einfach so hingebogen hat, aber erzählt hat er immer, dass aus dem Ma von Mario und dem Tscho von Tscholl eben Matscho geworden ist. Ein kompletter Schwachsinn, wenn Sie mich fragen, weil so einen super Spitznamen wie Macho, den kriegt man nicht so einfach. Den gibt man sich selber und behauptet nur, dass man ihn von den Spezis bekommen hat. Bei Mario Tscholl, da heißt man doch Tscholli oder Matschi, aber ist ja jetzt auch egal. Jedenfalls hat der Geri dann mit seelenruhiger Stimme weiter den Moralapostel gespielt.

»Also, ich finde, wir sollten den heutigen Tag ein bisschen Revue passieren lassen und gemeinsam drüber nachdenken, was wir gesagt und getan haben.«

Dem Macho ist das schon spanisch vorgekommen, als ihn der Geri in die Bier Allee zitiert hat, und jetzt, mit Andi und Fipsi am Tisch, war ihm auch klar, warum.

»Na geh bitte, ernsthaft?«, hat er protestiert und wollte schon wieder zur Tür hinaus, aber der Geri kann manchmal hartnäckig sein wie eine Zecke. Er fand es unheimlich wichtig, dass sich die drei über den Vorfall heute aussprechen konnten, weil so und nicht anders reinigt man seine Seele. Aber die drei maulfaulen Affen natürlich: Kiefersperre. Glauben Sie, die hätten auch nur ein sinnvolles Wort über die Lippen gebracht? Die sind nur dagesessen und haben in ihre Biergläser gestarrt. Aber ganz auf der Nudelsuppe dahergeschwommen ist der Geri ja auch nicht.

Bezwinge ich sie halt mit ihren eigenen Waffen, hat er sich gedacht und ist zur Schank, zwecks Schnaps und noch einer Runde Bier. Weil nachsagen kann man dem Alkohol vieles, aber eines schafft er immer: die Leute zum Reden zu bringen. Ich versteh bis heute nicht, warum diese Vollkoffer bei den Amis Millionen in die Entwicklung absurdester Foltermethoden stecken und jahrelang an ihren Wahrheitsseren herumpanschen, wenn sich die Zungen doch auch bei drei, vier Bier und ein paar Schnäpsen lösen. Aber gut, die Amis haben halt keinen Selbstgebrannten vom Rebhansel, dafür können sie ja nichts.

Und während der Geri im Geiste die weiteren Gesprächsschritte durchgegangen ist und er dem Rebhansel gedankenverloren beim Einschenken zugeschaut hat, ist das »Bzzz Bzzz. Bzzz Bzzz« drüben vom Tisch gar nicht bis zu ihm durchgedrungen. Aber zum Macho, zu dem ist es schon durchgedrungen.

Gnädiger Herr, darf ich's wagen, Ihnen meinen Schwan...

Ich weiß nicht, wie Sie das sehen, aber wenn auf dem Display eines Pfarrer-Handys so ein Satzbrocken aufblitzt, ist die Neugier natürlich groß. Da kann man dem Macho gar nicht wirklich übelnehmen, dass er sich einfach das Handy geschnappt und weitergelesen hat. Aber dass er dann aufgesprungen und auf den Tisch gestiegen ist, um in seiner ewig unguten Art die SMS lautstark vorzulesen, damit selbst der letzte Barhocker in der dunkelsten Ecke der Bier Allee noch mitbekommt, was der Geri so für Nachrichten erhält – das muss man dem Macho schon übelnehmen.

»Gnädiger Herr, darf ich's wagen, Ihnen meinen Schwanz in den Arsch zu jagen? Ruf an«, hat er jetzt prustend in die Wirtsstube gewiehert, und die Kartenpracker haben aufgehört zu pracken, die Kickerspieler haben aufgehört zu kickern, und die Barfliegen haben ihr nervöses Zittern an den Geri weitergegeben.

»Geh, das geht dich nix an, gib das her«, hat der wie aus der Pistole geschossen gemaunzt, aber Pistole leider Ladehemmung, sprich: wirkungslos.

»Mein Schwengel lechzt nach einem bösen Bengel! Bist du einer oder doch ein fader Engel?«

Der Macho hat gar nicht daran gedacht aufzuhören, und die Leute sind ihm natürlich an den Lippen gehangen und haben gejohlt und gegackert wie die Wilden, während der Geri am liebsten tot umgefallen wäre.

Es ist wirklich nicht seine beste Idee gewesen, ein paar Nachrichten aufzuheben, aber manche davon fand er halt so drüber, dass er sie einfach nicht löschen konnte. So quasi nach dem Motto: lieber behalten für Zeiten, wo es nichts zu lachen gibt. Nur dass diese Zeiten so schnell kommen würden, damit hätte er nicht gerechnet.

»Mein rotbehelmter Prinz der Lüste wartet sehnsüchtig auf einen strammen Knappen! Ruf an, wenn du auch einen Hengst im Stall hast!«

Dem Macho seine Stimme hat sich schon überschlagen, so übermütig ist er geworden, und der Geri natürlich gezetert und gezerrt, aber keine Chance. Keinen Millimeter hat der Macho nachgegeben, und alle haben sie geklatscht, gejuxt und gegrölt, während der Geri mit hochrotem Schädel immer verzweifelter geworden ist, vor allem, weil er ja gewusst hat, wie viele Nachrichten da noch drauf waren. Und wahrscheinlich hätte sie der Macho auch alle vorgelesen, wenn nicht just in dem Moment ...

»Bzzz Bzzz. Bzzz Bzzz.«

»Oh Freunde, ein ganz eiliger, gerade frisch reingekommen. Ich zitiere: Hallo, ich finde kleine Kinder anziehend und kann mit niemandem darüber reden, bitte helfen ...«, und da haben alle gewusst, hoppala, das war jetzt vielleicht eine Nachricht für den Seelsorger Geri und nicht für den perversen Geri. Oder war das im Endeffekt dasselbe?

Die Leute hätten ihm wahrscheinlich alles zugetraut, und der Macho sowieso. Aber zumindest hat er aufgehört zu lesen, und bis auf das Wimmern vom Geri ist es in der Bier Allee totenstill geworden. Dann ist der Macho herunter vom Tisch, hat das Handy verächtlich fallen gelassen und geschnaubt »Pfarrer, einer perverser als der andere«, woraufhin der Geri samt Handy schnurstracks zur Tür hinaus ist.

Häusltür-Annoncen

Danach war die Stimmung in der Bier Allee so mittel. Vordergründig haben natürlich alle geschimpft über Kinderverzahrer, Pfaffenschweine, Homofürsten, und, und, und. Aber im Hinterkopf hat der Geri den meisten dann doch ein bisschen leidgetan. Außer dem Macho. Der war noch immer in seinem Element und hat den Geri alles geheißen, was ihm an Schimpfwörtern eingefallen ist.

Aber andererseits: Nach drei Bier hat er gezahlt und ist gegangen, wo sich die Leute gedacht haben: der Macho quasi nüchtern und ab? Nach drei Bier? Da kommt der normalerweise erst auf Betriebstemperatur! Also vielleicht hat er ja doch Mitleid gehabt und ist nach Hause gefahren zum Sinnieren oder ist womöglich sogar dem Geri nach, um sich zu entschuldigen – kann ja sein. Die wirklichen Kenner haben natürlich gewusst: Schwachsinn. Der Macho entschuldigt sich bei nichts und niemandem und schon gar nicht bei einem Pfarrer.

Und deswegen hat der Andi schnell gezahlt, hat sich in seinen Golf gesetzt, den Fipsi mit dazu, und ist dem Macho unauffällig hinterher. Dem Fipsi kam das im ersten Moment gar nicht spanisch vor, weil der war vollends mit seinem schlechten Gewissen beschäftigt.

»Du, ich glaub, wir haben wirklich übertrieben. Hast du die Augen gesehen vom Geri, die Tränen? Der war komplett fertig, sag ich dir, aber so richtig. Wir hätten das niemals machen sollen. Wo hast'n du seine Nummer überall hingeschrieben?«

Der Andi hat sich auf die Straße konzentriert und nur lapidar gesagt:

»I hab sogar ein Inserat mit seiner Nummer aufgegeben.«

»Ernsthaft? Wir wollten doch die Nummer nur in die Homo-Foren und auf ein paar Häusltüren schreiben – und du lässt gleich ein Inserat schalten? Ich mein, Schmäh schön und gut, aber irgendwie ist das Ganze ein bisschen ausgeufert, findest du nicht? Dass der Depp aber auch alle SMS aufheben muss. Sollten wir nicht vielleicht hin zum Geri und alles aufklären?«

Aber der Andi hat durch die Frontscheibe gestiert und keine Antwort gegeben, woraufhin der Fipsi dann doch ein wenig lauter geworden ist.

»Hallo, Erde an Andi, hörst du mir zu? Bist du fett oder was? Jetzt schalt einmal wenigstens die Scheinwerfer ein! Und warum fahren wir überhaupt zur Arbeit mitten in der Nacht?«

Der Andi hat den Motor abgestellt und das Auto ausrollen lassen. 80 Meter vor ihnen ist der Macho aus seinem Wagen gestiegen und in die Bestattung gegangen, während hinten im abgedunkelten Golf der Andi endlich sein Thema losgeworden ist.

»Sag, warst du schon mal auf der Palliativstation in St. Veith essen?«

Klischeekatholike

»Bzzz Bzzz. Bzzz Bzzz.«

Optionen. Nachricht löschen. Ja/Nein. Ja. Nachricht gelöscht.

Kopfschütteln.

Warum der Geri diese Nachricht noch gelöscht hat, wusste er eigentlich selbst nicht so genau. Dank Macho und den anderen Deppen war er ja jetzt sowieso die Oberschwuchtel schlechthin. Ein verkappter Homo im Pfaffengewand, der den lieben langen Tag mit seinen geilen Stechern perverse Nachrichten schreibt und den Buben im Knabenchor hinterherspechtelt. So schaut's aus, das war ab jetzt seine Rolle, seine Realität.

»Cheers«, hat er mit fauler Zunge dem Herrgott im Himmel zugeprostet und in einem Zug den Messwein runtergeschüttet – ganz alleine in seiner Kirche, nur die Flasche Wein, sein Handy und den Jesus am Kreuz als Gesellschaft.

Seit seinem Entschluss zum Theologiestudium hat er wirklich alles dafür gegeben, um nicht diesem Bild zu entsprechen. Sie wissen schon, diesem Klischee-Pfarrer-Bild vom zugeknöpften, engstirnigen Trottel, der im wahren Leben versagt hat und deswegen in der geschützten Anstalt Kirche seine Komplexe so lange hochzüchtet, bis er sie früher oder später in Form von Leibesvisitationsübungen an kleinen Buben rauslässt, für die er im Falle eines Skandals höchstens nach Afrika zum Buschmänner-Missionieren abkommandiert wird.

Deshalb ist er durch die halbe Welt geradelt, hat so viele Kulturen kennengelernt, so viele Menschen, hat sich rührend um die Gemeinde gekümmert, war immer für seine Schäfchen da und ist dabei nie, nicht ein einziges Mal, irgendjemandem unsittlich zu nahegekommen. Niemandem. Niemals. Obwohl es durchaus Gelegenheiten dazu gegeben hätte.

Und jetzt? Jetzt ist er der Perverse schlechthin. Wegen dieser einen blöden Geschichte.

»Bzzz Bzzz. Bzzz Bzzz.«

Optionen. Nachricht löschen. Ja/nein.

Die Leute sind so dumm. So unendlich, unsagbar, unfassbar dumm und leichtgläubig. Man kümmert sich jahrelang um sie, hilft ihnen, redet ihnen zu, baut sich einen Ruf auf, und dann kommt so ein Vollidiot und alles ist vergessen.

Optionen. Nachricht löschen. Ja/nein.

Alles, wofür er gelitten hat, alle Entbehrungen, die einsamen Nächte, die Vorurteile, alles hat er ertragen, und alles war umsonst.

Optionen. Nachricht löschen. Ja/nein.

Jetzt haben sie ihn da, wo sie ihn haben wollten. Die Vorurteile bestätigt, das Klischee für immer einzementiert, der Lustmolch enttarnt.

Optionen. Nachricht löschen.

Hier ist er, am Bodensatz seiner Existenz. Der perverse Katholik, abartig und geil, wie ihn die Welt haben will.

Optionen. Nachricht löschen.

Der Geri hat sich noch einen Wein eingeschenkt. Die Kerzen waren erloschen, die Kirchenbeleuchtung aus, und der wolkenverhangene Himmel ließ nicht den kleinsten Schimmer des Mondes hindurch. Das Display seines Handys war die einzige Erleuchtung, die ihm geblieben ist.

»Ach, soll sie doch alle der Teufel holen!«

Optionen. Nachricht beantworten.

Qigong Zähne

»Geh bitte, das bildest du dir ein«, hat der Fipsi leise gezischelt und den Andi immer wieder am Ärmel zurückgezogen.

»Wir waren einfach noch dicht bis oben hin heut Mittag. Kein Wunder, dass dir der Sarg so schwer vorgekommen ist. Jetzt komm, sei vernünftig!«

Aber mit Vernunft hat sich der Fipsi beim Andi die Zähne ausgebissen, und komisch war das ja schon: Was zum Teufel wollte der Macho um diese Zeit in der Bestattung? Bereitschaftsdienst hat er keinen gehabt, sondern der Gustl, und der lässt sich die Anrufe immer nach Hause weiterleiten. Also was wollte der Macho dann hier?

»Geh bitte, lass uns fahren!«

Der Fipsi hat weiter genervt. Keine Ahnung, wann der so ein Schisser geworden ist, hat sich der Andi gedacht und das Tor zum Innenhof der Bestattung ganz behutsam und leise geöffnet, aber hinter ihm der Fipsi nonstop am Zischeln.

»Schau, da ist nix, was soll schon sein? Der Macho wird was vergessen haben oder was weiß ich, komm!«

Der Fipsi war wirklich fertig mit den Nerven, und im Prinzip ja auch zu Recht. Sich mit dem Macho anlegen ist noch keinem gut bekommen, doch irgendeine Erklärung für den schweren Sarg musste es ja geben, und für einen Rückzieher war es jetzt ohnehin zu spät. Der Andi konnte einfach nicht kehrtmachen und ist immer weiter durch den Innenhof geschlichen, hinein in den Arbeitsraum, bis er endlich vor der schweren Metalltür der Kühlkammer stehen geblieben ist. Sie war nur einen Spaltbreit offen, und der Raum war kaum zu erkennen, aber das Wenige hat gereicht, um zu wissen, was Sache ist.

»Wie viel kriegt man für sowas?«, hat der Andi aus dem Nichts heraus gefragt, und der Macho ist hochgeschreckt wie ein Reh im Scheinwerferlicht.

»Rentiert sich das überhaupt?«

Zuerst hat der Macho erschrocken auf die Leiche vor ihm gestarrt, aber wie dann der Andi und der Espenlaub-Fipsi zu ihm in die Kühlkammer sind, war er wieder beruhigt. Und eigentlich komisch, weil wenn man dabei erwischt wird, wie man einem Toten Zähne aus dem Kiefer bricht, bleibt man normalerweise nicht so cool wie der Macho in dem Moment.

»Mit Hüftprothesen machst du heute kein Geschäft mehr. Aber mit Goldzähnen schon. Findest du halt nur noch bei den ganz Alten«, hat der Macho nüchtern gekontert und dem Andi vier dicke Backenzähne in die Hand gedrückt.

Und wirklich: Füllungen pures Gold. Aber trotzdem: pure Enttäuschung. Weil den schweren Sarg hat das natürlich nicht erklärt, und dem Andi sind wieder Zweifel gekommen, ob das Ganze nicht doch einfach nur Einbildung war. Und während er nachdenklich die Backenzähne wie Qigong-Kugeln in seiner Handfläche kreisen ließ und der Macho über den Goldpreis philosophierte, ist der Fipsi beinahe die Wände hochgegangen, so unbedingt wollte er fort. Eigentlich kein Wunder, in so einer Situation, und aus heutiger Sicht muss man auch sagen: beste Idee überhaupt.

Weil hätten alle auf den Fipsi gehört, wäre niemandem aufgefallen, wie das Licht im Vorraum angegangen ist. Niemand hätte den Gustl gesehen und niemand hätte sich gewundert, warum er mitten in der Nacht einen Sarg aufschraubt. Obwohl, das alleine wäre nicht so ungewöhnlich gewesen, immerhin hatte der Gustl ja Nachtdienst. Aber so richtig ungewöhnlich war, dass mit ihm drei weitere Herren hereinspaziert sind, wobei eigentlich nur zwei spaziert sind, denn der dritte war tot.

Jetzt können Sie sich vorstellen: komische Situation. Weil kann ja sein, dass man in der Schule einen Schüleraustausch hat oder im Büro ab und an Leute aus anderen Abteilungen zum Schnuppern vorbeikommen, aber dass dir fremde Bestatter Leichen bringen, ist so gut wie ausgeschlossen. Und gänzlich ausgeschlossen ist auch, dass Bestatter Pistolen und gefälschte Armani-Anzüge tragen.

»Was macht's 'n ihr da?«

Eine noch blödere Frage hätte der Gustl in der Situation kaum stellen können. Aber so blöd die Frage auch war, gestellt hat sie sich ein jeder in dem Moment, nur zum Antworten hat es bei keinem gereicht. Da musste erst ein dritter Armani-Anzug als Eisbrecher dazukommen.

»Ey, was is, haben ihr Betriebsversammlung, oder was, ha?«

Und da zeigt sich wieder, wie verschieden die Menschen doch reagieren. Die einen scherzen locker herum, die anderen machen einen auf regungslose Salzsäule, und wieder andere machen auch einen auf Salzsäule, aber mit einem Lächeln. Natürlich kein wirkliches Lächeln, mehr so ein angedeutetes, innerliches, kaum wahrnehmbares, mikroskopisch kleines Schmunzeln, aber dennoch: Man hat dem Andi die Freude angesehen. Er hatte recht, der Sarg war zu schwer. Nur mit dem Macho ist er falsch gelegen.

»Warum du nix sagen, dass ihr heute Party für Mirko, ha? Hätten ich bessere Outfit angezogen und unsere Freund ein bisschen hübscher gemacht«, hat der Eisbrecher-Anzug in gebrochenem Deutsch weitergeschwafelt und mit seiner Schuhspitze den Kopf des Toten angetippt.

Mit seinem Outfit hat er auch recht gehabt, weil Anzüge, die glänzen wie lackierte Mistkäfer, sollte man höchstens tragen, wenn man im Fasching als Langspielplatte geht. Aber seinem Freund, der Leiche, hat er unrecht getan, weil die war eigentlich schon recht hübsch.

Natürlich, ohne Loch im Kopf wäre sie bedeutend hübscher gewesen, aber sonst wirklich sehr adrett. Junger Bursche, schneidig, gepflegt, androgyner Körper, langes wallendes Haar, gezupfte Augenbrauen – eigentlich komisch, dass sich ein so hübscher Kerl auch noch so stark schminkt. Der Glitzer im Gesicht, die falschen Wimpern, das Rouge und alles – das hätte der gar nicht nötig gehabt, soweit man das mit den ganzen Blutkrusten beurteilen konnte.

»Nächste Mal, früher Bescheid geben, mein Freund, ha? Jetzt ich muss leider gehen. Ich noch Verpflichtungen, du verstehen, ha? Wir uns sehen!«

Und dann ist der Chef-Anzug mit seinen beiden schweigsamen Helfern wieder abgerauscht – ohne Leiche, versteht sich. Was aber niemand so recht verstehen wollte, war die Tatsache, dass der Anzug die ganze Zeit über nicht mit dem Gustl gesprochen hat, sondern mit dem Fipsi.

Ivanka

Und jetzt, wie erklär ich Ihnen das am besten? Der Fipsi hat sich das in dem Moment auch gefragt, aber es ist ihm ja nichts anderes übrig geblieben, als einfach draufloszuerzählen.

Begonnen hat der Schlamassel vor zwei Monaten. Da war sein Geburtstag, und er ist mit dem Andi nach Wien zwecks Feiern, Halligalli und Sau rauslassen. Und wie der Fipsi so erzählt hat, sind dem Andi auch wieder einige Erinnerungsfetzen gekommen. Eine legendäre Nacht – sie haben sich so richtig die Kante gegeben und Flasche Wodka, Flasche Rum, Leute angehen, deppert tanzen, volles Programm.

Nur bei den Mädels war beim Fipsi wie immer nur halbes Programm. Angetanzt haben sie ihn, angelächelt, die eine wollte ihm sogar einen Schnaps spendieren, aber der Fipsi hat es in seiner typisch schrulligen Manier wieder komplett versemmelt.

Ob sie wisse, dass der ursprüngliche Name der Schnaps-Birnensorte Bon-Chrétien Williams laute, benannt nach einem Baumschuler mit dem Nachnamen Williams, der, obwohl er aus London stamme, das französische Bon-Chrétien gewählt habe, was so viel bedeute wie braver Christ und eine Huldigung an den italienischen Heiligen Franz von Paola sein sollte, der den Paulaner-Orden gegründet habe, wo ja – ganz interessant – dieses urdeutsche Bier gebraut worden sei, von Mönchen, die lustigerweise nach strengster Askese gelebt hätten.

Und als der Fipsi dann erklären wollte, dass man die Paulaner nicht mit den Paulinern verwechseln dürfe, war der Schnaps leer und das Mädel weg. Typisch Fipsi, der macht halt nie etwas draus.

Ganz anders der Andi. Den hat zwar keine angetanzt, aber klargemacht hat er trotzdem eine. Doch sosehr er sich jetzt angestrengt hat: Der Name von der Kleinen ist ihm partout nicht mehr eingefallen. Wahrscheinlich hat er sie Lilli genannt, weil so nennt er irgendwann alle Frauen im Suff. Kann man einfach am besten lallen, Lilli. Das geht sogar, wenn gar nichts mehr geht. Und bei dem, was die Lilli intus hatte, war ihr das mit ziemlicher Sicherheit auch egal. Dass die sich überhaupt noch auf den Beinen halten konnte, war ja ohnehin schon ein Wunder, aber dass sie es dann sogar geschafft hat, gemeinsam mit dem Andi in ein Taxi zu steigen, zu ihr nach Hause zu fahren und mit dem Schlüssel tatsächlich ins Schlüsselloch zu treffen – noch größeres Wunder.

Und Wunder hin oder her, eigentlich muss man sagen: keine schöne Aktion. Den besten Freund an seinem Geburtstag stehen lassen, das macht man einfach nicht. Schon gar nicht wegen einer Lilli und schon mal überhaupt nicht, wenn man eine Vali hat. Das Ganze war sowieso ein kompletter Reinfall, weil zuhause ist die Lilli volée ins Bad, um sich den Abend nochmal durch den Kopf gehen zu lassen, und der Andi hat beim Schuheausziehen das Gleichgewicht verloren und ist dann im Vorraum am Boden eingeschlafen. Abend Ende.

Beim Fipsi hingegen hat die Nacht erst jetzt so richtig angefangen. Es ist ihm aber auch gar nichts anderes übrig geblieben: Zuhause weit weg, der Andi ebenso, was also machen? Weiterfeiern natürlich. Und hat dann auch ganz gut gepasst, weil wie es der Zufall so will, war er nicht das einzige Geburtstagskind im Lokal. Eine ziemlich große Gruppe hat ebenfalls gefeiert, alles Jugos mit komischen Anzügen, aber super Stimmung und massig viel Alkohol. Haben den Fipsi sofort eingeladen mitzufeiern und Happy Birthday hier, lebe hoch da, eine Riesengaudi halt.

Nur der Geburtstagsjugo war ein bisschen verschnupft, weil jetzt hat er ja quasi ein Geburtstagsgeschwisterchen bekommen. Einzelkind wäre ihm lieber gewesen, und das hat er dem Fipsi auch ganz deutlich zu verstehen gegeben. Das müssen Sie sich einmal vorstellen: Der Fipsi steht, nichtsahnend, trinkt einen Schnaps, fischt sich eine Zigarette aus der Packung, da zieht der Geburtstagsjugo plötzlich eine Pistole und zielt auf ihn. Der Fipsi natürlich Schweißausbruch Niagara-Modus. Dem ist alles vergangen, und wie der Finger vom Jugo zum Abzug gewandert ist – sowieso halber Herzkasper. Aber statt einem Schuss ist dann ein großes Gelächter gekommen und statt der Kugel eine kleine Flamme, weil – und jetzt kommt's – Scherzfeuerzeug.

Hat sich die Meute natürlich schlappgelacht bis zum Gehtnichtmehr und der Fipsi im Endeffekt auch, obwohl unter normalen Umständen müsste man bei sowas stante pede das Lokal verlassen. Nur erstens waren das ja keine normalen Umstände und zweitens Ivanka.

Der Geburtstagsjugo hat nämlich noch ein zweites Spielzeug dabeigehabt, das war schon mehr nach Fipsis Geschmack. Und so wie ihn die Ivanka angelächelt hat, galt das durchaus auch von ihrer Seite.

»Lass mich raten, der Geburtstagsjugo von damals hat uns heute dieses Geschenk hier hinterlassen«, ist der Andi dem Fipsi dazwischengefahren und hat dabei die Glitzerleiche mit einem schwachen Tritt angestupst. Und wirklich, war derselbe Typ. Hört auf den Namen Mirko, und die zwei Helfer sind dem Fipsi auch bekannt vorgekommen.

Mit dem einen hat er damals in der Disko die ganze Zeit über Blödsinn geredet und Schnaps gesoffen, nur damit er nicht zur Ivanka schauen musste. Denn sagen wir so: Es gibt solche Blicke und SOLCHE, aber die, die ihm die Ivanka mit ihren riesigen Rehguckern zugeworfen hat, waren sowas von SOLCHE, das hat selbst der Fipsi überzuckert.

Nur war der natürlich wieder viel zu feig, und eine Kinderstube hat er auch genossen, weil wie sieht denn das aus, wenn man dem Geburtstagskind einfach so das Geschenk abluchst. Das geht gar nicht, also ist ihm nichts anderes übrig geblieben als eisern weiterzufeiern mit den Jugos, und war auch wirklich noch eine legendäre Nacht mit Sternspritzer, Champagner, Eiswürfeldusche, Armdrücken, Limbotanzen – die hatten einfach alles, sogar eine Limousine, mit der sie sich von Lokal zu Lokal chauffieren haben lassen.

So etwas hat der Fipsi noch nie erlebt, und es hätte auch alles so schön enden können, wenn nicht um sechs in der Früh die Ivanka-Blicke immer bohrender geworden wären und dem Fipsi seine Kinderstube immer egaler.

»Ja und dann?«

Andis Stimme ist schon eher Richtung Bellen gegangen, aber ins Wort gefallen ist er dem Fipsi nicht, weil der hat ja gar nicht mehr geredet.

»Was ist dann passiert? Hast ihr das Hirn rausgevögelt in der Limo, und der Mirko hat euch erwischt oder was? Jetzt red endlich!«

Und während der Fipsi vor sich hin gestammelt hat, und na ja und nicht so ganz und das ist kompliziert und mimimi, hätte ihm der Andi beinahe den Schädel abgerissen vor lauter Ungeduld. Aber dann hat der Fipsi doch weitererzählt.

»Na ja, wir haben uns in der Limousine versteckt und dann, ich hab, wir haben nicht… Die Ivanka war nicht… Sie war mehr so eine… Ach scheiße, die Ivanka war ein Mann!«

Normalerweise hätten jetzt alle losgelacht, aber zum Lachen war keinem zumute.

»Ich bin halt sofort zurückgezuckt, als ich da unten was

gespürt hab und sie sofort: was ist? Und ich: na da! Und sie: ja und? Und ich: na daha! Und sie wieder: na uhund?«, weil die Ivanka hat irgendwie angenommen, dass der Fipsi offener ist in solchen Dingen – zumindest hat sie das gehofft. Aber leider: der Fipsi zugeknöpft bis oben hin in der einen Ecke der Limousine, die Ivanka frustriert in der anderen.

»Ja und weiter? Jetzt lass dir doch nicht alles aus der Nase rausziehen!«

»Na wir haben dann eine geraucht. Sie hat Feuer wollen und dann…«

»Ja und? Deswegen kommt der Jugo daher und legt uns eine Leiche hin? Weil du mit der Ivanka eine geraucht hast?«

Und weil der Fipsi wieder nur am Stammeln war und der Andi nur am Schreien, ist jetzt ausnahmsweise etwas Vernünftiges vom Macho gekommen.

»Womit hast du ihr Feuer gegeben?«

Und dann Schweigeminute.

»Bitte, die Puffen hat genauso ausgesehen wie das Feuerzeug, ich schwör's, die waren exakt gleich!«

Stille.

»Die Ivanka hat halt Feuer wollen, und ich hab keines gehabt! Auf der Rückbank ist das Sakko vom Mirko gelegen, und da hat die Pistole herausgeschaut, und ich hab mir nix dabei gedacht, und na ja, dann hab ich ihr eben Feuer gegeben.«

Immer noch Stille. So etwas muss man erst einmal sacken lassen.

»Du hast einem Transvestiten das Hirn rausgeschossen, weil du dachtest, die Pistole sei ein Scherzfeuerzeug?«, hat der Andi trocken resümiert. Und das war so eine dieser Fragen, da hätte er eher damit gerechnet, dass die Welt stehen bleibt, als dass er sie jemals in seinem Leben stellen wird – schon gar nicht dem Fipsi.

Für den Mirko ist die Welt damals auch kurz stehen geblieben, weil da muss man sich einmal in seine Rolle hineinversetzen: Du bist hundertprozentig davon überzeugt, dass deine Partybegleitung gerade von jemandem vernascht wird. Du bist fuchsteufelswild, suchst, stellst alles auf den Kopf, bis nur noch die Limousine übrig bleibt. Du gehst raus, energiegeladen, reißt die Tür auf, willst den Scheißkerl blutig schlagen, und dann ist der schon voller Blut und das Hirn von der Partybegleitung liegt in der ganzen Limo verteilt.

Da hat sich der Mirko natürlich furchtbar aufgeregt, und ist auch absolut verständlich. So viele Probleme und das noch dazu am eigenen Geburtstag – gar nicht schön. An so einem Tag möchte man Kerzen ausblasen, Champagner trinken, Geschenke auspacken, ein paar Lines ziehen und irgendwelche Leute vermöbeln. Stattdessen musste er jetzt die Ivanka-Reste aus der gemieteten Limousine kratzen, zwei Leichen verschwinden lassen, und eine davon war noch nicht einmal tot. Hell ist es auch schon wieder geworden – Probleme, Probleme, Probleme. Wo man hinsieht, nur Probleme.

Gut, die Limousine kriegt man irgendwie sauber. Den

Fipsi umbringen war auch nicht das große Thema, nur dann kommt die altbekannte Problematik: Wohin mit den Leichen? Früher ist man einfach mit einem Spaten in den Wald, Loch ausheben und gut, aber heute? Die ganzen Nordic-Walker, die Frischluftschnupperer, die Yogibären – zu Stoßzeiten strömt die komplette Polyamid-Elastan-Presswurstfraktion aus der Stadt und belagert den Wald. Dazu noch die Pfadfinder und die Förster mit ihren Hundsviechern – viel zu gefährlich. Andauernd stolpert irgendein Depp über eine Leiche von früher, und dann kommen sie mit dem ganzen modernen DNA- und DNS- und Was-weiß-ich-was-Zeug an, und schwups sitzt man lebenslang im Bau.

Und während dem Mirko ein Gedanke nach dem anderen durch den Kopf geschossen ist, hat der Uhrzeiger wieder eine Minute geschluckt. Auf der Straße sind schon die ersten Pendler unterwegs gewesen, und die Jugotruppe ist immer noch am Parkplatz gestanden und hat debattiert. Den Fipsi jetzt wegschaffen und nachher umbringen oder doch lieber gleich erschießen und später weg? Ja, nein, vielleicht, und wenn ja, wohin? Zum Schrottplatz? In die Donau? In die Benzindusche? Dem Mirko hat der Kopf geraucht. Er war so überfordert, dass er sogar den Fipsi selbst angeschrien hat, was er denn bitteschön mit ihm und der ganzen Scheißsituation machen soll. Nur dass er dann tatsächlich eine Antwort bekommen würde – damit hat er nicht gerechnet.

Entweder es war »Mord im Dreivierteltakt« oder »Mordstheater«. »Mörderheim« war es auf keinen Fall und »Mord ohne Mörder« auch nicht, aber in irgendeiner Geschichte hat der Fipsi den Bösen eine besonders gewiefte Methode angedichtet, um nicht ertappt zu werden. Und wie er jetzt vor dem Mirko am Boden gekauert ist, ganz apathisch und benommen. Wie jede Faser seines Körpers gezittert hat und sein eigenes Ende nur noch ein lästiger Streitpunkt zwischen besoffenen Jugos war – da hat er daran denken müssen. Und da sieht man mal wieder, wozu Literatur gut sein kann. Weil wie ihm eingefallen ist, dass seine Krimi-Schurken einen Deal mit dem Krimi-Friedhofswärter hatten, um Krimi-Leichen in Krimi-Gräbern zu entsorgen, da ist ihm für die realen Schurken auch etwas eingefallen.

»Zum Friedhof...« hat er jetzt mit so gebrochener Stimme geflüstert, dass der Mirko schon ganz genau hinhören musste, um seinen Ohren trotzdem nicht zu trauen.

»Wie bitte? Was du sagen, ich nix verstehen, ha?«

Der Fipsi hat zwar Rotz und Wasser geheult, aber irgendwie konnte man ihn dann doch halbwegs verstehen. Stammelnd hat er dem Mirko erklärt, dass er die Ivanka mit einem Leichenwagen wegbringen würde. Dass so einen Wagen niemand kontrolliert und erst recht niemand Leichen am Friedhof sucht, weil es sucht ja auch niemand Sandkörner am Strand. Der Fipsi hat den Plan runtergerattert wie ein Referat – man hätte fast meinen können, er wüsste, wovon er spricht. Dabei war das alles Blödsinn.

Zusammengesponnener Schmafu. Eine Verzweiflungstat, wie bei einem Wolf, der sein Bein abnagt, um sich aus der Falle zu befreien. Einen Schmarrn hat der Fipsi gewusst, der

Plan war kompletter Schwachsinn. Als Aushilfe hatte er ja weder Zugang zur Bestattung noch einen Schlüssel für den Leichenwagen. Aber das wusste nur er.

Der Mirko hingegen wusste: Die Uhr tickt, die Jungs werden unruhig, es muss etwas passieren. Und zwar sofort. Also hat er den Fipsi angeschrien, dass er ja nicht auf dumme Ideen kommen soll. Hat mit der Pistole vor seiner Nase herumgefuchtelt, hat ihn angespuckt, sämtliche Flüche seiner Heimat ausgespien und ihm alles an den Kopf geworfen, was ihm an Schimpfwörtern eingefallen ist. Aber am Ende hat er dann tatsächlich eingewilligt und dem Fipsi sein Handy gegeben. Das war nämlich Fipsis einzige Bedingung, ein Anruf. Und es war nicht nur seine einzige Bedingung, es war auch seine einzige Chance. Hätte der Hubsi Bereitschaft gehabt – na dann gute Nacht, aber dem war nicht so. Und wie der Fipsi so erzählt hat, sind in dem Moment alle Blicke zum Gustl gewandert.

»Na was? Hätt ich auflegen sollen?«, ist der gleich in den Verteidigungsmodus gegangen. Im Nachhinein betrachtet, wäre das besser gewesen für ihn, doch er hat damals nicht aufgelegt. Er hat sich nur gewundert, dass er um halb sieben in der Früh den Fipsi am Apparat hatte. Als der dann auch noch behauptet hat, dass rein zufällig jemand in seinem Beisein gestorben und der Verstorbene obendrein ein Friedberger wäre, den er unbedingt heimholen müsse, hat sich der Gustl noch mehr gewundert. Und wie er auf den Parkplatz eingebogen ist, wie er die ganzen Jugos, den zittrigen Fipsi und die Leiche gesehen hat – gewundert, gewundert, gewundert. Gewundert bis ins Wunderland. Aber leider ohne Alice. Nur tote Ivanka.

»Wär ich wieder gefahren, die hätten ihn doch abgeknallt«, hat sich der Gustl weiter verteidigt, und recht hat er gehabt. Deswegen haben sie die Ivanka kommentarlos in den Wagen geladen und sind mit dem Mirko und zwei Jugos im Schlepptau in die Bestattung gefahren.

»Und dann habt ihr die Ivanka zusammen mit dem Ornatschek Willi begraben«, hat der Andi jetzt fassungslos resümiert, aber Logikfehler, weil war ja alles schon zwei Monate her.

»Nein, die liegt bei der Doderer Uschi mit drin. Die heute war von letzter Woche.«

»Wie, die heute war von letzter Woche?«

Der Andi hat nicht gleich verstanden. Der Fipsi und der Gustl sind ja damals auch auf dem Schlauch gestanden, weil die haben ja gedacht: einmalige Nummer. Aber der Mirko hat sich da eher ein längerfristiges Geschäft vorgestellt, bei dem, seiner Ansicht nach, jeder profitiert. Er hatte endlich einen Ort, an dem er gratis und easy Leichen verschwinden lassen konnte, und für den Fipsi und den Gustl war das Arrangement quasi eine Lebensversicherung.

»Der Mirko ruft mich an, ich ruf Gustl an, und kurz darauf liegt die Nächste da. Das ist jetzt die Dritte, die Letzte vorigen Donnerstag«, hat der Fipsi erklärt, und in dem Moment war alles raus, was er seit zwei Monaten keiner Menschenseele sagen konnte. Aber nicht, dass Sie glauben, Stein vom Herzen und Erleichterung, nein, nein. Beklemmung.

Stille. Das Surren des Kühlaggregats war minutenlang das einzige Geräusch im Raum.

Der Fipsi hat jetzt fürchterlich angestrengt in seine Handflächen gestarrt, der Gustl verstohlen zum Andi und der Andi zur Schnapsflasche auf der Kredenz. Er hätte sein letztes Hemd dafür gegeben, wenn da wirklich Schnaps drin gewesen wäre und nicht bloß die schwefelige Säure zum Sarg Desinfizieren. Aber wenn man es recht bedenkt, wäre die Säure vielleicht auch nicht schlecht gewesen.

»Waren das immer so Gestalten?«, hat der Macho endlich die Stille unterbrochen und mit seinem Finger ein bisschen Glitzer von der Wange der Leiche gewischt, doch der Fipsi war irgendwie zu perplex, um eine Antwort zu geben. Er hat ja mit vielen Fragen gerechnet, aber nicht mit so einer. Also ist der Gustl eingesprungen:

»Immer so angeschmierte Burschen, ja. Recht jung, nicht sehr schwer. Kam uns gelegen.«

»Mhm«, hat der Macho ungewohnt leise in sich hineingenuschelt, nur um dann doch wieder laut loszupoltern.

»Also ich fasse mal zusammen. Ihr entsorgt gratis irgendwelche Schwuchteln für die Serben-Mafia, die lassen euch dafür am Leben, und ich soll einfach wegschauen. Hab ich das richtig verstanden?«

Und genau jetzt, wo der Macho ja eigentlich gar keine Antwort haben wollte, weil rhetorische Frage, hat der Fipsi doch wieder den Mund aufbekommen. Natürlich mit einer vollkommen unpassenden Gegenfrage.

»Woher weißt du, dass die von der Serben-Mafia sind?«
»Die Tattoos.«

Und damit war die Frage-Antwort-Stunde auch schon wieder beendet. Der Macho hat noch einmal den Kopf geschüttelt, die Leiche betrachtet und ist dann ohne ein weiteres Wort zu verlieren einfach gegangen. Kurz darauf der Andi, weil dem ist zu der ganzen Situation auch nichts mehr eingefallen, und dann der Fipsi. Nur der Gustl, der alte Pragmatiker, hat das einzig Richtige gemacht und die Leiche in den Kühlraum verfrachtet.

Noch richtiger wäre natürlich gewesen, wenn sie sich alle bei einem starken Kaffee zusammengesetzt und ganz sachlich darüber geredet hätten. Aber Sie wissen ja, wie Männer manchmal sind.

Kapitel Zwei

Was die Zeit begehrt

Hiermit möchte ich Ihnen und Ihrem

Der Cursor am Bildschirm hat sicher achtzig Mal geblinkt, bevor der Andi alles wieder gelöscht hat. Zum zehnten Mal.

Sehr geehrte Damen und Herren, ich möchte Ihnen hiermit mein Manuskript

Wieder Löschtaste. Kopfschütteln. Bildschirm starren.

Sehr geehrte Damen und Herren. Hiermit sende ich Ihrem Verlag ein Manuskript zu meinem Roman.

Cursorblinken. Überlegen. War das richtig: Ihrem Verlag? Der Epilogverlag ist ja nicht der Verlag von irgendeiner Person, sondern ein börsennotierter Gigant. Da kann man doch nicht einfach »Ihrem Verlag« schreiben, hat sich der Andi gedacht und seinen Blick quer durchs Zimmer wandern lassen, in der Hoffnung, dass ihn irgendwo die richtige Formulierung anspringt. Aber stattdessen sind ihm bloß lauter Dinge vom Fipsi entgegengesprungen. Überall sind Zettel und Geschichten von ihm herumgelegen. Mord hier, Mord da – sein ganzes Zimmer war voll davon. Und das hat er gerade überhaupt nicht gebrauchen können. Schon der kleinste Gedanke an ihn und seine Lügen, und sein Puls war auf 180.

Zur Beruhigung hat der Andi einen großen Schluck von seinem Lavendel-Melissen-Bachblütentee genommen, obwohl er eigentlich lieber etwas Gescheites für die Nerven gehabt hätte. Valium, Psychopax oder sonst irgendeinen Grauschleier-Kolorierer. Aber leider: Fehlanzeige. Daheim gab es nur noch Globuli, Schüsslersalze und linksdrehenden Kombucha.

Das gute Zeug ist vor langer Zeit aus dem Haus verbannt worden, weil blöde Geschichte: Die Mutter vom Andi hatte ihr Leben lang Unterleibsprobleme gehabt. Und da ohnehin schon fortgeschrittenes Semester und Familienplanung abgeschlossen, hat sie sich vom Onkel Doktor ausräumen lassen. Danach war alles anders: Hormonspiegel durcheinander, Wallungen, Depressionen – damit muss man erst einmal fertig werden, keine Frage und war dem Andi auch vollkommen klar. Aber manchmal hat er sich schon gefragt, ob die Ärzte damals nicht versehentlich das Hirn mit ausgeräumt haben.

Seit dieser Operation war die Mutter ein völlig anderer

Mensch. Alles bio, alles öko, Jesuspatschen an und make the world a better place – tschakka! Normalerweise ist dem Andi ja egal, wenn einer so drauf ist. Soll ein jeder machen, wie er will, aber bitte: doch nicht die eigene Mutter.

Nicht einmal sonntags hat es mehr Schnitzel gegeben, nur noch Couscous und Tofu. Überall Waschnüsse statt Weichspüler, Dinkel statt Weizen, Energiesparlampen statt helle Räume, und seine ganzen Garfield-Comics hat sie auch gespendet, dem SOS-Kinderdorf. Wenn die gewusst hätte, wie viele Bilder von Nackerten zwischen den Garfields waren – da kommt Freude auf im Kinderdorf.

Und da sieht man mal wieder, wie Gutgemeintes auch nach hinten losgehen kann. So wie damals, als die Mutter vom Andi die ganze Stadt mit vertraulichen Dokumenten aus dem Gemeinderat zuplakatiert hat. Lohnlisten, Grundbucheinträge, Umwidmungen – so etwas fliegt daheim halt oft herum, wenn man einen Bürgermeister als Gatten hat. Sollte natürlich nicht so sein, eh klar, aber Arbeit nimmt sich ein jeder mal mit nach Hause. Man denkt ja auch nicht daran, dass die Frau Gemahlin alles in der Stadt verteilt. Und Schuld hat nur ihre ewige Papierspararei. Da sammelt sie oft alle möglichen Zettel ein, die sie für Mist hält, und dann legt sie die wieder in den Drucker, weil die eine Seite ist ja noch unbedruckt, die ist ja noch gut. Und als sie damals die Handzettel zu ihrem Lach-Yoga-Seminar gedruckt und in jeden Briefkasten der Stadt geschmissen hat, waren auf der Rückseite eben die Lohnlisten.

Da hätte der Bürgermeister sie fast erschlagen, so außer

sich war der. Und das Aufgeregte, das hat der Bürgermeister dem Andi vererbt. Der konnte sich auch schnell aufregen. Aber bitte, kein Wunder bei der Situation. Mafia, Leichen, Fipsi – da ist ein bisschen Aufregung natürlich völlig normal.

»Bzzz. Bzzz.«

Zweiter Anruf in Abwesenheit. Vali. Als ob er nicht schon genug am Hals gehabt hätte. Alles, was er wollte, war ein wenig Ruhe und Konzentration. Immerhin war das, was er da getippt und immer wieder gelöscht hat, das wichtigste Anschreiben seines Lebens.

Zwei Jahre lang hat er an dem Manuskript herumgedoktert. Zwei Jahre Blut und Schweiß geschwitzt, jedes Wort dreimal umgedreht, Sätze zerlegt, neu zusammengesetzt, Gedanken gefeilt und geschliffen. Und jetzt, endlich, war es fertig, sein Meisterwerk.

»Was die Zeit begehrt« erzählt die Geschichte eines jungen deutschen Anarchisten, der, vom spanischen Bürgerkrieg fasziniert, 1936 ein kontroverses Bühnenstück schreibt, jedoch kein passendes Theater dafür findet. Die Handlung ist aber gar nicht so wichtig, die Metaebene ist entscheidend. Die Suche nach dem richtigen Theater ist ein skurrilphilosophisches Gleichnis zum spanischen Bürgerkrieg selbst, in der barbarischen Willkür der Theaterintendanten zeichnet sich Niedergang und Aufruhr der damaligen Zivilisation ab, und die Figuren sind sowieso allesamt ein Kunstwerk für sich. Das muss man erst einmal schaffen, bei einem knappen Dutzend Protagonisten und 36 Nebencharakteren. Jede einzelne Figur ist verdichtete Poesie und wird mit einer unheimlichen Wortgewandtheit skizziert. Allein die fünfundzwanzigseitige Beschreibung des dänischen Industriellen, der in Kreuzworträtseln nach dem Sinn seines Lebens sucht, sprüht nur so vor sprachlicher Raffinesse. Das Buch hatte einfach alles: Esprit, Geist, historische Bedeutung und zweitausendachthundert Seiten. Jetzt fehlte nur noch der Verlag.

»Bzzz. Bzzz.«

Schon wieder Vali. Keine Zeit, hat der Andi zurückgetippt, und wollte sich schon wieder dem Anschreiben widmen, aber gleich darauf nochmal: »Bzzz. Bzzz.« Diesmal kein Anruf, sondern eine SMS. Und bei dem pikanten Inhalt hätte sein Handy eigentlich rot werden müssen.

> Sehr geehrte Damen und Herren.
> Hiermit übermittle ich Ihnen das Manuskript zu meinem Roman. Bitte um Rückmeldung, danke.

Fertig. Der Andi hat Manuskript und Anschreiben ausgedruckt, alles hastig in einen Umschlag gestopft, beschriftet und am Weg zu Vali in einen Briefkasten geschmissen. Manchmal braucht es halt nur die richtige Motivation, dann geht alles viel, viel schneller.

Österreicher nix gut

Die Vali ist vom Pfarrhaus-Putzkammerl raus auf den Gang und hat sich vorsichtig umgesehen: keine Spur vom Geri. Weil sonst auch niemand da war, hat sie den Mopp Mopp sein lassen, ein Foto vom Andi aus ihrer Geldbörse gefischt und es angeschmachtet.

Das hat sie geknipst, da ist er einmal neben ihr eingeschlafen gewesen. Sonst hat er immer sehr ernst gewirkt, kaum gelächelt, aber auf dieser Aufnahme schien er glücklich und zufrieden. Es war ihr liebstes Foto, und es war fast ihr einziges. Sonst gab es da nur noch ein altes Bild von ihr und Fipsi, aus der Zeit, als sie sich öfter gesehen hatten. Andere Fotos besaß sie nicht. Sie kannte einfach zu wenig Leute – kein Wunder, wenn einen die eigene Mutter abschirmt, als wäre man waffenfähiges Plutonium.

Aufstehen, Zähne putzen, frühstücken, mit der Mutter in die Arbeit fahren und am späten Nachmittag wieder abgeholt werden – das war ihr Alltag. Am Abend kein Kino, kein Ausgehen, kein Spaß und Halligalli, nix. Nur Briefe schreiben und telefonieren durfte sie, mit Verwandten und Cousinen aus dem Kosovo. Da war die Mutter genauso ein Sturschädel wie Andis Vater, nur umgekehrt, weil: Leute aus dem Kosovo gut, Leute aus Österreich nix gut, das hat sie immer gesagt. Dass Integration so schwer gelingen kann – eh klar –, aber die Familie Bajrami ist halt schon mit dem falschen Fuß ins Land gekommen.

Anfangs war es nämlich sehr schwer für die Frau Gülsah, so heißt die Mutter von der Vali, die ja eigentlich Valmira heißt, aber das ist dem Andi immer zu lang gewesen. Wie der Vater geheißen hat, weiß ich nicht, ist auch nicht so wichtig, weil gleich nachdem die Familie aus Albanien gekommen ist, ist der volée weiter in die Arme einer rüstigen Salzburger Frühpensionistin gereist und ward nicht mehr gesehen. Böse Zungen behaupten ja: kein Wunder bei der Gattin. Aber das hätte er sich vor dem Heiraten, dem Kind und dem Auswandern überlegen sollen, dass er dann doch lieber Beischlaf bei einer schrumpeligen Salzburger Nocken verrichtet.

Und jetzt, was tust du als alleinerziehende Mutter in Österreich? Ohne Mann, Job und Sprachkenntnisse und obendrein auch noch nicht mal von der Wasser-zu-Wein-Fraktion, sondern Sunnitin mit Kopftuch und allem, was dazugehört? Da machen ja die Leute oft ein Riesentamtam, besonders am Land. Aber Gott sei Dank, Kirche nicht so großes Tamtam, hat der Gülsah eine kleine Dreizimmerwohnung in der Gemeinde Gassein besorgt und sie in der dortigen Pfarre putzen lassen. Und kurz darauf ist die Vali auch als Putzkraft untergekommen, im schönen Örtchen Friedberg.

Aber mehr als putzen und vielleicht noch einkaufen war nicht drin für die Vali, da hat die Mama sehr die Hand draufgehabt. Weil wenn dir schon der Mann an eine Salzburger Runzelprinzessin verloren geht, dann willst du deine Tochter nicht auch noch an so einen Schluchtenscheißer verlieren; nein, die Gülsah hatte andere Pläne für ihre Tochter.

Und während sie die Aluminiumrinne der Männertoilette im Jungscharlager geputzt hat oder die Beichtstühle mal wieder gebohnert werden mussten, dann war ihre einzige Aufmunterung der Gedanke an den Tag, an dem ihr Erspartes endlich ausreichen würde, um sich ein kleines Häuschen daheim im Kosovo kaufen zu können. Dort würde Vali einen sunnitischen Gatten bekommen, sunnitische Kinder, und die Frau Gülsah könnte beruhigt auf einem sunnitischen Friedhof sterben. So wie es sich gehört.

Aber bis dahin: Österreicher nix gut, besonders die Männer, das hat sie der Vali immer wieder eingebläut. Dabei findet man so tolle Kerle wie den Andi im Kosovo gar nicht, und so herzensgute wie den Fipsi schon mal überhaupt nicht, da war sich die Vali sicher.

Sie müssen wissen: Damals, wie der Andi und der Fipsi noch Ministranten im Pfarrhaus waren, haben sie viel miteinander geredet, die Vali und der Fipsi. In der Zeit ist ihr Deutsch auch wesentlich besser geworden, weil Bücher, Kassetten, Grammatiknachhilfe – der Fipsi hat sie unterstützt, wo er nur konnte. Und das darf man gar nicht laut sagen, aber anfangs fand sie ihn sogar netter als den Andi. Sehr viel netter. Fast schon mehr als nur sehr viel netter.

Nur bei nett war dann halt auch Schluss.

Gar nicht so wegen ihr, sondern weil beim Fipsi wie immer nichts weitergegangen ist. Der hat immer geredet und geredet und geredet, und teilweise, ab und an, hin und wieder, war das ja auch irgendwie spannend. Aber darüber hinaus ist nichts gekommen. Kein Knistern, keine zufälligen Berührungen, keine Sprüche, nicht einmal die subtilsten Andeutungen hat er fallen lassen. Wohingegen der Andi: subtil wie ein Schlachtschiff mit 20 Knoten.

Galanterie und Fingerspitzengefühl waren für den nur Fremdworte, und das hat der Vali eigentlich weniger gefallen, aber zumindest hat sie gewusst, woran sie ist. Und mit der Zeit ist er dann doch charmanter geworden, hat Blumen mitgebracht, ihr zugehört, und wie sie irgendwann einmal zufällig dieses Zimmer am Dachboden entdeckt haben, da ist es eben passiert. Und jetzt war sie sich sicher, der Andi ist der Richtige.

»Bzzz. Bzzz.«

In 10 Minuten, stand in seiner SMS, also hat die Vali den Putzwagen schnell in die Frauentoilette geschoben und wollte schon hinauf auf den Dachboden, als von unten plötzlich seltsame Geräusche gekommen sind. Und weil der Geri in letzter Zeit ja wirklich komisch war und seit gestern irgendwie völlig plemplem, wollte sie eigentlich nach ihm sehen, aber andererseits: Der Geri ist erwachsen, der kann selbst auf sich aufpassen.

Polocheinriss

»Polocheinriss!«, hat der Haflenzer Max begeistert gerufen, und dieses Wort hört man ja generell schon selten, aber im Friedberger Pfarrhaus eigentlich gar nicht. An normalen Montagen hört man da ein schräges Ave Maria oder ein unverständliches Stabat Mater, denn an einem normalen Montag ist Kinderchor mit Pfarrer Geri. Aber an diesem Montag gab es eine kleine Planänderung. An diesem Montag war »Macht's was wollt's« mit und gleichzeitig ohne Pfarrer Geri. Natürlich nicht offiziell.

Die Mütter sind mit den Kindern wie immer gekommen, ein paar weniger als sonst, und zuerst der Geri ganz normal Hände schütteln, Wetter reden, Noten austeilen, zur Ruhe bitten, eh schon wissen. Aber sowie die Mütter außer Sichtweite waren, hat er den Taktstock weggelegt, eine Schüssel Naschzeug hingestellt, sich aufs Sofa gefläzt und gesagt: Heute freie Beschäftigung!

Versteht sich von selbst, dass sich die Rotzlöffel bis über beide Ohren gefreut haben. Aber dass sich der Geri so überhaupt nicht für sie interessiert hat, das ist ihnen schon verdächtig vorgekommen. Der Haflenzer Max und der Jüngere von den Birnbachers haben dann den ultimativen Test gemacht und quasi direkt neben dem Geri ihrer Kreativität freien Lauf gelassen. Zuerst ist den beiden Rotzern bei INRI ja nur hINRIrchtung eingefallen – und das geht ja noch. Doch dann ist der Max auf PolocheINRIss gekommen, und natürlich haben sie das geschrieben. Mitten auf die Tafelinschrift. Mit rotem Edding. Direkt über dem Jesus am Kreuz.

Da dachten sie eigentlich, der Geri nagelt sie gleich mit dazu, aber nix, falsch gedacht. Der Geri blieb ganz gemütlich am Sofa sitzen, Beine hoch, Blick aufs Handy, nur am Tippen. Ab und an hat er gekichert, sich auf die Lippen gebissen, mehr nicht.

Erst kurz bevor die Mütter zum Abholen gekommen sind, ist er mit allen runter in den Hof, hat ihnen die Buntstifte, die Kreuze, den Leib Christi, den Kelch Gottes und den Rotweinverschnitt aus mehreren Ländern Gottes abgenommen und war wieder ganz der Alte.

Gepetzt hat keines der Kinder. Die kleinen Hosenscheißer haben ja gehofft, dass der Geri die Choräle und Ave Marias generell satthat und ab jetzt jedes Mal freie Beschäftigung mit ohne Pfarrer Geri. Und auch wenn die Kleinen ungewöhnlich gut gelaunt waren und sich die Mama vom Stickler Bernd ziemlich Mühe geben musste, den Zweigelt im Atem ihres Sohnes nicht zu riechen – aufgeflogen ist der Geri nicht. Es hat ihn ja auch niemand beobachtet. Niemand, außer dem Hubsi.

Im Pfarrhausgarten ist er gestanden, neben dem alten Kastanienbaum, wie immer am Montag. Hat so getan, als würde er etwas suchen, aber er war natürlich aus demselben Grund da wie dutzende Male zuvor: Amore.

Punkt 17 Uhr, zum Ende vom Kinderchor, hat das Klasseweib ihre Kleine abgeholt, und da war sie endlich wieder.

Diese Bewegungen, dieses Lächeln, dieses Strahlen – der Hubsi war Feuer und Flamme. Sie war so traumhaft schön, so absolut vollkommen und makellos, aber leider auch genauso schnell weg, wie sie gekommen ist. Feuer erloschen, Flamme aus, Show vorüber. Sie hat alles mitgenommen, was den Hubsi durch den Tag gebracht hat, und jetzt war er wieder alleine. Unschlüssig. Zögernd.

Eine ganze Weile ist er dagestanden und hat mit sich selbst geredet. Hat geprobt, was er zu ihr sagen würde. Wann auch immer er sich dazu überwinden konnte, sie anzusprechen. Denn was, wenn sie nicht antwortet? Wenn sie ihn ignoriert, wenn sie hämisch lacht oder noch schlimmer, wenn sie vor ihm wegläuft? Der Hubsi war nun mal nur der Hubsi und sie der schönste Engel auf Gottes Erde. Aber Engel laufen doch nicht einfach weg? So etwas Gemeines würden sie nie tun, oder?

Der Hubsi wusste es nicht. Und so wenig Wissen der Hubsi auch hatte, eines wusste er mit ziemlicher Sicherheit: dass es niemand weiß. Außer sein Engel.

Vielleicht sollte er also auf den Macho hören, hat er sich jetzt zugeredet. Mehr Selbstvertrauen zeigen. Auf sie zugehen, ansprechen, alles auf eine Karte setzen. Was soll schon schiefgehen?

Dunja

Im Puff von Friedberg findest du keinen einzigen Friedberger. Dafür Schlattendorfer, Paltritzer oder welche aus Großriedenau. Das bedeutet natürlich nicht, dass in Friedberg nur keusche Engel wohnen. Es bedeutet, dass man die Friedberger im Puff von Schlattendorf, Paltritz und Großriedenau findet.

Ist quasi ein Universalgesetz: Da wo man frisst, scheißt man nicht, weil wie sieht denn das aus. Tagsüber treuer Familienvater, braver Steuerzahler und vielleicht noch Kassenwart im Kegelverein, und abends parkt dann die Familienkutsche vor der Titten-Bar? Das geht natürlich nicht.

Deswegen fährt der Friedberger am besten ins Café Séparée nach Schlattendorf. Wenn er wirklich auf Nummer sicher gehen will, fährt er in die Alibi Bar hinter der Militärkaserne in Paltritz. Und wenn er wirklich, wirklich auf Extranummer sicher gehen will, dann ab nach Göd in den Club Babylon, dort haben sie sogar eine Tiefgarage. Aber wenn einer, nur um ins Puff zu gehen, von Friedberg bis nach Wien fährt, dann geht er nicht nur wirklich, wirklich auf Nummer sicher, sondern ist auch wirklich, wirklich paranoid. Oder er hat andere Gründe. Die Auswahl zum Beispiel.

In Wien kriegt man ja alles. Eine Aische, eine Dunja, eine Foxy, eine Giovanna, eine Herrin, eine Lola, eine Miko, eine Penelope und eine Susi sowieso. In Schlattendorf hingegen findet man nur Susis und Dunjas, aber normalerweise ist der Macho damit immer zufrieden gewesen. Deswegen war es ja auch so seltsam, dass er bis nach Wien gefahren ist und obendrein in dieses Etablissement, wo es nicht einmal eine einzige Susi, sondern nur Dunjas gegeben hat.

Gut, kann sein, dass die Stadt-Dunjas ein bisschen ausgefallener sind als die Land-Dunjas. Oder vielleicht war das Puff was Besonderes, weil von außen hat das wirklich was hergemacht. Aber innen: abgewetztes Interieur, verfilzter Plüsch und Pivo statt Bier. Und die Stadt-Dunjas waren auch nicht viel anders als die vom Land. Immer das gleiche Spiel: Sowie man zur Tür reinkommt, stöckeln sie an und einladen Prosecco, wie du heißen, was du machen, du echt starke Mann, und so weiter, kennt man ja. Kannte der Macho natürlich auch, und normalerweise war er eh schnell dabei, aber diesmal eher Standgas. Hat sich nur ein Pivo bestellt, Zigarette angezündet und geschwiegen.

Und ab da muss man sagen: Stadt-Dunjas ganz anders als die Land-Dunjas. Die hätten das einfach zur Kenntnis genommen und tschüss – nicht so die Stadt-Dunjas. Vielleicht weil das Geschäft schlecht lief, vielleicht war das Wetter schuld oder das Fernsehprogramm fad, jedenfalls sind sie ungut geworden. Haben mit den Augen gerollt und serbisch geschnattert. Und wenn man jemanden auf die Palme bringen will, dann hilft es ungemein, in einer Sprache zu schnattern, die derjenige nicht versteht. Lachen und mit dem Finger zeigen ist ebenso förderlich, und all das haben die Stadt-Dunjas jetzt gemacht. Wahrscheinlich weniger, um den Macho auf die Palme zu bringen, sondern mehr, um ihn loszuwerden. Der ist ja nur dagesessen, hat keinen Groschen locker gemacht, und der Leichenwagen am Parkplatz war ihnen auch ein Dorn im Auge. Weil wenn man einem Puff so richtig wehtun möchte, dann parkt man entweder einen Wagen von der Seuchenschutzbehörde davor oder eben einen Leichenwagen.

Deswegen sind die Stadt-Dunjas immer schnatteriger geworden und haben den Macho alles geheißen, was der serbische Duden an Umschreibungen für bedauerlichen Schlappschwanz so hergibt, aber losgeworden sind sie ihn nicht. Auf die Palme ist er auch nicht gekraxelt, der Macho war die Ruhe selbst.

Hat gemütlich sein Bier ausgetrunken und bezahlt. Ist behäbig vom Barhocker gestiegen, hat seine Zigarette sorgfältig neben den bleikristallenen Aschenbecher auf die Kante der Theke gelegt, sodass die Glut das Holz nicht beschädigen konnte, und hat in drei oder vier kraftvoll durchgezogenen Hieben mit dem Aschenbecher das Jochbein der nächstbesten Dunja zu Brei geschlagen.

Dann hat er den Ascher wieder auf die Theke gestellt, hat seine Zigarette darin in Blut und Gekröse ausgedämpft und in akzentfreiem Serbisch nach einem Mann namens Vranić verlangt.

Pflegegeld

Wie der Gustl in das Zimmer seiner Mutter ist, hat er sie sofort gesehen. Ganz zusammengefallen, leblos und tot war sie. Früher oder später musste das ja passieren.

»Du hast vergessen, die Orchidee zu gießen«, hat er gemault, aber nur in seinem Kopf. Wirklich gesagt hat er zu seiner Mutter nie etwas. Warum auch, zurück kam eh immer nur dieselbe Leier.

Füße, Rücken, Hüfte, alles tut weh, alles schmerzt, alles zwickt, beißt und zieht, aber der feine Herr Sohn verlangt von seiner armen, alten Mutter, dass sie in der Wohnung herumturnt, die Pflanzen gießt und weiß Gott noch was alles machen soll.

Einen Termin beim Arzt, hat sich der Gustl dann gedacht, aber auch da: Mama sturer Hund. Bevor sie die Kurpfuscher vergiften, bringt sie sich lieber um.

Das muss man sich einmal vorstellen: Die Frau Kowatschek ist seit 40 Jahren bei keinem Arzt mehr gewesen. Die einzigen Rezepte, die sie kannte, waren vom Dr. Oetker. Man glaubt gar nicht, dass das heute noch geht, aber die Frau hatte keine Sozialversicherung, kein Konto, keine Pension, nix. Sie hat ja immer nur schwarz gearbeitet, komplett außerhalb des Systems. Und das ist so lange gut gegangen, bis sie bettlägerig geworden ist. Jetzt lag sie den ganzen Tag herum und dem Gustl auf der Tasche. Aber deswegen steckt man die Mama ja nicht ins Heim. Würde der Gustl nie tun.

Ein einziges Mal hat er sich ein bisschen aus dem Fenster gelehnt und einen Arzt bequatscht, damit er die Mama untersucht, wegen Pflegegeld beantragen. Zwei Wochen später ist der Doktor dann auf der Matte gestanden, und zur Begrüßung hat ihm die Mama beinahe die Finger gebrochen, so einen festen Händedruck hatte sie.

Wie ein junger Hüpfer ist sie aufgesprungen und Grüßigott, der Bub hat gar nix gesagt, wollen's einen Kaffee, soll ich was backen, ja, schöne Blumen, gell – die gieß ich jeden Tag, wollen's wirklich keinen Kaffee, traumhaftes Wetter heute, gleich geh ich noch spazieren und fahr zum Friedhof, ganz sicher keinen Kaffee?

Der Arzt hat dann doch einen genommen, aber nur, damit sie kurz in der Küche verschwindet und er dem Gustl unter vier Augen die Meinung geigen konnte. Was er sich denn einbilde, seine Zeit zu verschwenden. Er soll froh sein, dass seine Mutter noch so rüstig ist, und sich ein Vorbild an ihr nehmen. So eine anständige Frau hätte keinen Sohn verdient, der versucht, Pflegegeld zu erschleichen. Dann hat er den Kaffee runtergekippt, ist zur Tür hinaus, und kaum war er weg, ging es los.

Beinahe zusammengebrochen wäre ihm die Mutter.

So eine Anstrengung, so eine Schande, ihr eigener Sohn ein hinterfotziger Verräter. Keinen Fuß setzt sie ins Heim, da bringt sie sich lieber um, springt wo runter, schaufelt ihr Grab und so weiter und so fort. Vier Stunden hat sie sich aufgeregt. Dabei wollte sie der Gustl gar nicht ins Heim stecken. Es ging ihm ja nur um den Pflegezuschuss, weil seit die Frau

Mutter nicht mehr in Lohn und Brot stand, war das liebe Geld bei ihm nur auf der Durchreise.

Man verdient halt kein Vermögen als Bestatter, aber ein besserer Job war nicht drin. Keine Matura, kein Studium, nix. Mit 16 hat ihn die Mama arbeiten geschickt und fertig. Ersparnisse gab's auch nicht, also woher die Kohle nehmen? Und sooft sich der Gustl schon den Kopf darüber zerbrochen hat, eine Antwort ist ihm nie eingefallen.

Aber das Leben geht weiter. Irgendwie geht immer alles weiter. Mit der Mama, mit dem Geld, mit der Bestattung, mit den Serben. Und bei den Serben, hat er sich gedacht, könnte wirklich etwas weitergehen, jetzt, wo der Macho und der Andi eingeweiht waren. Der Einzige, der von all dem nichts mitbekommen hat, war der Hubsi – und der ist dem Gustl jetzt nicht zufällig in den Sinn gekommen, sondern er hat ihn durch das Küchenfenster gesehen. Unten am Spielplatz ist er gesessen, dreimal dürfen Sie raten, warum? Richtig, wegen der Liebe.

Und wie der Gustl den Hubsi auf seiner Bank nervös hin- und herwippen gesehen hat, mit hochrotem Schädel, da ist ihm wieder die Stadtgartenverwalterin eingefallen, und er wäre fast ins Träumen geraten, wenn ihn nicht die Mutter gerufen hätte. 16 Uhr, Zeit für das Fußbad.

Fälschung oder Original

Es gibt ja Gebäude, da steht man staunend davor und denkt sich: Hui! Und dann geht man rein, gibt am Eingang das H ab und denkt nur noch: Ui!

Genauso war es mit dem Puff, hat sich der Macho gedacht, weil von außen ganz passabel, aber innen wirklich ein Graus. Dabei war das eigentliche Puff ja noch ein Traum, verglichen mit dem Rest vom Gebäude. Als normaler Kunde sieht man das gar nicht, aber den Macho haben sie ja jetzt quer durch den ganzen Gebäudekomplex geschleift. Quasi einmal geführte Sightseeingtour: Beginnend beim zugemüllten Innenhof, hinein in die Garage, nach oben über das Stiegenhaus in eine schmierige Küche, vorbei an Kakerlaken, Pfannen, Dosenfleisch; dann durch eine versteckte Stahltür hinter dem Kühlschrank in einen schmalen Gang, und erst da haben sie ihm das H wieder zurückgegeben und ihn in einen Raum geworfen – da reicht eine ganze Wagenladung Hui nicht aus, um den zu beschreiben.

Dutzende schwere Ölschinken an den Wänden, barocke Tapete, Stuckdecke, antike Biedermeiermöbel auf Fischgrätparkett und ein Schreibtisch wie aus der Privatsammlung vom Fürst Metternich persönlich.

»Ist alles wertloser Plunder. Alles Fälschungen, Imitate und Kopien. Aber ich finde trotzdem schön«, hat der Macho eine Stimme hinter sich gehört, und der passende Mensch ist auch gleich dazugekommen.

Älteres Semester, schlohweißes Haar, beigefarbener Pullunder, leichter Bauchansatz, akkurater Schnauzer. Kein spektakulärer Mensch, aber einer mit Charakter.

»Alles Fälschung?«

»Kann sein, dass die Schreibtisch original. Wer weiß, was ist echt und was nicht? Bitte, setzen wir uns doch«, hat der Alte freundlich geantwortet und sich hinter dem Metternichprunkstück platziert, aber der Macho ist lieber stehen geblieben. Er war noch nicht fertig mit Umschauen.

»Sehr beeindruckend. Der Raum hat wirklich alles. Außer Fenster.«

Dann haben sie geschwiegen. Fast eine Minute lang. Die ganze Zeit über hat der Alte wissend gelächelt und den Macho so angeschaut, als würde er alleine durchs Schauen etwas über ihn erfahren. Aber so ein Macho ist halt kein Kinder-Kreuzworträtsel – da braucht es schon mehr, um den zu knacken.

»Man hat mir gesagt, sie suchen nach einem gewissen Vranić. Wie kommen Sie darauf, ihn hier zu finden?«

Nächste Stufe im Knackprozess. Wenn der Blick versagt, müssen die richtigen Fragen her. Aber auch jetzt: wenig Reaktion. Der Macho hat sich lediglich eine Zigarette angezündet und trocken geantwortet:

»Weil ich mich auskenne mit Originalen.«

Und nur für das Protokoll: Von da an haben die beiden Serbisch geredet. Ich erzähle Ihnen das natürlich auf Deutsch, Sie verstehen ja kein Serbisch und ich erst recht nicht. Ist aber auch zunächst nur wenig Spannendes dabei gewesen, eher Smalltalk.

Der Alte hat gefragt, woher der Macho kommt, und der Macho: Bosnien. Hat der Alte genickt und gleich nächste Frage, wann er denn untergetaucht sei? Und der Macho: ziemlich am Anfang. Danach wieder Nicken und zur Abwechslung keine Frage, sondern ein Kompliment, zu seinem akzentfreien Österreichisch, und der Macho: Volkshochschule. Erst wie der Alte meinte, dass ihn eigentlich niemand mehr Vranić nennt, ist dem Macho seine Zunge lockerer geworden.

Hat das Gespräch allerdings nicht unbedingt besser gemacht, weil Taktgefühl und Macho: eh schon wissen. Der ist gleich mit der Tür ins Haus gefallen und hat erzählt, dass er für einen gewissen Mirko am Friedhof Leichen entsorgt. Dass dem Alten der Name Mirko nicht ganz unbekannt war, ist nicht sofort ersichtlich gewesen, weil der nur stur gelächelt und sonst nix. Aber als Mafia-Vater rechnet man mit so einer Nachricht wahrscheinlich jeden Tag, denn eins ist klar: Wenn man mit einer Mafia-Braut ein Mafia-Kind in die Welt setzt, das im Mafia-Sandkasten und in Mafia-Schulen mit anderen Mafia-Kindern aufwächst und obendrein auch noch Praktikum im Mafia-Puff macht – na da braucht man nur eins und eins zusammenzählen und kann sich ausmalen, was aus dem Spross einmal wird. Nur dass er absolut gar nichts von den Leichen wusste, das hat den Alten schon ein bisschen gewurmt. Aber natürlich: Pokerface.

»In Wien gibt es mittlerweile mehr Mirkos als in ganz Serbien. Was hab ich mit Ihrem Mirko zu schaffen?«, hat sich der Alte jetzt aus der Nummer herauslavieren wollen, aber so leicht hat ihn der Macho nicht davonkommen lassen.

»Sie sind sein Vater.«

Und ein so gut informierter Fremder ist dem Alten dann doch ein bisschen an die Nieren gegangen, weil Lächeln war das keines mehr in seinem Gesicht.

»Und als Vater sollten Sie wissen, dass Ihr Sohn nicht irgendwelche Leichen verschwinden lässt, sondern seine privaten Liebschaften.«

Die Mundwinkel vom Alten sind immer tiefer gewandert, vom Erdgeschoss in den Keller.

»Ich finde, Sie sollten auch wissen, dass diese Liebschaften Männer sind. Homos, als Frauen verkleidete Schwuchteln.«

Sind die Mundwinkel vom Keller in die Tiefgarage gerauscht, weil damit hat ihn der Macho jetzt doch auf dem falschen Fuß erwischt. Natürlich – ein, zwei Gerüchte sind dem Alten schon zu Ohren gekommen, aber alles recht vage, nichts Konkretes, ohne Substanz. In solchen Momenten hat er es bereut, Oberhaupt eines Mafiaclans zu sein, weil erzählen tut dir in so einer Position niemand etwas. Und das liegt eindeutig an der Unternehmenskultur. Man kann halt von seinen Mitarbeitern schlecht verlangen, dass sie mit so etwas zum Chef kommen, wenn anderswo fürs Plaudern und Petzen Knochenbrechen und Kehleaufschlitzen am Plan stehen. Da ist man als Chef oft auf externe Berater angewiesen, die ein bisschen Licht ins Dunkle bringen. Die Frage ist nur, was sich der Herr Berater davon erhofft?

»Und warum erzählen Sie mir das alles?«, hat der Alte

jetzt wieder gefasster und freundlicher gefragt, mit den Mundwinkeln zumindest im Parterre. Und der Macho darauf:

»Verstehen Sie mich nicht falsch, es ist mir egal, wen Ihr Sohn fickt. Es ist mir auch egal, wen er umbringt und wie viele, aber es ist mir nicht egal, dass ich für ihn die Drecksarbeit erledigen soll und dabei durch die Finger schaue.«

»Es geht also um Geld.«

Und wie der Alte das ausgesprochen hat, sind seine Mundwinkel gleich wieder ein Stockwerk höher gewandert, weil Geld – das war sein Metier, damit hat er sich ausgekannt. Es besorgen, verwalten, verdienen, verstecken, waschen, hinterziehen, herauspressen, verprassen, alles: Bei den Finanzen konnte ihm niemand etwas vormachen, und er wusste, dass sich so gut wie jedes Problem aus der Welt schaffen lässt, wenn der Preis stimmt. Doch der Macho hatte nicht nur Scheine im Sinn.

»Geld?«

Eine neue Zigarette.

»Geld allein macht nicht glücklich.«

Feuer.

»Aber ja, ich will Geld.«

Rauch.

»Aber was ich vor allem will, ist Ihnen ein Geschäft vorschlagen.«

Scheiß drauf

Sowie der Rebhansel Wirt dem Andi und dem Fipsi die zwei Bier hingestellt hat, ist er auch schon wieder abgerauscht. Heute war nicht gut Kirschen essen mit den beiden, das hat er sofort überzuckert. Aber nicht wie sonst, wegen irgendwelcher Literatur-Streitereien, nein, nein, im Gegenteil. Sie haben einfach nichts gesagt. Kein einziges Wort, seitdem sie in die Bier Allee hereingetrottet sind. Und das war dem Rebhansel unheimlich. So etwas hat er überhaupt noch nie erlebt, dass die zwei Dampfplauderer einen auf Schweigemönch machen. Er wollte schon rübergehen und mit einem Selbstgebrannten nachhelfen, aber dann hat er gesehen, dass sich Andis Lippen doch kurz bewegt haben, und er war beruhigt, auch wenn er kein Wort verstanden hat. Wahrscheinlich nur wieder irgendwas über ihre depperten Geschichten.

Und eigentlich komisch, das lange Schweigen, weil zum Sagen hätte es ja genug gegeben, besonders vom Andi. Zum Beispiel, warum der Fipsi nicht zu ihm gekommen ist, was er sich dabei gedacht hat, wie er so blöd sein konnte und vor allem: wie das jetzt alles weitergehen soll? Er hätte ihm sagen können, dass er sowas, bei aller Freundschaft, nicht mittragen kann, dass der Fipsi zur Polizei gehen und sich stellen muss, weil das der einzig richtige Weg ist. Und wahrscheinlich hätte ihm der Fipsi sogar beigepflichtet. Aber gesagt hat der Andi nichts davon. Stattdessen kam nur die selten blöde Frage:

»Und, hat er einen Großen gehabt?«

Zuerst hat der Fipsi gar nicht verstanden. Erst wie das Grinsen vom Andi schon bis über beide Ohren hinausgegangen ist, war ihm klar, worauf er hinauswollte.

»Geh bitte, ist das das Einzige, was dir dazu einfällt?«

»Na was willst du denn hören? Danke? Danke Fipsi, vielen lieben Dank! Leichen für die Mafia verscharren war schon immer mein großer Traum. Danke, echt!«

Und okay, Zynismus hat die Stimmung jetzt nicht unbedingt besser gemacht, aber kann man auch irgendwie verstehen, dass der Andi Dampf ablassen musste. Einen Moment später war er eh wieder der Jimmy Cool:

»Aber weißt du was? Scheiß drauf! Scheiß einfach drauf, ist passiert, ist scheiße gelaufen, kann man nichts machen. Da kommen wir schon wieder raus. Irgendwie kommen wir doch immer raus. Weißt du noch, die Traxler Zwillinge? Wie die uns damals drankriegen wollten, wegen dem Güllewagen in ihrem Pool? Oder die Nummer mit der falschen Fliegerbombe? Die halbe Ortschaft war voll mit Polizei, aber ist uns einer draufgekommen, hm? Haben die uns je drangekriegt? Haben die je deine Unterschriften-Fälscherei spitzbekommen? Nein! Wir sind aus jeder verfluchten Nummer wieder rausgekommen, selbst aus denen, die so schlimm waren, dass wir geschworen haben, nie wieder ein Sterbenswörtchen darüber zu verlieren. Wir kommen auch aus diesem Scheiß raus. Jugomafia, pfff…«

Und das ist dem Fipsi natürlich runtergegangen wie Öl. Dem ist kein Stein, sondern gleich ein ganzes Bergmassiv vom Herzen gefallen. Weil auch wenn die Mafiosi nicht die Traxler Zwillinge waren und sie bei einigen Aktionen nur durch den Einfluss von Andis Bürgermeisterpapa heil davongekommen sind – er hat zumindest gewusst, dass sein bester Freund zu ihm hält. Und das ist gar nicht so klar, wie man glaubt. Da sind schon größere Freundschaften an Geringerem zerbrochen. Aber die zwei Schlawiner kriegt halt selbst die Mafia nicht klein. Und als der Andi dann noch den einen Traxler Zwilling nachgemacht hat, wie er damals fuchsteufelswild um seinen zugeschissenen Pool herumgeturnt ist, da haben sie wieder gelacht wie früher und von schlechter Stimmung keine Spur.

Im Gegenteil, Feierlaune ist aufgekommen, und sie sind rüber zur Schank wegen Bier, Schnaps und Holladrio. Gab zwar eigentlich wenig Grund zu feiern, aber das hat die beiden ja noch nie gestört. Irgendwo auf der Welt feiert immer einer Geburtstag, haben sie dann gesagt, und der nächste Schnaps ist die Kehle runtergeflossen. Und zwischen Bier und Schnaps und Bier und Schnaps und Bier und Schnaps haben sie über das Leben philosophiert, die Liebe, ein bisschen über die Vali geredet und natürlich über die Literatur.

Dem Hubsi hätte ein bisschen Ablenkung auch gutgetan, und wie es der Zufall so will, ist der dann tatsächlich in die Bier Allee gekommen. Eigentlich nur auf ein Kracherl und wegen was zum Essen, weil kochen konnte er sich nicht einmal ein Spiegelei. Aber sowie er zur Tür rein ist, hat ihn der Andi sofort in Beschlag genommen.

»Hubsiiii!«, hat er gesungen, »Hubsiiiiduliö! Hast die Traumprinzessin z'Haus gelassen?«

Der Andi war wirklich schon sehr illuminiert.

»Geh Rebhansl, gib dem Hubsi einen Schnaps. Aber nur einen, sonst kann er nachher nimmer performen bei der Lady! Dann hängt der kleine Hubsi schief!«

Einen nach dem anderen hat er jetzt rausgehauen, der Andi war gut in Form. Die ganze Bier Allee hat gelacht, dass sich die Balken biegen, sogar der Hubsi. Da kann einer noch so derbe Scherze auf seine Kosten machen, der Hubsi steht einfach da und lacht. Als ob er kein Wort verstehen würde, und hat er vielleicht auch nicht.

Dafür hat der Fipsi verstanden und den Andi jetzt ein bisschen eingebremst, weil Spaß schön und gut, aber irgendwo gibt es Grenzen. Da war der Andi oft um keinen Deut besser als der Macho, besonders mit ein, zwei Glas zu viel im Blut. Nur im Gegensatz zum Macho hat er sich dann auch schnell wieder im Griff gehabt.

Der Hubsi hat sein Kracherl und eine Schnitzelsemmel bekommen, später ist er dann zur Toilette und von dort direkt in den Keller, sich schlafen legen, hinter einer alten Badewanne. Oben im Wirtshaus ist das sowieso niemandem aufgefallen, so rauschig wie die alle waren. Und immerhin hat der Keller der Bier Allee nicht so gestunken wie sein eigener.

Rosa Rasputin

Wenn der Geri an sein erstes Mal gedacht hat, dann natürlich an die Wrabetz Rosa. Das war damals seine beste Freundin, immer schon gewesen. Waren gemeinsam im Kindergarten, haben zusammen die Schulbank gedrückt und in Wien Journalistik studieren wollten sie auch. Ein unzertrennliches Duo eben. Sogar die Pubertät haben sie zusammen durchgestanden, obwohl gerade da viele Freundschaften zwischen Buben und Mädchen zerbrechen. Sie wissen schon: wegen der Hormone.

Und die, muss man sagen, waren bei der Rosa ziemlich fleißig. Die hatte mit 14 schon einen ordentlichen Busen, Beine zum Niederknien und da wo der Rücken seine Anständigkeit verliert – auch recht griffige Partie. Aber das hat den Geri eigentlich nie interessiert. Vielleicht wegen der langjährigen Freundschaft oder seinen guten Manieren, jedenfalls ist es ihm nie in den Sinn gekommen anzubandeln. Und im Prinzip der Rosa auch nicht, doch wie das halt so ist: Manchmal ändern sich die Dinge eben, besonders nach fünf, sechs Bacardi-Cola.

Da waren die beiden 18 und der Geri hat die Rosa von der Maturafeier nach Hause gebracht, weil sie ihm ein paarmal zu oft in die Thujen gewankt ist. Und da kein Erziehungsberechtigter zuhause und sie schwer am Schwanken war, ist er noch mit rein und hat sie rauf in ihr Zimmer getragen. Galant, aber unklug, weil so schnell hat er gar nicht schauen können, waren ihre Lippen auf seinen. Aber mehr ist dann nicht passiert. Denn beim Geri ist nix passiert.

Und die Rosa, muss man sagen, ganz vorbildlich. Von einem Moment auf den anderen wieder stocknüchtern, vollstes Verständnis und alles, was ein Mann hören will: Kann jedem mal passieren, völlig normal, letztens erst eine Studie darüber gelesen, reine Kopfsache, die Psyche ist ein Hund, Kuscheln ist auch okay. Den Geri hat das natürlich trotzdem gewurmt. Es hat ihn so gewurmt, dass er kein Auge zubekommen hat. Und weil er hellwach war und die Rosa längst am Damenschnarchen, weil ihm das alles keine Ruhe gelassen hat und er sich aber irgendwie beruhigen musste, hat er halt selber Hand angelegt, und siehe da, ist doch was passiert beim Geri. So viel ist passiert, dass die Rosa sogar davon aufgewacht ist, und da sie ja praktischerweise immer noch nackt, hat sie an der Stelle übernommen. Und das war Geris erstes Mal.

Am nächsten Tag ist er dann aufgestanden, hat sich angezogen, ist zur Tür hinaus und hat die Rosa nie wiedergesehen. Er ist auch nicht nach Wien gegangen, sondern nach Graz, und hat statt Journalistik Theologie studiert. Das fand er sowieso interessanter, Studienplätze gab es mehr als genug, und außerdem hat sich in der Nacht mit der Rosa ein entscheidender Vorteil für sein weiteres Berufsleben aufgetan: Zölibat – überhaupt kein Problem! Es gab nichts auf der Welt, das er weniger vermissen würde als Sex. Und trotzdem: Jetzt, zwölf Jahre später, war er wieder in einer Rosa, und was soll ich sagen – wieder nicht so seins. Zumindest am Anfang.

Die Rosa war aber auch schon ziemlich alt und abgegriffen. Wie der Geri rein ist, hat er sich sofort unwohl gefühlt und alles in ihm wollte so schnell wie möglich wieder raus. Aber eben nicht alles-alles. Ein kleiner, nicht totzukriegender Teil in ihm musste es einfach erleben, das erste echte Mal. Und weil das Schicksal ab und an von der lustigen Sorte: damals allererstes Mal in der Wrabetz Rosa, heute zweites erstes Mal in der Café Bar Rosa.

Nur dass sich der Rasputin ein derart versifftes Lokal für das erste Mal ausgesucht hat, gar nicht schön. Er hat ja gewusst, wer der Geri ist und was das für eine Bedeutung für ihn hatte. Aber vielleicht gerade deswegen, weil wenn man nicht gesehen werden will, dann ist die Café Bar Rosa in Wien genau der richtige Ort dafür.

Der Geri hat sich jetzt vorsichtig umgesehen. Kein Rasputin weit und breit. Nicht dass er gewusst hätte, wie er aussieht – sie sind sich ja noch nie im Leben begegnet –, aber sie haben ein Erkennungszeichen vereinbart. Doch leider: nirgendwo ein schwarzer Anzug. Nur schuppige Krägen, abgewetzte Lederjacken, überdehnter Spandex, löchriges Nylon, Bauchtaschen und goldene Ketten an grauem Brusthaar. Der Geri hat schon seine Geldbörse zum Zahlen in der Hand gehabt, als dann plötzlich doch ein passender Anzug zur Tür herein, schnurstracks an ihm vorbei und direkt auf die Toilette gegangen ist. Dem Kellner war das anscheinend egal, und als der Geri dem Anzug kurz darauf hinterher – auch egal. Überhaupt kann man sagen, dass dem Kellner eigentlich alles egal war, aber am egalsten war ihm die Toilette.

Und an dieser Stelle ein kleiner Hinweis. Wenn Sie je in Wien in der Nähe der Café Bar Rosa zufällig Probleme mit der Verdauung bekommen sollten: Gehen Sie ums Eck, machen Sie in die Hose, scheißen Sie in die Gosse, egal. Hauptsache, Sie setzen keinen Fuß in die Toilette der Café Bar Rosa. Die Bakterien dort kriegen nicht mal die ausgefuchstesten Chemiewaffen-Mixer hin, das hat sich der Geri jetzt auch gedacht. Aber nach ist er dem schwarzen Anzug trotzdem. Am Pissoir hat sich der Geri dann kurz geräuspert und gefragt »Rasputin?«, und der Rasputin hat geantwortet:
»Meine Freunde mich nennen Mirko.«

Süßwein

Die Zwiebel schälen und fein hacken, hat der Gustl gelesen, und die Messer gewetzt. Rezepte waren eigentlich nie so seins, er war eher ein Nach-Gefühl-Kocher, aber Krautfleckerl mit Speck hat er halt noch nie gemacht, also Kochbuch.

Schwarte vom Speck trennen und in Würfel schneiden.

Normalerweise war er ja nicht so der Fan von Krautfleckerl und die Mutter auch nicht, weil Speck, der schlägt ihr auf den Magen. Aber heute hat sie einen Gusto darauf gehabt.

In einer großen Pfanne wenig Öl erhitzen und Speck anbraten.

Manchmal hat sie einfach einen gewissen Appetit, und

der lässt sie nicht mehr los. Dann geht der Heißhunger mit ihr durch, und der Gustl fährt einkaufen und holt alles.

Das Kraut hinzugeben, kurz anrösten und mit Süßwein ablöschen.

Süßwein, so etwas Feines hatte der Gustl gar nicht und der Supermarkt in Friedberg genauso wenig. Also ist er extra drei Ortschaften weiter zum Feinkostladen gefahren, damit er einen kriegt.

Die fertig gekochten Fleckerl abseihen und vor dem Servieren in der Pfanne mit dem Kraut noch einmal kurz erhitzen.

Wie der Gustl jetzt gekostet hat, ist ihm sofort seine selige Oma eingefallen und natürlich gutes Zeichen, weil weiß ja ein jeder, dass deren Krautfleckerl am besten schmecken. Und Omas kochen die ohne Ausnahme mit Süßwein, selbst für die Kinder, wo die Übervorsichtigen vielleicht sagen: Wie kann man nur, das darf man nicht! Aber die Omas immer: Passt schon.

Doch trotz Rezept, trotz Süßwein und trotz wie bei Oma – Gustls Mutter hat es nicht geschmeckt. Nach zwei Bissen hat sie die Gabel wieder weggelegt und gestöhnt.

»Mein Gott ist das fett, Bub! Wie viel Öl ist denn da drinnen? Wo hast du den Speck her? Aus dem Abfall vom Nachbarn? Meine Herren, ist mir schlecht, dir kann man auch gar nix schaffen. Nicht einmal Krautfleckerl bringst du zusammen. Meine Güte, ist mir schlecht, ich glaub, ich muss brechen! Richtig übel ist mir! Geh, komm, hilf mir auf, ich muss brechen.«

Der Gustl ist dann mit ihr zum Klo. Brechen hat er sie zwar nicht gehört, aber zur Nachtapotheke hat sie ihn trotzdem geschickt. Was gegen die Übelkeit holen und keinen so einen wirkungslosen Schmarren wie das letzte Mal. Und frischen Wermuttee.

Bei der Apotheke war der Gustl fast schon Stammgast. Die müssen ihn für den krankesten Mann von Friedberg gehalten haben, aber als Apotheker fragt man ja nicht großartig nach. Vergrault sich ja keiner die Kundschaft.

Und wie er dann wieder zurück war, ist die Mama längst im Bett gelegen und hat tief und fest geschlafen. Konnte er sich wenigstens um seine Pflanzen kümmern. Und Krautfleckerl waren ja auch noch da.

Rachen Gottes

»Indianer kennen keine Schmerz, ha?«, hat der Mirko gestöhnt, und lustig: Den Serbenkindern bringt man anscheinend dieselben Sprüche bei wie den österreichischen. Ist aber da wie dort Schwachsinn, weil bei den Schmerzen, die der Geri hatte, kippt selbst der härteste Comanche aus seinen Mokassins, so viel steht fest. Aber der Schmerz hat sich gelegt. Mit jedem Mal rein, ist er weniger geworden und ein anderes Gefühl immer stärker: die Lust.

Sie hat den Schmerz überlagert, war über alle Zweifel erhaben und hat dem Geri keinen einzigen klaren Gedanken erlaubt, außer einen: mehr. Der Geri wollte mehr. Er konnte nicht genug davon kriegen und Schmerz, Umstand, grindige Toilette – alles egal, denn das hier war einfach hundertmal, wenn nicht sogar tausendmal besser als mit der Wrabetz Rosa. Und besser ist eigentlich das falsche Wort. Es war geiler. Zum ersten Mal in seinem Leben hat der Geri etwas wirklich geil gefunden. Sein ganzes Um-die-Welt-Radeln, die fremden Kulturen, das Seelsorgen, die Gemeinde: Nichts davon hat dem Geri je so viel gegeben wie der Mirko in dem Moment. Und bitte, warum auch nicht?

Die einen finden Erleuchtung am Weg nach Santiago de Compostela, die anderen auf der Toilette der Café Bar Rosa, so ist das Leben. Aber dass es so lange dauern musste. Dass er erst so spät sein wahres Ich, sein echtes Verlangen, seine wirkliche Natur kennenlernen durfte, dafür hätte er jetzt jemanden ohrfeigen können. Und weil nur der Mirko da war, hat er seine Aggressionen eben an ihm ausgelassen.

Hat ihn gepackt, rumgewirbelt und all die angestaute Wut, die entbehrungsreichen Jahre, die schlaflosen Nächte und mühseligen Tage, die Blicke, das blöde Grinsen vom Macho, die ewig gleichen Sprüche und einfach alles, was in seinem Leben schiefgelaufen ist, genommen und dem Mirko in den Arsch gejagt. Und der ist aus allen Wolken gefallen. Normalerweise hat er immer den Takt angegeben, aber eigentlich nie gerne, und dann kommt da aus heiterem Himmel dieser Pfarrer und mausert sich von null auf hundert vom David zum Goliath. Und was für einer: gewaltig, übermenschlich, erbarmungslos. Dem Mirko ist nichts anderes übrig geblieben, als es geschehen zu lassen. Und er hat es genossen. Die Dominanz, die Härte, die Wehrlosigkeit – und wie ihn der Geri wieder herumgedreht hat und vor ihm auf die Knie gegangen ist –, es war unglaublich. Die meisten Pfaffen wünschen Leuten wie Mirko ja die Rache Gottes an den Hals, aber vom Pfarrer Geri hat der Mirko jetzt den Rachen Gottes bekommen.

Und der liebe Gott, die Mutter Natur oder was weiß ich wer hat sich für solche Situationen etwas ganz Besonderes für den menschlichen Körper einfallen lassen. Weil die vollgeschmierten Wände, das angebrunzte Klo, die gebrauchten Kondome am Boden, das alles haben die beiden automatisch ausgeblendet zugunsten der völligen Ekstase. Eigentlich super Sache, weil wenn der Mensch wegen jedem Schas zum Pempern aufhören würde – die Welt wäre um einiges leerer. Aber andererseits, so super Sache auch wieder nicht, weil die beiden haben halt überhaupt nix mitbekommen. Nicht wie jemand zur Toilette rein ist, nicht wie derjenige hinter sich abgesperrt hat, und auch das Durchladegeräusch der Pistole ist ihnen entgangen. Der Geri hat nicht einmal bemerkt, wie die Tür der Toilettenkabine aufgerissen wurde. Erst den Schuss hat er dann gehört, oder vielleicht auch nicht, keine Ahnung. Ist glaube ich wissenschaftlich nicht ganz geklärt, ob man einen Schuss noch hört, kurz bevor einem die Kugel von hinten das Hirn zerfetzt. Kommt wahrscheinlich auf den Abstand an, auf das Kaliber und wo sie einschlägt, aber wünschen kann man dem Geri nur, dass er das alles nicht mitbekommen hat. Das Geschrei, die Blutfontäne, den Geschmack von Metall, verbranntem Fleisch und Mirkos abgetrenntem Glied auf seiner Zunge – auf das kann man gut und gerne verzichten, denk ich mir.

Einzig das Geschmiere an den Wänden wäre vielleicht interessant gewesen, und wer weiß, ob er es nicht eh noch gesehen hat. Dass da, zwischen den ganzen Ruf-mich-ans und Marcel-liebt-Chantals und Fick-deine-Mutters ein paar Ziffern standen, die ihm nicht ganz unbekannt sein konnten. Es war seine eigene Telefonnummer nebst anzüglicher Botschaft. Und hätte er die gesehen, wäre er vielleicht ins Grübeln gekommen und vielleicht – aber auch nur vielleicht – wäre er draufgekommen, welchen zwei Lausbuben er sein Schicksal zu verdanken hatte. Ein Schicksal, an dessen Ende er tot in der Toilette der Café Bar Rosa lag. Neben ihm der ohnmächtige Mirko. In ihm eine Kugel und ein Penis.

I like to Move it!

Wie beim Klassentreffen, hat sich der Fipsi gedacht und den letzten Kranz auf dem Janker Manfred seinen Sarg drapiert, während der Andi und der Burschi draußen Trauerkarten verteilt haben. Ist gar nicht so lange her, da waren sie alle gemeinsam in einer Klasse, der Fipsi, der Andi, der Janker Manfred und der Burschi.

Dass der Burschi irgendwann bei so etwas wie der Bestattung landen würde, war jedem klar, weil in der Schule schlechte Noten, nur den Fußball im Kopf und die Eltern so arm wie Kirchenmäuse – was willst du da groß werden? Jetzt hilft er halt aus, wenn viel zu tun ist oder jemand ausfällt, wie der Hubsi an dem Tag. Und wenn er nicht am Friedhof aushilft, dann mäht er den Rasen im Friedberger Stadion. Das ist ihm eigentlich auch lieber als die Bestattung, weil in unbeobachteten Momenten legt er sich gerne ins Gras, schließt die Augen und träumt, er wäre der Janker Manfred. Die beiden waren sich ja früher nicht unähnlich.

Der Manfred hatte auch nur schlechte Noten, Eltern zum Davonlaufen und nix als Fußball im Schädel. Aber anders als der Burschi hat der Manfred den Rasen halt nicht gemäht, sondern zum Glühen gebracht. Ein echtes Naturtalent, mit Wadeln aus Stahl und Tiki-Taka im Fuß. Hat den 1. FC Friedberg aus der Krise geschossen und den Verein fast bis an die Spitze der Landesliga. So jemand geht halt nicht zur Bestattung, sondern wird zum Dorfheld erklärt und bekommt alles nachgeschmissen: Freibier im Wirtshaus, Alibiposten in der Gemeinde, Strafzettel gab's auch keine, und im Autohaus hat er für seinen Audi Konditionen bekommen – darf man gar nicht laut sagen.

Aber Dorfheld sein ist nicht nur von Vorteil, weil wenn er einen wirklichen Job gehabt hätte und wenn er ab und an von der Polizei kontrolliert worden wäre, dann hätte er nicht mitten am Tag dem Rebhansel seinen Zapfhahn leer trinken können und wäre auch nicht mit 120 Sachen Zigaretten holen gefahren. So hat er halt doppelt Geschichte geschrieben. Einmal als Spitzenfußballer und einmal als der einzige

Depp, der am helllichten Tag den Baum vor der Moosbacher Trafik übersieht.

Und wenn ich so erzähl, fällt mir auf, dass die Janker Eltern dem Manfred kein schönes Totenbett bereitet haben. Weil Moosbacher Baum und Janker Sarg – beides Eiche, da hätte man vielleicht ein bisschen mitdenken können. Aber na ja, eh egal.

Hergemacht hat der Sarg ja schon einiges und muss er auch, bei so einem Begräbnis. Wenn einer wie der Manfred so früh stirbt, dann darf man sich nicht lumpen lassen, schon gar nicht am Land. Da gehört die schöne Leich quasi zum Standardprogramm, und das kontrolliert wirklich jeder im Dorf. Die Angehörigen und Freunde, der Fußballclub, die Freiwillige Feuerwehr, der Schützen- und Kleintierzuchtverein, die Eisstockschießer, die Gemeinderäte, wer vom Lokalblatt – im Prinzip war das ganze Dorf bei der Beerdigung, und alle sind sie vor zum Sarg, ein zwei Worte, Amen, servus, baba und grüß mir den Herrgott. Pfarrer war keiner da, weil Manfred ohne Bekenntnis, aber gepredigt wurde trotzdem. Vom Bürgermeister, vom Trainer, vom Clubvorstand und vom Vater natürlich auch. Wobei der war weniger Prediger, sondern mehr Häufchen Elend. Zehn Minuten ist der alte Janker dagestanden, hat sich am Rednerpult festgekrallt und ins Mikrofon genuschelt. Erst dann kam einer von der Familie und hat ihn weggezerrt, damit es endlich weitergehen konnte. Der Burschi ist sofort mit Mikrofon und Lautsprecher vor zum Grab gespurtet, der Andi, Fipsi, Macho und Gustl links rechts neben dem Sarg, und eigentlich hätte es losgehen können, als plötzlich, ganz dumpf und leise...

»I like to Move it Move it, I like to Move it Move it, I like to Move it Move it, You like to... Move it!«

Das Erste, was die Leute in so einer Situation machen, ist böse schauen. Trifft dich ja schon im Kino der kollektive Killerblick, wenn dein Handy bimmelt, aber auf einer Beerdigung ist jeder Blick gleich Todesurteil. Beschuldigen tun sich dann immer dieselben: Die Bauernbundler haben die vom Industrieverein in Verdacht, die Trachtenkapelle den Sportclub, der Pensionistenverband giftet jeden unter 60 an, und die Kleingartler verdächtigen andere Kleingartler. Nur an den Toten, an den denkt natürlich keiner, und zum Glück, muss man sagen, weil sonst hätte ja jeder sofort überrissen, dass es aus dem Sarg gebimmelt hat. So haben es nur die Bestatter gehört, und Sie können sich ja denken: Der Klingelton ist ihnen nicht ganz unbekannt vorgekommen. Und während der Andi vor Schock beinahe zum zweiten Mal in seinem Leben auf einen Sarg gespieben hätte und der Macho und der Gustl gleich hinterher, ist dem Fipsi etwas ins Hirn geschossen, das war mal wieder so ein typischer Fipsi-Einfall.

»I like to Move it Move it, I like to Move it Move it, I like to Move it Move it, You like to... Move it!«

Jetzt hat natürlich keiner mehr einen Verdächtigen gesucht, und alle, aber wirklich alle Blicke sind zum Fipsi gewandert und die Kinnladen ins Parterre. Weil, dass jemand bei einer Beerdigung vergisst, sein Handy auszuschalten, okay, aber dass er dann obendrein auch lautstark den Klingelton mitsingt – das war gänzlich neu. So etwas hat noch nie jemand erlebt, und obwohl es ja quasi direkt vor der Trauergemeinschaft passiert ist und jeder jedes Detail mit seinen eigenen Augen und mit seinem eigenen Hirn wahrnehmen konnte – begriffen hat es keiner. Außer der Andi. Und da liegt der Unterschied zwischen Sehen und Erkennen, weil während alle nur einen Verrückten gesehen haben, hat der Andi erkannt. Und zwar keinen Verrückten, sondern einen verrückten Plan.

»I like to Move it Move it, I like to Move it Move it, I like to Move it Move it, You like to … Move it!«

Haben sie jetzt zu zweit gesungen, und der ganze Saal hat gehofft, dass gleich irgendwer vom Fernsehen herausspringt und versteckte Kamera ruft. Aber es kam niemand. Stattdessen haben dann auch noch die anderen beiden Bestatter zum Singen angefangen. Und weil sie jetzt Schritt für Schritt und mit geschultertem Sarg in Richtung Ausgang paradiert sind, weil sich die Leute gedacht haben, die werden schon wissen, was sie tun, und weil man ja irgendwie reagieren muss, sind zuerst die Fußballer, dann die Familienangehörigen, die Freunde, die Clubmitglieder und Gemeinderäte, die Jagd- und Kleintierzuchtvereinsmeier, die Pensionisten und Kleingartler, die Eisstockschießer, einfach alle sind sie einer nach dem anderen aufgestanden, sind dem Trauerzug nach und haben zuerst leise, dann immer lauter und schlussendlich aus voller Kehle und mit Begeisterung gesungen:

»I like to Move it!«

Und so hat der Janker Manfred eigentlich dreifach Geschichte geschrieben. Mit seiner steilen Karriere, seinem spektakulär depperten Tod und mit einer Beerdigung, die man in ganz Friedberg und noch weit darüber hinaus hören konnte.

Geschäftsmann

Nach dem Janker-Begräbnis war kein zweites mehr. Gott sei Dank, die Nerven vom Andi waren eh schon lädiert genug, und den anderen ist es nicht viel besser gegangen. Betreten sind sie in der Bestattung gestanden, stumm wie die Fische. Als ob sie Angst vor Zuhörern gehabt hätten, aber da war ja niemand. Der Burschi längst weg, die Trauergäste noch am Friedhof – nur die vier und das Surren der Kühlkammer.

»Wie zum Teufel kommt dem Geri sein Handy zum Janker Manfred in den Sarg?«, hat der Andi jetzt endlich die Stille unterbrochen und ein bisschen Bewegung in die Sache gebracht, aber Kopfschütteln, Schulterzucken – einer ratloser als der andere. Nur beim Macho, da hat nichts geschüttelt und gezuckt, woraufhin der Andi in seine Richtung etwas lauter gefragt hat.

»Wie, verfluchte Scheiße nochmal, kommt dem Geri sein Handy in den scheiß Sarg vom Manfred?«

Und jetzt hat sich der Macho doch gerührt, aber anders als erwartet. Er ist einfach seiner Arbeit nachgegangen, als wäre nichts gewesen. Als wäre gerade alles wie sonst auch immer abgelaufen. Hat sich eine Zigarette angezündet, eine Leiche aus der Kühlkammer geschoben, hat ihr die Krankenhauskleidung vom Leib geschnitten und sie auf den Metalltisch gehievt. Und dann ist er doch ins Reden gekommen.

»Ab jetzt läuft das so«, hat er gesagt und zwei alte Plastikschläuche aus dem Rachen der Toten gerissen.

»Jede Leiche bringt 5000 pro Kopf.«

Er musste kurz unterbrechen, weil der Sauger, mit dem er das eingetrocknete Blut und die Kotreste von der Leiche entfernte, einfach alles übertönt hat.

»Ihr braucht fast nichts tun.«

Sauger aus.

»Nur Hände falten, Goschen halten und hier und da ein bisschen helfen.«

Und das letzte Wort ist schon wieder verschluckt worden. Von der PU-Schaum-Spritze, mit der er die eingefallene Operationswunde aufgefüllt hat.

»Ihr solltet mir dankbar sein.«

Zunähen muss man so eine Wunde natürlich auch.

»5000 für Goschen halten, das ist doch was.«

Und nähen konnte der Macho wie ein Schneidermeister.

»Ist doch ein super Deal.«

Nur im Verhandeln war er noch besser als im Nähen, denn selber hat er sich 10 000 Schilling eingesteckt. Aber als guter Geschäftsmann verschweigt man so etwas natürlich. Als guter Geschäftsmann steht Verschwiegenheit ganz oben auf der Prioritätenliste, gefolgt von Intelligenz und vor allem: Schneid. Weil wenn man zum Serbenmafiaobermufti geht und dem erzählt, dass der Sohnemann hinter seinem Rücken Leichen entsorgt und obendrein schwul ist wie die Nacht finster, dann braucht man Schneid wie ein Rambomesser.

Aber für den eigentlichen Deal ist die Intelligenz entscheidend. Die Anfänger hätten wahrscheinlich versucht, den Mafiazampano zu erpressen, wo doch jedem sofort klar sein sollte, dass man früher oder später mit Betonpatschen in der Donau landet. Die Cleveren sind da geschickter, die erkennen einen Markt. Und wenn man heute in den Markt für das Verschwinden von Leichen groß einsteigen will, dann geht man nicht zum Junior, sondern man geht an die Spitze, zur wirklichen Machtzentrale. Und dort sitzt auch ein Geschäftsmann mit Schneid, Intelligenz und Verschwiegenheit, der etwas vom Markt versteht und die ganze Pikiertheit und Gefühlsduselei weglässt, die Sache nüchtern betrachtet und das Potenzial erkennt. Und der Macho hat sich nicht getäuscht, der Serbenchef war ein solcher Geschäftsmann. Den Deal haben sie mit Handschlag besiegelt.

»Wie kommt dem Geri sein Handy zum Janker Manfred in den Sarg?«, hat der Andi jetzt noch einmal gefragt, aber bedeutend leiser als zuvor. Der Macho hat Nadel und Faden auf den Stahltisch gelegt und daneben ein Bündel Scheine.

»Darum.«

Der Macho war ja selber verwundert, als der Geri in der Kühlkammer gelegen ist, nur was hätte er denn machen sollen? Gleich bei der ersten Leiche dumme Fragen stellen? Na ganz sicher nicht. Aber wie er dazu ansetzen wollte, dem Andi und den anderen seine Unschuld und sein Unwissen zu erklären, sind draußen plötzlich Stimmen laut geworden, woraufhin alle: schnell-schnell, Geld weg, Leiche weg, Wut aus dem Gesicht wischen und raus, nachschauen gehen. Und eigentlich eh klar, wer da stand: die Eltern vom Janker Manfred. Kann ja niemand ernsthaft erwarten, mit so einem Affenzirkus ungeschoren davonzukommen.

Der Andi hat all seinen Mut zusammengenommen und ist vorangegangen, weil früher, da haben er und der Manfred oft miteinander im Sandkasten gespielt, und die Eltern kannten einander auch. Mich werden sie noch am wenigsten abwatschen, hat er sich gedacht und wollte schon anfangen zu erklären, als dem alten Janker wieder die Tränen kamen und er beinahe zusammengekippt wäre. Aber anstatt sich bei seiner Frau abzustützen, ist er dem Andi um den Hals gefallen.

So sind sie dagestanden. Starr, schweigend, wie festgefroren. Bis sich der Alte halbwegs gerappelt hat, dem Andi tief in die Augen sah, ihm einen Hunderter in die Hand gesteckt hat und mit rührseliger Stimme meinte:

»Danke. Es war wirklich sein Lieblingslied. Der Manfred hätte sich bestimmt gefreut!«

Kevin und Doreen

»Eine Packung Aspirin bitte. Die Starken.«

Diesmal waren die Tabletten ausnahmsweise nicht für die Mutter, sondern für den Gustl selber. Er hat so einen Druck im Schädel gehabt, als ob sein Kopf in einen Schraubstock eingespannt wäre. Und das Pochen erst, meine Herren, nach jedem Pulsschlag war er froh, dass ihm die Birne nicht explodiert ist. In so einer Situation will man nur noch Tablette, Kemenate und gute Nacht, aber daraus ist leider nichts geworden. Als er daheim zur Tür rein ist, sind ihm fast die Kopfwehpulver aus der Hand gefallen, weil die Mutter grundsätzlich in einer Lautstärke fernsieht, da haben die Nachbarn drei Türen weiter auch noch etwas davon.

»Kannst du bitte ein bisschen leiser drehen, Mama, ich hab Kopfweh«, hat der Gustl gesagt, aber die Mutter null Reaktion. Ihre Lieblings-Talk-Show lief gerade, und da muss man schließlich mitbekommen, ob der Kevin wirklich der Vater von Doreens ungeborenem Kind war oder vielleicht doch der Halunken-Bruder seine Finger im Spiel hatte. Für die Mutter war sowieso klar, woher sein Schädelweh kam.

»Sauf halt nicht so viel, wenns't es nicht verträgst! Geschieht dir schon recht! Und überhaupt: Wo warst du eigentlich? Die Füße hättest mir einschmieren sollen heut in der Früh. Ganz eingerissen sind die von der trockenen Luft!«

»Ja, gleich, ich trink nur schnell einen Schluck Wasser, wegen der Tabl…«

»Geh, erzähl mir nix. Schau dich einmal im Spiegel an! Du hast doch seit zwanzig Jahren kein Wasser mehr getrunken«, hat sie weitergekeppelt, und dem Gustl sind die Schmerzen schon bis in die Augäpfel hineingezogen.

»So wie der Vater! Nur Wein im Schädel! Willst dich auch totsaufen und mich im Stich lassen?«

»Mama, beruhig dich«, aber die Mama wollte sich nicht beruhigen. Im Gegenteil, die ist gerade erst warm geworden. Und während im Fernseher der Kevin die Doreen eine Schlampe nannte und die Mama den Gustl einen nichtsnutzigen Dolm, hat er ihr die Füße eingeschmiert, und die Doreen hat dem Kevin eine geschmiert, wo der Talk-Show-Moderator natürlich sofort dazwischengehen musste, obwohl das Publikum bei sowas ja immer am meisten klatscht. Ganz laut und fest hat es geklatscht, im Fernseher und noch viel mehr in Gustls Kopf. Es war so laut, fast noch lauter als die Schimpftiraden von der Mama und das Geständnis vom Halunken-Bruder, dass er gar keine Kinder zeugen kann. Und jetzt natürlich große Preisfrage: Wer war der Vater, und warum hat der Gustl aufgehört zu schmieren? Aber bevor der Moderator die Laborergebnisse offenbaren konnte: Werbepause. Durften neben der Mama die Goldbären, der Käpt'n Iglo, die Teekanne, der Sparefroh, ein weißer Riese und die Meica-Wurst dem Gustl auch noch den letzten Nerv rauben, bis klar war: Scheinschwangerschaft. Da ist das Publikum natürlich völlig ausgerastet und die Mama auch, weil der Gustl immer noch nicht geschmiert und nur gestiert hat, wohingegen im Fernseher wieder alles Friede, Freude, Eierkuchen. Der Kevin ist vor der Doreen auf die Knie gegangen, und sie, wie aus der Pistole geschossen, »ja ich will«, aber der Gustl wollte nicht mehr. Und wie der Gustl zugeschlagen hat, hat sich der Doreen ihre Stimme überschlagen, und das Publikum und die Mama haben so laut geschrien, dass der Moderator mit seinem Team für Ruhe sorgen musste und der Gustl auch. Die Doreen und der Kevin sind sich in die Arme gefallen. Die Arme der Mutter sind auch gefallen. Und der Moderator hat die Sendung mit einem Schlusswort beendet.

Danach kam eine sehr interessante Dokumentation, da ging es darum, wie wichtig die Pflanzen als Sauerstofflieferanten für die Erde sind. Und weil das den Gustl natürlich total interessiert, hat er sich neben der Mutter aufs Bett gesetzt, ein bisschen leiser gedreht und zugeschaut.

»Was werden wir denn heute essen?«, hat er dann zwischendurch einmal in den Raum hinein gefragt.

»Werden wir uns Mohnnudeln kochen, oder? Hast du das gesehen, wie raffiniert diese Pflanzen sind, ein Wahnsinn. Vielleicht eine Einbrennsuppe? Und danach einen Sterz? Einen Fisch könnten wir uns auch mal wieder machen oder weißt du was – ich hol uns einfach zwei Kebab«, hat der Gustl jetzt über beide Ohren gestrahlt, weil nach Mohnnudeln, Einbrennsuppen, Sterz und Fisch konnte die Mutter Kebab am wenigsten leiden. Aber ohne Luft in der Lunge und mit Kissen im Gesicht – da fällt es halt schwer zu widersprechen.

Pip

Pip, ist es gegangen, Pip, Pip, immer wieder Pip. Und mit jedem Pip aus der EKG-Maschine hat sich der Mirko gewünscht, dass es das letzte war. Aber leider, immer weiter Pip. In Serbien hättest du bei solchen Verletzungen nicht einmal ein einziges Pip gehört, weil Blutverlust, Infektionsgefahr und Ärzte mehr Fleischer als Zauberer. In Österreich aber – ohne Probleme Pip.

Fünf Minuten nach dem anonymen Anruf war der Krankenwagen da, zehn Minuten später Aufnahme im AKH, Blutung gestillt, Wunde vernäht und Schmerzpulver, Antibiotika, zack-zack. Ich glaub, die Kapazunder in Weiß hätten selbst den Penis noch angetackert bekommen, aber wo nix ist, kann halt auch nix getackert werden.

Wie die Rot-Kreuzler in die Toilette von der Café Bar Rosa gestürmt sind, da haben sie nur den Mirko und literweise Blut gefunden. Keinen Geri, keinen Penis – obwohl sie wirklich das komplette Häusl auf den Kopf gestellt haben.

War ein persönlicher Misserfolg für den Chef-Rot-Kreuzler, aber selbst der dienstälteste, erfahrenste Hab-eh-schon-alles-gesehen-Sanitäter wird so einen abgetrennten Penis nicht finden, wenn er im Mund vom Geri steckt und der wiederum irgendwo im Kofferraum seines Mörders liegt. Wenigstens ist dem Sanitäter die Genugtuung geblieben, ein Leben gerettet zu haben. Dem Mirko ist nur eines geblieben: das Pip.

Keine Ehre. Kein Stolz. Kein Pipi.
Nur das Pip.

Das Pip und sein Vater, der vier Tage später an seinem Krankenbett geschworen hat, dass er denjenigen finden wird, der ihm das angetan hat. Dass er diesen Hundesohn jagen wird, unerbittlich, und alles auf den Kopf stellen, die Stadt, das Land und wenn es sein muss die ganze verfluchte scheiß Welt. Bis er ihn findet. Bis er winselnd und blutend vor ihm liegt. Und da muss man sagen: bühnenreife Glanzleistung. Ganz großes Kino, hätte man dem alten Serben gar nicht zugetraut, dem eigenen Sohn so überzeugend etwas vorzuspielen. Hut ab, so ein Talent findet man sonst nur im Burgtheater. Vor allem dieser authentische Hass – ganz schwierige Nummer. Da müssen selbst die Kammerschauspieler oft jahrelang mit ihrer Schwiegermutter üben, bis so ein Hass glaubhaft sitzt. Der alte Serbe hingegen – Naturtalent.

Gut, er war ja auch wirklich kein Fan von diesem Amateur. Als er ihn auf seinen Sohn angesetzt hat, ist er eigentlich ziemlich präzise gewesen: erschrecken, nicht verletzen! Eine Lektion erteilen. Maßregeln. Die andere Schwuchtel in die Hölle schicken, bitte, gerne, aber doch nicht gleich den Schwanz seines Sohnes abschießen. Das war ein klarer Vertragsbruch.

Und deswegen findet man jetzt gar nichts mehr.

Den Geri nicht. Den Penis nicht und den Hundesohn auch nicht, dafür hatte der Alte gesorgt. Und damit war für ihn die Familienehre gerettet und die Geschichte gegessen.

Gänseblümchen

Wie der Gustl in der Werbepause die Stiegen hinunter ist, war das Kopfweh schon weniger, beim Kebab-Stand noch weniger, und kaum als er mit dem Essen wieder zur Tür herein ist, war klar: Tabletten unnötig gekauft, Kopfweh verschwunden. Hat er gleich der Mama erzählt und sich mit den zwei Kebabs zu ihr ans Bett gesetzt, Dokumentation weiterschauen.

Wirklich interessant. Im Apparat haben sie jetzt gesagt, dass 250 Quadratmeter Rasen den täglichen Sauerstoffbedarf einer vierköpfigen Familie inklusive Hund produzieren. Das hat den Gustl wahnsinnig fasziniert. Und wie die Dokumentation zu Ende war, hat er abgeräumt, die Mama zugedeckt und ist in sein Zimmer, um den Pflanzen zu erzählen, wie faszinierend sie eigentlich sind. Weil sie Schmutziges sauber, Stickiges luftig und Falsches richtig machen. Dann hat er sie gegossen, geputzt, gestreichelt und ihnen vorgeschwärmt, dass sie jetzt bald die Luft in der ganzen Wohnung reinwaschen können. Dass sie in jedem Raum stehen werden und immer genügend Wasser, Liebe und Licht für sie da sein wird. Und als alles gesagt und getan war, hat er sich ins Bett gelegt und ist zum ersten Mal, seitdem ihn die Stadtgartenverwalterin verlassen hat, mit einem seligen Lächeln tief und fest eingeschlafen und hat geträumt.

Von exotischen Blüten an noch exotischeren Orten, mit zugewucherten, üppigen Urwäldern voller lianenbehangener Mammutbäume und feucht-glänzender Wurzeln. Alles war lebendig, pulsierend und sattgrün. Ein einziger, riesiger Organismus, der konstant und gierig Luft einsog und wieder ausstieß. Und mittendrin der Gustl. Nackt, frei und glücklich. Wie ein Irrer ist er durch den eigenen Traum-Dschungel gerast, hat geschrien, sich im Dreck gesuhlt und Freudentänze aufgeführt. Seine Lunge war so voll sauberer Luft, sein Körper so leicht, sein Geist so beflügelt – ihm sind Freudentränen in die Augen geschossen. Und es war, als würde sich der ganze Dschungel mit ihm freuen. Bis auf eine Blume. Ein Gänseblümchen. Sie war anders als die anderen. Mit hängendem Köpfchen und zerrupften Blättern welkte sie dahin, blass, unscheinbar und doch schwer zu übersehen.

Der Gustl hob ihren Blütenkopf sanft an, wollte ihr gut zusprechen, sie aufpäppeln, aber kaum, dass er sie berührt hatte, war sie hin. Sie wurde braun und schlaff und die Blume neben ihr und die Blume neben der Blume und überhaupt alle Blumen – es war wie verhext. Mehr und mehr Pflanzen um den Gustl herum verdorrten von einer Sekunde auf die nächste. Zuerst nur Gänseblümchen und andere Wildblumen, dann ganze Sträucher, Bäume, einfach die gesamte Flora wurde welk und starb. Der Gustl wollte helfen, eilte von Pflanze zu Pflanze, um sie zu schützen, aber was er auch anfasste, verdarb augenblicklich. Laubkronen verloren ihre Blätter, Früchte verdorrten, Quellen versiegten, alles Grüne wurde braun und alles Braune begann zu schimmeln und zu verwesen. Der Gustl durchwatete panisch den knietiefen Morast des gerade noch prächtigen Dschungels, er konnte nicht glauben, was da geschah. Der Unrat brodelte und schlug Blasen, Maden fraßen sich durch den Dreck, tausende Fliegen färbten den Himmel schwarz, und Sporen von Millionen Schimmelpilzen raubten ihm Sicht und Atem. Röchelnd und kraftlos sank er immer tiefer in den Schlick. Es war kein Halt zu finden, der Boden ein Sumpf aus abgestorbener Materie, seine Lunge brannte und zentimeterdicker Schimmel wucherte über ihn hinweg. Am Ende, als er gekrümmt und auf allen vieren im Schlamm kroch und es nur noch eine Frage der Zeit war, bis er darin zu ersticken drohte, teilte sich unter ihm der Morast. Und zwischen den Maden, den Würmern, dem Moder und verwesenden Unrat, quoll ihm der zerfressene Schädel seiner Mutter entgegen.

Das war das Letzte, was er sah, bevor er schweißgebadet aus dem Bett gefahren ist, mit hämmerndem Herzen und nassem Schritt. Sein Lächeln war verschwunden. Und in diesem Moment wusste er es noch nicht, aber es sollte nie wieder zurückkehren.

Kapitel Drei

Koks und Kater

Vier Monate später hat sich der Andi in seiner Studentenbude so viel Marschierpulver reingezogen, dass er von Wien nach Friedberg hätte laufen können.

Früher war Koks ja eher seltener Gast auf seiner Speisekarte, aber der Schlaf, die Konzentration, die Inspiration – irgendwie wollte das alles nicht mehr so recht funktionieren, und dann ist man halt schnell beim Gift, wenn man in den richtigen Ecken Wiens nach den falschen Antworten sucht. Und falsche Antworten natürlich nie gut, aber besser als gar keine. Keine Antwort vom Verlag, keine Antworten zum Sinn seines Lebens, keine Antwort auf die Situation am Friedhof, und die Vali ist ihm auch auf die Nerven gegangen.

Eine Zeit lang war das ja alles praktisch und so, keine Frage. Kurz nach Friedberg jetten, am Dachboden verschwinden und wieder zurück in die Wiener Junggesellenbude, aber jetzt hat sie andauernd gepenzt. Dass ihr der

Dachboden nicht genug ist, dass sie die Geheimniskrämerei satthat, ihre Mutter auch, und der Andi soll doch endlich mit seiner Familie reden, die wird das schon verstehen.

Und bei der Vorstellung musste der Andi innerlich immer lachen, wenn er sich mit der Vali im Arm vor seinem Vater stehen sah, und dann Kinder, Haus, Hund, Gartenzaun und alle glücklich bis zum Gehtnichtmehr. Der Gedanke war dermaßen lächerlich – bei so einer wie der Vali denkt sein Vater doch bloß an Sprengstoffgürtel, Allah und Untergang des Abendlandes. Da ist nix mit Multikulti-Happy-Peppi, Toleranz und offene Arme. Der Vater vom Andi geht ja nicht einmal zum Inder in Friedberg essen, obwohl das ja eigentlich ein Tscheche ist. Der würde ihn einfach enterben, eiskalt. Vaterschaft annullieren, Unterstützungen streichen, kein Wort mehr mit ihm reden.

Und dann? Was sollte dann aus ihm werden? Kein Geld, kein Job, eine halbfertige Uni und eine Putze als Frau – das würde aus ihm werden. Aber das durfte es nicht. Um keinen Preis der Welt durfte er es so weit kommen lassen.

Also hat er überlegt. Tage, Nächte, Wochen, Monate. Und das Einzige, was ihn durch diese schwere Zeit getragen hat, war das Koks. Mittlerweile wäre er ohne morgens nicht einmal mehr aus dem Bett gekommen. Das Koks und der Fipsi, das waren seine Retter. Das Koks in Wien, der Fipsi in Friedberg. Weil der ist jetzt wieder öfter bei Vali vorbeigekommen, heimlich in der Pfarre. Hat ihr gut zugeredet und erklärt, dass im Moment alles ein bisschen anstrengend ist für den Andi und viel zu tun an der Uni und kommt Zeit, kommt Rat und nur Geduld, wird schon werden. Hat ihn der Andi darum gebeten, dass er das macht. Nur das Warum ist er ihm schuldig geblieben, und tatsächlich war das dem Fipsi auch nicht ganz klar. Seiner Meinung nach hätte der Andi mit dem Geld seines Vaters ja ohne Probleme ein Leben zu zweit finanzieren können. Und wenn dann Uni fertig und Job am Start – sowieso gemähte Wiese.

Aber der Andi hat dem Fipsi halt nicht alles erzählt. Dass ihm die Vali auf die Nerven gegangen, die Uni mehr Hobby, der Job nicht in Aussicht und das liebe Geld durch die Finger geronnen ist – das hat er alles vergessen zu erwähnen. Aber selbst wenn, vielleicht hätte der Fipsi trotzdem mitgespielt. Beste Freunde lässt man schließlich nicht im Stich.

Und wenn der Fipsi der Vali gesagt hat, dass sie ihren Weg gehen, ihre Zeit kommen und sich ihr Schicksal erfüllen wird, dann hat er sich dabei immer auch ein bisschen selbst Mut zugeredet. In Worten und in Schrift, weil Briefe hat er ihr auch geschrieben. Und nicht, dass Sie jetzt glauben Liebesbriefe oder so, nein, nein – das waren Hoffnungsbriefe. Zeilen zum Festhalten. Aber der Absender war nicht er, sondern der Andi. Das hab ich Ihnen ja schon erzählt, dass der Fipsi Andis Handschrift perfekt nachmachen konnte, von den ganzen Hausaufgaben früher, oder? Wie auch immer, jedenfalls hat er der Vali in diesen Briefen Mut gemacht. Dass alles bald besser werden würde. Schöner und einfacher.

Die ersten Briefe hat er dem Andi noch gezeigt, ob er irgendwelche Einwände hätte. Aber die nächsten nicht mehr, weil er hat sowieso immer nur genickt und keinen wirklich gelesen. Mit jedem Mal, wo der Andi in Friedberg war, ist er unkonzentrierter geworden. Und in letzter Zeit war er oft da.

»Bzzz.Bzzz.Bzzz.«

Auf dem Handydisplay vom Andi war der Name Macho mittlerweile Stammgast.

»Ja? Geh bitte, schon wieder?

Gebt's ihm halt einen starken Kaffee.

Ja. Ja. Ja. Ich weiß.

Okay. Ich komme. Bin schon unterwegs.«

So oft, wie er in letzter Zeit nach Friedberg fahren musste, hätte er auch gleich wieder hinziehen können. Zum siebten Mal ist der Gustl jetzt ausgefallen. Und weil abgemacht war, dass bei den »speziellen« Särgen nie der Burschi oder sonst irgendeine Aushilfe tragen durfte, blieb dem Andi nichts anderes übrig, als jedes Mal von Wien herunterzugurken. Das Risiko war viel zu hoch, dass einer auf dumme Gedanken kam. Braucht der Burschi ja nur einmal einen Verstorbenen kennen. Und wenn der nur Haut und Knochen und der Sarg schwer wie Blei, dann steht der Nächste auf der Matte und fragt warum, wieso, weshalb. Und in letzter Zeit haben die Serben regelrechte Brocken angeliefert. Die hat man nicht so mir nichts, dir nichts zu den Friedberger Leichen dazulegen können, schon gar nicht, wenn die auch so Brocken waren. Da reißt einem ja das Kreuz ab, und der Sarg quillt über, nein, nein, so einfach geht das nicht. In diesen Fällen mussten der Gustl und der Macho schon ein bisschen zuschneiden. Da ein Händchen ab, dort eines dazu, hier ein Bein mehr, da eines weniger – damit sich das gleichmäßiger verteilt.

Keine sehr appetitliche Arbeit, aber bei solchen Aktionen waren der Andi und der Fipsi eh nie dabei, dafür hat der Macho gesorgt. Keine Ahnung warum, wahrscheinlich weil er den Gustl besser unter Kontrolle hatte. Aber andererseits auch wieder nicht, so oft, wie der sich mittlerweile aus der Welt geschossen hat.

Wie der Andi bei der Bestattung rein ist, hat er die Fahne schon gerochen, obwohl sie den Gustl ganz hinten auf die Nirostabank gelegt haben. Zum Rausch ausschlafen und damit ihn der neue Pfarrer und der Hubsi nicht sehen konnten.

Sodbrennerautobahn

Der Körper ist schon etwas Faszinierendes, hat sich der Fipsi gedacht, aber eher mit einem weinenden Auge als mit einem lachenden. Weil lustig war das nicht, was sich da alles in ihm abgespielt hat. Der Magen, die Pumpe, der Kreislauf – jedes zweite Organ ist ihm von einem Moment auf den anderen rebellisch geworden, ganz ohne Vorwarnung. Eigentlich erschreckend, dass so etwas so schnell gehen kann, aber andererseits: schon auch irgendwie interessant.

Da arbeitet der Körper tiefenentspannt vor sich hin, tut, was ein Körper nun mal so tut, verdaut, wäscht, reinigt, tauscht aus, pumpt locker-lässig Blut durch die Adern; und auf einmal – so mir nichts, dir nichts – hundert Warnleuchten an. Und das ohne erkennbaren Grund. Wenn der Fipsi jetzt wenigstens Gift geschluckt, Stein am Schädel oder zumindest schlecht gegessen – aber nix, kein Gift, kein Stein, Essen pipifein. Das Einzige, was passiert ist: Der Andi ist bei der Bestattung zur Tür hereingekommen; und das hat gereicht.

Sowie der Fipsi den Andi gesehen hat, ist sein schlechtes Gewissen hochgeschreckt und losgesprintet – Startpunkt: Zermarterpfahl im Kopf. Von da ist es über den Gänsehaut-Pass am Nacken entlang, runter ins ausgetrocknete Rachental mit dem kaum überwindbaren Riesen-Knödel, dann weiter auf den zugeschnürten Atemwegen und von dort mit Vollgas über die Sodbrennerautobahn in den Magen hinein.

Solche Zustände hat der Fipsi gehabt, nur wegen seiner Schuldgefühle. Wie viel Macht so ein Gewissen über uns hat – unfassbar, oder? Es braucht gar nicht viel falsches Essen oder wenig Bewegung, der Körper geht auch so auf die Barrikaden, ein paar saftige Selbstvorwürfe reichen.

Aber bitte, vielleicht ist das beim Fipsi auch ganz extrem. In dem Punkt ist er ja schon ein spezieller Fall, weil im Prinzip muss man sagen: Seitdem der Fipsi denken kann, läuft sein Leben so dahin und sein schlechtes Gewissen nebenher. Mal weniger präsent, mal mehr. Mal konkreter, mal eher schwammig, mal nachthimmelschwarz, dann fast schon transparent, aber ganz verschwinden tut es nie. Kann es gar nicht, denn seit frühester Kindheit an steht er praktisch in der Schuld von Andi und seiner Familie. Der Herr Bürgermeister und seine Gattin haben alles für ihn getan, ihn unterstützt, finanziert, seiner Mutter einen Job gegeben, ihr mit den Krediten geholfen, Nachhilfelehrer bezahlt, die Schulausflüge, die Skiausrüstung, das Moped – der Fipsi ist ihnen zu so viel Dank verpflichtet, dass ein Leben allein gar nicht ausreicht, um all das zurückzugeben, was sie für ihn und seine Mutter getan haben.

Aber was macht er? Wie revanchiert er sich dafür? Er holt die serbische Mafia nach Friedberg und zieht den Andi in einen dermaßen tiefen Schlamassel, aus dem er vielleicht nie wieder herausfinden wird. Niemand wird das – der Gustl spült sich den Verstand aus dem Schädel, der Macho hat seinen längst verloren –, alles geht den Bach runter, nur wegen ihm.

Und deswegen: Schuldgefühle. Und wenn der Andi so wie jetzt mit finsterem Gesicht und Laus auf der Leber in die Bestattung gekommen ist, hat das Magendrücken nicht lange auf sich warten lassen.

Jetzt oder nie

Nach dem 14:15-Uhr-Begräbnis hat der Hubsi das Kreuz in den Schrank geschmissen, alles liegen und stehen gelassen und ist schnurstracks Richtung großer Liebe. Zum Kinderchor früher musste er sich nicht so beeilen, aber ohne Geri war nix mehr mit Singen, Hopsa, Trallala. Also hat der Hubsi umdisponieren müssen, aber im Prinzip war der Spielplatz eh viel besser. Da gab es eine Bank, ziemlich abseits und schattig, mit einem wunderbaren Ausblick. Und wie er sich hingesetzt hat, sind sie auch schon gekommen: das Klasseweib mit der Kleinen und drei vier anderen Familien im Schlepptau. Was für eine Schönheit. Und er durfte sie wieder bewundern – nur aus der Ferne versteht sich, ganz still und heimlich. Mehr war nicht drin, und das hat ihm immer öfter zu denken gegeben. Werden Sie jetzt sagen: der Hubsi und denken – wer soll das denn glauben? Aber bitte, selbst in dem seinem Hirnkastl war nicht nur Funkstille.

Besonders die Rede vom Pfarrer am Friedhof heute hat ihn zum Nachdenken gebracht. Der Geri früher war auch kein schlechter Redner, aber der neue Pfarrer irgendwie besser. Oder sagen wir: bemühter. Weil der ist nicht nur mit den Standard-Sprüchen gekommen und der Herr sei dein Hirte, der Herr sei hü, der Herr sei hott – nein, nein. Der hat das Leben des Verstorbenen quasi i-Tüpferl für i-Tüpferl runterbeten können, fehlerfrei und auswendig. Angefangen bei den harten Nachkriegsjahren, wie der Verstorbene den Hof wieder aufgebaut hat, treusorgender Familienvater, den Betrieb von den Eltern übernommen, immer die gute Seele am Bauernmarkt, niemanden im Regen stehen lassen, dann die schwere Zeit mit seiner seligen Frau, der Zucker, der Sturz, und schlussendlich hat ihn der Herrgott zu sich geholt, ins heilige Reich.

Und da hätte der Hubsi fast zum Weinen anfangen müssen, aber gar nicht so wegen der Geschichte, sondern wegen sich selbst. Weil er hat sich gefragt: Was würde der Pfarrer über ihn sagen? »Von der Welt gegangen, wie er gekommen ist: unfähig«, schoss es ihm durch den Kopf, und: »Hat nie etwas zustande gebracht, nichts aufgebaut. War unbrauchbar, unscheinbar und ungeliebt. Ein richtiger Hubsi eben.«

Wären das die letzten Worte über ihn? Würde überhaupt jemand zu seiner Beerdigung kommen?

»Geh hin, sprich sie an, sie steht auf dich«, hat er plötzlich den Macho in seinem Kopf spuken hören. Soll er, soll er nicht, soll er später? Ist das der richtige Augenblick? Wenn nicht, wie sieht der richtige Augenblick aus? Würde er ihn erkennen? Gibt es überhaupt einen, und wenn nein, was soll er dann tun? Fragen, Fragen, Fragen, in Hubsis Kopf gab es nichts als Fragen und Angst. Angst, dass er, wenn er jetzt nicht endlich zu ihr geht, wenn er jetzt nicht endlich all seinen Mut zusammennimmt, seine Chance auf Lebenszeit vertan hätte. Seine Beerdigung wäre eine einzige Lachnummer. Der Pfarrer, der Macho, der Gustl, die große Liebe, alle würden sie lachen, und kurze Zeit später hätten sie ihn vergessen.

»Hubsi? Was ist ein Hubsi? Ist das was zum Schnupfen?«, würden sie sagen, und Sie sehen schon: Er hat sich so richtig hineingesteigert in seine Wahnvorstellungen. Und vielleicht aus Zufall, vielleicht Schicksal, vielleicht, weil es der liebe Herrgott so wollte – jedenfalls hat sich etwas getan am Spielplatz. Sie war alleine. Keine Eltern, kein Kind, niemand bei ihr. Der Hubsi hat geschluckt.

Jetzt oder nie.

Zuhause im Durst

Vor der Bestattung im Auto hat der Macho mit sich gerungen, weil geheuer war ihm das nicht mit dem Gustl. Saufen gut und schön, tut ja ein jeder, aber so? Der Gustl hat ja gar keine Kontrolle mehr darüber gehabt. Und das große Problem: Wie sagt man jemandem so etwas? Ins Gesicht auf keinen Fall, weil dann säuft der allein aus Trotz das Doppelte. Nein, da muss man sich herantasten, mit viel Feingefühl, Samthandschuhen und Effet. Aber der Macho hatte wie immer nur Boxhandschuhe dabei.

»Kurbel das Fenster runter«, hat er den Gustl angeschnauzt, als der zu ihm ins Auto gestiegen ist, obwohl Schnapsfahne eigentlich kein Problem für den Macho, aber in dem Maße – da hat man allein vom Einatmen drei Promille gehabt.

Der Macho musste den Gustl nach der 14:15-Uhr-Beerdigung heimfahren, und im Prinzip kann man sagen – perfekte Gelegenheit für ein klärendes Gespräch. Nur leider hat als Einziger der Radiomoderator geredet, sonst Schweigen. Erst auf halber Strecke ist dem Macho dann doch wieder etwas über die Lippen gekommen.

»Hast einen Durst gehabt gestern?«

Aber natürlich: keine Antwort. War auch eine blöde Frage, besonders vom Macho. Weil wie oft hat ihn der Gustl früher nach Hause fahren müssen? Bei wie vielen Leichenschmäusen, zu denen sie nachher noch eingeladen waren, ist der Gustl als Einziger nüchtern geblieben? Der hat der Bagage tausendmal die Ehre gerettet, tausendmal den Fahrer gespielt und war hundertprozent verlässlich. Aber diese Zeiten waren vorbei.

Und vielleicht, wenn der Macho nicht der Macho gewesen wäre, der Gustl nicht der Gustl und die Situation nicht so festgefahren. Wenn sie wirklich miteinander geredet hätten, aufeinander eingegangen wären wie zwei vernünftige, erwachsene Menschen. Dann wäre der Gustl vielleicht – aber nur vielleicht – noch zu retten gewesen. Aber es war nun mal so, wie es war.

Und wie der Macho den Gustl vor dem Gemeindebau aussteigen hat lassen, war das Einzige, was er ihm hinterhergerufen hat:

»Morgen wieder ein bisschen frischer. Und schöne Grüße an die Frau Mutter!«

Dann ist er gefahren. Der Gustl ist rauf in die Wohnung, vorbei an den leeren Flaschen, den verschimmelten Essensresten und den verdorrten Pflanzen, hat ein paar Minuten in den Kühlschrank auf die abgelaufene Milch gestarrt und ist wieder gegangen. Dahin, wo sein gestriger Abend geendet hat. Zur Tankstelle.

Himmel und Hölle

Manchmal fragt man sich schon, ob die Stadtplaner in ihren Elfenbeintürmen jemals die Welt betreten, die sie planen. Weil wer heute einen Spielplatz baut und keine öffentliche Toilette daneben, der ist entweder blind oder ein Krimineller. Kleine Kinder, Schwangere, Omas mit schwachen Blasen, so ein Spielplatz ist quasi die zentrale Sammelstelle für alle Vielbrunzer. Aber bitte, die Menschen sind da ja nicht so und Frauen an sich auch nicht – gehen sie halt in die Büsche. Und man kann von Glück reden, dass die Stadtplaner das Waldstück neben dem Spielplatz übersehen haben, weil sonst gäbe es gar keine Möglichkeit, mal eben kurz zu verschwinden. Da hätte die Angebetete vom Hubsi ja wo klingeln, in ein Café oder noch schlimmer bis nach Hause hatschen müssen, nur für das kleine Geschäft. So konnte sie wenigstens hinter einen Busch gehen und passt.

Den Hubsi hat sie erst bemerkt, wie sie schon fertig war. Und interessant, weil viele würden aufschrecken wie die Hunde zu Silvester, aber sie nicht. Ganz ruhig ist sie geblieben, obwohl der Hubsi ja wirklich zum Fürchten ausgesehen hat: rote Augen, rotes Gesicht, zerbissene Lippen, total verkrampft ist er dagestanden, schweigend, und ihr ist im ersten Moment auch nix eingefallen. Also haben sie zuerst einmal nur geschaut, wobei der Hubsi immer wieder Luft geholt und zum Reden angesetzt hat, nur rausgekommen ist halt nix. Erst als er dann vor lauter Verzweiflung zusammengebrochen und auf allen vieren vor ihr herumgekrochen ist, sind neben Rotz und Wasser doch noch ein paar Worte geflossen.

»Bitte, es tut mir so leid, ich wollt dich nicht erschrecken, aber ich bin so... du bist so... ich kann nicht... ohne dich. Ich weiß, du kennst mich gar nicht, und du bist so schön und so zart und ich bin so... wir würden überhaupt nicht zusammenpassen, aber es tut so gut dich anzusehen und bei dir zu sein... und ich wollte dich fragen... ob du vielleicht... ob es vielleicht in Frage kommen würde... auch wenn du hundertmal Bessere verdienst... aber wenigstens die Vorstellung...«

Der Hubsi hätte noch ewig so weiterstammeln können, argumentativ ist er nicht von der Stelle gekommen. Verstanden hat man auch nur die Hälfte, weil sehr viel Wimmern, sehr viel Nuscheln, Nase hochziehen, Rotz schlucken – da tut man sich rein akustisch schon ziemlich schwer.

Und dafür muss man sagen: Obwohl sie nicht viel verstanden hat, wirklich souveräne Reaktion. Besonders für ihr Alter.

»Bist du traurig, Onkel?«, hat die Kleine gefragt und dabei mit ihrer winzigen, zarten Hand seinen schuppigen Kopf getätschelt.

»Meine Mama sagt immer, wenn man traurig ist, dann darf man weinen!«

Das ist jetzt vielleicht kein Satz für die Ewigkeit, aber für eine Sechsjährige eigentlich ganz gut gesprochen. Und besonders: Sehr effektiv, denn von einer Sekunde auf die nächste war der Hubsi nicht mehr im Waldstück neben dem Spielplatz, sondern im Himmel auf Erden. Er war auch gar nicht mehr traurig, im Gegenteil, seine Augen haben sich quasi umgepolt, und statt Tränen der Verzweiflung sind jetzt wahre Freudentränen geflossen. Denn endlich war es soweit, endlich hat sie mit ihm geredet. Sie hat ihn sogar berührt. Seine große Liebe, die er immer nur aus der Ferne kannte, sie stand vor ihm. In echt. Und sie war wie in seinen Träumen. Engelsgleich, gutherzig, einfach perfekt. Und zum ersten Mal, seit es den Spielplatz gibt, was sag ich, überhaupt zum allerersten Mal, seit es irgendetwas auf der Welt gibt, hat jemand innerlich einem Stadtplaner gedankt. Weil das alles wäre nie zustande gekommen, hätte der etwas von seinem Job verstanden.

»Lisa! Liiisa!«

Die Rufe vom Klasseweib sind zuerst gar nicht bis zum Hubsi durchgedrungen, aber die kleine Lisa natürlich junge Ohren wie ein Luchs.

»Ich muss zu meiner Mama zurück«, hat sie plötzlich gesagt und wollte gehen, doch der Hubsi hielt sie am Arm, weil wer den Himmel auf Erden einmal gefunden hat, gibt ihn nicht so leicht wieder her.

Ob sie nicht noch bleiben könne, ob sie sich wiedersehen, ob sie ihn denn mag, ob sie ihn nett findet, ob sie der Mama was sagen wird – der Hubsi hat jetzt so viele Fragen gleichzeitig gestellt, die Kleine war vollkommen überfordert und wollte einfach nur weg. Doch der Hubsi wollte das nicht. Um keinen Preis. Und weil er sie nicht losgelassen hat, hätte sie beinahe geschrien, aber auch das wollte der Hubsi nicht und hat ihr seine schwielige Hand auf den Mund gepresst.

»Lisa! Liiiiiisaaaa!«

Die Rufe sind lauter geworden, die Stimmen immer mehr. Da war nicht nur das Klasseweib, da waren Kinderstimmen, andere Frauen, sogar Männer. Die kleine Lisa hat gestrampelt und um sich geschlagen, aber Hubsis Griff wurde immer fester, immer verzweifelter. Ganz still muss sie sein, ihr wird nichts passieren, sie wird ihre Mama wiedersehen, alles wird gut...

»LIIISA!«

Aber nichts war gut. Rund um ihn herum Rufe, Schritte, Rascheln, alles kam aus allen Richtungen. Sie wollten ihm seinen Himmel wegnehmen, dabei hatte er ihn doch gerade erst gefunden. Das konnte er nicht zulassen. Nicht jetzt, nicht so schnell, nicht nach so kurzer Zeit – sie durften ihn nicht finden. Aber was tun? Wohin? Wie heraus, wo davon?

»LIIIIIISA!«

Und in all der Panik, der Ratlosigkeit und Verzweiflung hat selbst der Hubsi begriffen, dass Himmel und Hölle manchmal sehr nahe beieinanderliegen können.

Katholische Laken

Nach der 14:15-Uhr-Beerdigung hat der Andi zu Vali am Dachboden müssen. Und Sie sehen schon, »müssen«, das war auch einmal anders. Früher ist ihm vor Vorfreude jedes Mal ganz schwindelig geworden, wenn er mit ihr auf den Dachboden durfte. Aber jetzt?

Es hat halt irgendwie die Leichtigkeit gefehlt! Das Unbekümmerte, dieses Hallo, Kuss-Kuss und ab in die Federn. Und ja, die Federn gab es eh noch ab und an, und Küssen sowieso, aber oft wollte sie einfach nur reden. Über die Zukunft, ihre gemeinsamen Pläne, Träume, blabla, kennt man ja. Das Gesprächsthema an diesem Tag war allerdings neu.

»Sicher?«

»Sicher!«

»Ganz sicher?«

»Ja-ha, ganz sicher!«

»Aber wir haben doch immer mit...«

»Na ja...«

»Na ja was?«

»Na ja, wir haben schon vergessen manchmal.«

»Ja, pfff.«

»Letztens erst, wo die Kondome drüben im Rucksack...«

»Ja mei!«

Der Andi war etwas gereizt und ist ja auch komplett verständlich. Bekommt man ja nicht jeden Tag gesagt, dass man Vater wird. Da rast das Herz oft schneller als bei der Zeugung. Ihm war natürlich bewusst, dass so etwas theoretisch passieren konnte, weil auch wenn er in der Schule viel geschlafen hat – das mit den Bienen und Blüten ist nicht spurlos an ihm vorübergegangen. Aber einen großen Kopf hat er sich da nie gemacht. Meistens, oder sagen wir mal hin und wieder, haben sie ja eh mit Kondom und außerdem – aber das ist natürlich ein ganz großer Blödsinn –, das war ja immerhin der Dachboden einer katholischen Pfarre. Das Bett, die Laken, die Luft, alles katholisch. Da ist es zumindest in seinem Hinterkopf so mitgeschwungen, dass in so einer Umgebung nie und nimmer ein Kind gezeugt werden kann – schon gar nicht mit einer Muslima. Aber wie gesagt, das war natürlich ein kompletter Blödsinn, und so durchgelegen, wie das Bett vom alten Pfarrer war, ist das wahrscheinlich nicht zum ersten Mal passiert.

»Okay, und wie geht das jetzt? Zur Apotheke oder muss man da zuerst zum Arzt wegen einem Rezept?«

Der Andi war kein gläubiger Mensch, absolut nicht. Aber sowie er die Worte ausgesprochen hat, ist bei ihm leichte Panik aufgekommen, dass die Schindeln Gottes, das Dachgebälk Gottes, der Rauchfang Gottes und einfach alles, was der liebe Gott zu bieten hatte, auf ihn herabstürzen könnte. Weil der liebe Herrgottvater ist ja nicht blöd. Dem war schon klar, dass der Andi keinen Schwangerschaftstee aus der Apotheke holen wollte. Und bei sowas vergisst der liebe Gott schnell, dass er eigentlich lieb ist, das behaupten zumindest seine Pressesprecher. Aber vielleicht hat es der liebe Gott ja doch nicht verstanden, die Vali nämlich auch nicht.

»Was für Rezept?«

Und weil sie das mit so einer naiven Unschuld, mit so einer Ratlosigkeit und Unwissenheit gefragt hat, war dem Andi sofort klar: Sie hat keine Sekunde daran gedacht, das Kind abzutreiben.

Schneeflocken im Haar

Wäre ihr Mann nicht gewesen, sie hätte die Polizeiwache wahrscheinlich zu Kleinholz zerschlagen, so außer sich war das Klasseweib. Der Revierinspektor fand sie trotzdem fesch. Fesch, aber penetrant.

»Also bitte, jetzt beruhigen Sie sich einmal, gute Frau«, hat er dann gesagt, weil Schönheit hin oder her, die angenehmste Person war sie nicht gerade.

»Sie sagen, da war ein Mann. Wie hat er denn ausgesehen?«

»Na das weiß ich doch nicht! Deswegen bin ich ja hier!«

Das Klasseweib war außer sich vor Wut. Dass sich ein Polizist so blöd anstellen kann, bei einer derart heiklen Angelegenheit – unfassbar. Irgendwo in der Stadt läuft ein Monster frei herum, die Uhr tickt, und die Herren Polizisten tun so, als hätten sie alle Zeit der Welt.

»Nicht in diesem Ton, gnädige Frau, ja? Wir sind alle etwas aufgebracht, aber so kommen wir nicht weiter.«

»Sie müssen doch etwas unternehmen!« Jetzt ist aus dem

Schnauzen mehr so ein resignierendes Schluchzen geworden, und ihr Mann musste sie stützen, weil Nerven, Kreislauf, Gummiknie.

»Also noch einmal von vorne. Sie beide haben den Mann nicht gesehen und sonst auch niemand. Nur die…«, der Revierinspektor hat kurz in seinen Notizblock gelinst, »…Lisa«.

Die Eltern haben genickt.

»Na dann, probieren wir's halt.« Und wie sich der Revierinspektor hinuntergebeugt hat, ist er mit seiner Stimme hinaufgegangen, weil er – wie die meisten Leute – Kinder gerne mit schwerhörigen Vollidioten verwechselt.

»Kannst du mir vielleicht den Mann beschreiben?«

Die kleine Lisa hat sich hinter dem Rock der Mama versteckt und ihre Hand ganz fest gedrückt, aber dann ist sie doch hervorgekommen und hat schüchtern genickt.

»Na super! Pass auf, wir machen das so: Du sagst mir, was dir alles einfällt zu dem Mann, und ich schreib das auf, ja? Wir müssten nur vorher noch… eine Sache… irgendwie…« Und jetzt hätte sich der Revierinspektor am liebsten selbst hinter einem Rock versteckt, weil solche Fragen lernt man auf der Polizeischule zwar rauf und runter – dazu hat es sogar einen eigenen Kurs gegeben mit Praxisbeispielen, Schulungsvideos und einem studierten Therapeuten –, aber in echt ist das dann trotzdem etwas anderes.

»Hat dich der Mann berührt?«

Die Lisa hat genickt. Der Polizist geschluckt.

»Kannst du mir sagen wo?«

Wieder genickt.

»Kannst du vielleicht mit deinem Finger auf die Stelle zeigen, wo er dich berührt hat?«

Zuerst hat die Kleine ihre Mama angeschaut, dann ihren Papa und am Schluss den Polizisten. Das letzte Mal, als sich so viele Erwachsene für sie interessiert haben, musste sie für die Oma ein Gedicht aufsagen. Hinterher gab's Kuchen, also hat sie eins und eins zusammengezählt und sich gedacht: Spiel ich mal mit, gibt es vielleicht wieder Kuchen. Und dann hat sie ihren Finger auf den Mund gelegt.

»Hat er dich da berührt?«

Nicken.

»Mit der Hand?«

Nicken.

»Und dir den Mund zugehalten?«

Also Gedichtaufsagen war irgendwie lustiger, doch was tut man nicht alles für die Erwachsenen. Hat sie wieder genickt.

»Und das war's? Woanders hat er dich nicht berührt?« Aber den Satz hätte sich der Polizist lieber verkneifen sollen, weil zum Nicken ist die Lisa gar nicht mehr gekommen, so schnell wie das Klasseweib aus allen Wolken gefallen ist. Ob es denn nicht reiche, wenn ein Wildfremder ihrer Tochter den Mund zuhält, ob da erst sonst was passieren müsse, bis die Herren Polizisten ihren Arsch hochkriegen. Und überhaupt, dieses Verhör, die Zeitverscheißerei, dieser ganze Irrsinn – das Klasseweib hat sich immer mehr in Rage geredet, sodass der Revierinspektor erst einmal wieder deeskalieren musste, damit sie ihm nicht an die Gurgel springt. Aber nach ein bisschen Zuspruch und Verständnis, nach ein wenig »Tut uns leid« und »Alles wird gut« war sie einigermaßen zurück auf dem Teppich, und er konnte die kleine Lisa noch einmal, zur absoluten Sicherheit fragen:

»Hat er dich wirklich nur am Mund berührt? Sonst nirgends?«, woraufhin die kleine Lisa: »Nein, nur am Mund und am Arm. Kann ich jetzt Kuchen haben?«

Und in dem Moment hat sich der Revierinspektor gedacht: easy. Weil Hintern, Brust und Schoß immer heikle Geschichte, aber Mund und Arm – halb so schlimm. Natürlich, nachgehen müssen sie dem Ganzen trotzdem, keine Frage. Aber bitte: Wenn der dem kleinen Mädchen wirklich wohin – na dann hättest du ja Kripo, Sondereinsatzkommando und die halbe Kavallerie auf der Matte stehen gehabt. Und so einen Stress hat er gerade überhaupt nicht gebrauchen können, weil daheim die Terrasse neu verfugen und im Dachstuhl der Marder – na frage nicht, was das für eine Arbeit. Aber alles halb so schlimm: nur Mund und Arm.

Also hat der Revierinspektor fast schon mit einem Lächeln auf den Lippen äußerst bemüht und so gut es ging die Täter-Beschreibung von dem Mädchen aufgenommen. Männlich, weiß, mittelgroß, mittlere Figur, rotes Gesicht, Schneeflocken in den Haaren (Anmerkung: wahrscheinlich Schuppen), komischer Geruch – das hat im Prinzip auf jeden Dritten in Friedberg gepasst.

Und weil der Täter ja auch aus sonst woher kommen konnte, hätte sich der Hubsi gar nicht so anscheißen brauchen, aber der natürlich: superdesperat und völlig aufgelöst durch die Nacht gegeistert. Ohne Ziel, ohne Plan, einfach immer weitergelaufen. Über Stock und Stein und Felder und Wiesen, hinein in den Wald und wieder hinaus, bis alles gebrannt hat, seine Lunge, seine Beine, Rücken, jeder Knochen in seinem Körper. Trotzdem ist er weiter und hat unentwegt mit sich selbst geredet. Himmel, Hölle, Himmel, Hölle, immer nur Himmel, Hölle, mehr war nicht zu verstehen. Was er damit gemeint hat, keine Ahnung, wusste er wahrscheinlich selbst nicht so genau.

Da müsste man schon einen Experten befragen, aber – und bitte, ich kann da jetzt nur Mutmaßungen anstellen – so ein richtiger Psychodoktor würde vielleicht sagen: schwerwiegende Störung der Sexualpräferenz. Und: Der Patient befindet sich in einer Vorstellungswelt, in der sowohl gleichberechtigte Beziehungen als auch Geschlechtsverkehr zwischen Voll- und Minderjährigen normal erscheinen. Ein nicht vollzogenes Erlebnis pädosexueller Natur führte höchstwahrscheinlich zu einem Bruch mit dieser Vorstellung. Der Patient sah sich außerstande, eine sexuell-aggressive Handlung mit einer minderjährigen Person durchzuführen. Die derzeitige Lage des Patienten muss als extrem instabil bezeichnet werden. Empfohlen wird eine langjährige psychotherapeutische Begleitung und eine chemische Hormonbehandlung als ergänzende Maßnahme.

Aber bitte, ich bin ja kein Therapeut. Keine Ahnung, ob das stimmt. Und selbst wenn, zu wem hätte denn der Hubsi gehen sollen? In Friedberg gibt es nur noch den alten Hausarzt Hauer, der im Pfusch auch die Rindsviecher behandelt, und selbst der hat nur mehr zwei Jahre bis zur Pension. Sonst gibt es keine Ärzte, und Psychologen schon mal gar nicht. Die findet man erst in der Nähe von Wien, und da kommt der Hubsi sowieso nicht hin.

Obwohl, eigentlich wäre er grade richtig gestanden, weil unter ihm die L144 Richtung Stranzenkirchen, die fährt man zwei Kilometer bis zur Autobahnauffahrt und ruckizucki, zwei Stunden plus minus Baustellen und man ist da. Aber der Hubsi war nicht zum Autostoppen hierhergekommen. Gesellschaft wollte er auch keine und Autos, Laster oder Mopeds zum Draufspucken sind zu der Zeit sowieso nicht unterwegs gewesen. Nur der Hubsi war da, alleine mit sich und seinen Gedanken. Hat sich verkrampft an der Brüstung festgehalten, Rotz und Wasser geheult und immer nur Himmel, Hölle, Himmel, Hölle.

Und bitte, was ich jetzt erzähle, ist wahrscheinlich so nie passiert, weil total untypisch für den Hubsi. Aber wenn sich einer schon von der Brücke haut, dann will man dem ja wenigstens noch ein bisschen Würde schenken. Der arme Hubsi hat so viel durchmachen müssen, da soll er doch zumindest mit Stil abtreten dürfen! Und deswegen ist es jetzt einfach so passiert.

Er ist auf die Brüstung geklettert, hat erhobenen Hauptes in die Nacht hineingerufen: »Ich kann nicht ohne, und ich kann nicht mit. Also soll ich gar nicht mehr können!« Und dann ist er gesprungen.

Das ist doch mal ein filmreifes Ende, richtig episch. Aber

leider ist das auch schon das Einzige, was sich am Hubsi seinem Abgang aufpeppen lässt. Den Rest kann man einfach nicht schönreden, bei so einer Deppenaktion.

Weil wenn einer sein Leben beenden will, dann springt er von der Mödlreutherbrücke, der Bernbachbrücke oder von mir aus noch von der Brücke am Talübergang Bad Steinerbichl. Aber auf gar keinen Fall von der Brücke über der L144. Dass die eine ganz schlechte Brücke ist, das sieht man ja schon am Namen – sie hat nämlich keinen. Ganz einfach, weil sich für diese Pimperlkonstruktion, die keine fünf Meter hoch ist, niemand extra einen Namen ausdenkt. Und beim Aufschlag natürlich Rippen kaputt, Knöchel sowieso, Sprunggelenk auch und Prellungen noch und nöcher.

Aber tot war der Hubsi nicht.

Zigarettenpackungsplastikfolienverhüterlifabrikanten

»Schöne Grüße vom Getriebe«, hat sich der Gustl zugelallt und gelacht, weil das war der Standardspruch von seinem Fahrlehrer früher, wenn er nicht gleich den richtigen Gang reinbekommen hat. Damals wegen der Nervosität, heute wegen der zwei Promille.

Eigentlich wollte er ja auch gar nicht mehr fahren, aber zuhause alles leer, beim Rebhansel finster und die Tanke in Friedberg sowieso nur bis 19 Uhr offen – da ist ihm ja quasi nichts anderes übrig geblieben als die Autobahn-Raststätte. Also ist er über den Schleichweg rauf, hat zwei Flaschen Schlummerwodka gekauft, und weil der letzte Schluck schon länger her, ist er gleich einmal zum Nachtanken übergegangen.

Und dazu natürlich: Zigarette. Sie müssen wissen: Der Gustl trinkt nie, ohne zu rauchen. Normalerweise ist das auch kein Problem, aber manchmal sind diese Plastikfolienverhüterli um die Zigarettenpackungen herum eine regelrechte Qual. Weil eigentlich braucht man nur an der Lasche ziehen und gut, nur klappt das jedes zweite Mal nicht, und dann muss man mit dem Fingernagel so runterfahren und kletzeln, was natürlich eine Herausforderung ist mit einer Flasche Wodka in der Hand. Autofahren soll man dabei auch noch können – an solche Situationen denken die Herren Zigarettenpackungsplastikfolienverhüterlifabrikanten einfach nicht. Aber genau so eine Situation und so eine Packung hat der Gustl jetzt erwischt.

Und wie er den Schleichweg gerade wieder runtergefahren ist, in der einen Hand den Wodka, mit der anderen die Packung am Aufkletzeln, hat er das Lenkrad zwischen Knie und Kinn eingeklemmt, als plötzlich KATATHONKK: Flasche und Zigaretten durch die Luft gesegelt, Gustl schwer am Kurbeln, Bremsenquietschen, Rollsplittscheppern, und wie durch ein Wunder ist der Wagen nicht von der Straße abgekommen.

Dann war erst einmal nur Schnaufen. Schnaufen, Schwitzen und dem Herz beim Hämmern zuhören. Erst nach und nach hat sich der Gustl umgesehen und das Auto inspiziert.

Die Zigaretten und er sind heil geblieben, der Wodka leider weniger. Alles ausgelaufen, kein einziger Schluck mehr drinnen, obwohl er den wirklich hätte brauchen können.

Zuerst wollte er es nicht wahrhaben und ist bloß ausgestiegen, um nach dem Wagen zu sehen. Vorne links der Kotflügel natürlich, der Lack ein bisschen, hinten der Stoßfänger – grosso modo eigentlich halb so tragisch. Aber dann der Blick zurück zur Straße. Da lag etwas. Zu groß für eine Katze, zu klein für einen Hirsch und generell recht wenig Chancen auf ein Tier, weil Viecher tragen selten Jeans. Der Gustl hat sich umgesehen. Kein Mensch weit und breit, Handy auch keines dabei – also was tun? Ein bisschen hat er noch überlegt, ob zuerst stabile Seitenlage oder doch Herzmassage, aber je näher er der Person gekommen ist, desto mehr war ihm klar: Da hilft selbst beides gleichzeitig nichts. Und wie er dann neben der Leiche stand, ist ihm noch etwas klar geworden:

»Na, bitte, das gibt es nicht. Das kann es doch nicht geben. Wieso du? Wieso grade du? Du blöder Hund! Wer geht denn bitte mitten in der Nacht auf der Straße spazieren? Warum? Warum tust du mir das an?«

Der Gustl hat den Hubsi immer verzweifelter angeschrien, aber leider: keine Antwort. Nicht einen Mucks, und das, obwohl es gerade in dieser Situation für den Gustl unheimlich wichtig gewesen wäre. Schließlich konnte er ja nicht wissen, dass sich der Hubsi sowieso umbringen wollte und nur zu blöd dafür war. Das Einzige, was der Gustl wusste, war, dass er mit seinem Wagen über den Hubsi gebrettert ist. Wegen dem Zigarettenpackungsplastikfolienverhüterli. Und vielleicht auch ein bisschen wegen dem Wodka.

Elfriede Statzinger

Am nächsten Tag war zuerst Urnenbegräbnis in Benzing. Das ist eine Ortschaft neben Friedberg, und weil nicht jedes Kaff mit einer eigenen Bestattung aufwarten kann, hat noch der alte Chef ausgehandelt, dass die Friedberger Truppe Benzing mitmacht. Gut fürs Geschäft, schlecht für die Bestatter, denn Sie müssen wissen: In so richtig kleinen Ortschaften wie Benzing ist ausnahmslos jede Beerdigung ein Großereignis. Da kommt die ganze Gemeinde, egal wer stirbt. Der Jagdverein schießt, der Trachtenchor singt, die Kapelle spielt und der Pfarrer betet die Memoiren des Verstorbenen im Director's Cut herunter.

Die Friedberger Bestatter haben schon dauernd auf die Uhr geschaut, weil gleich im Anschluss daheim die nächste Beerdigung gewartet hat, aber der Benzinger Pfarrer – die Ruhe selbst. Vielleicht ein bisschen aus Prinzip, schließlich sind sie nach Benzing auch zu spät gekommen. Und Grund war mal wieder der Gustl. Nicht wegen gluck-gluck und eh schon wissen, sondern diesmal anders: Auto kaputt, Marderschaden. Glauben wollte dem Gustl das natürlich keiner so recht, aber zumindest ist er halbwegs nüchtern gewesen, als sie ihn von zuhause abgeholt haben. Spät ist es aber trotzdem geworden. Und wegen der langen Beerdigung waren sie auch zu spät retour in Friedberg. Und wie sie dann nur schnell den nächsten Sarg aus der Kühlkammer holen wollten, war erst recht alles zu spät.

»Warum liegt da der Hubsi?«

Ein bisschen ein Déjà-vu war das schon: wieder Bestattung, wieder jemand tot, wieder der Andi Frage gestellt und wieder keine Antwort bekommen. Nicht einmal vom Macho, weil der hat sich ja selbst nicht ausgekannt.

Der Hubsi und die Serben? Was soll die Mafia gegen so einen wie den Hubsi haben? Geldbündel ist zwar keines neben seiner Leiche gelegen, aber selber wird er sich ja nicht so zugerichtet haben.

»Was schaust du mich so an? Ich weiß es nicht!«, hat der Macho den Andi jetzt angeschnauzt, weil sein Blick stur auf ihn gerichtet war.

»Ich weiß es wirklich nicht, ehrlich! Ich schwör. Bei meiner Seele.«

Und vielleicht wäre es besser gewesen, auf etwas weniger Fragwürdiges zu schwören. Vielleicht hätte er auch einfach gleich die Klappe halten sollen, so oder so: geglaubt hat ihm der Andi kein Wort. Aber getan hat er nichts. Er nicht und die anderen genauso wenig, weil warum auch. Um einen Streit anzufangen? Um alles auffliegen zu lassen? Um das eigene Leben zu riskieren? Davon wird der Hubsi auch nicht wieder lebendig. Also sind sie dagestanden und haben wie immer die Klappe gehalten. Zähneknirschend, mit verbissenem Gesicht und Wut im Bauch haben sie gewartet, dass ein Wunder geschieht. Dass der Hubsi vielleicht doch noch aufsteht und haha, Schmäh olé, alles Tippitoppinger. Aber einen Streich hat der Hubsi schon zu Lebzeiten nie verstanden, geschweige denn gespielt.

Die Beerdigung ist dann eine halbe Stunde später losgegangen als geplant, aber im Gegensatz zum Benzinger Pfarrer hat das den neuen Friedberger Pfarrer nicht gestört, denn der war viel zu sehr mit Grübeln beschäftigt.

Irgendetwas war anders als sonst. Die Leute, die Musik, die Stimmung – er ist einfach nicht dahintergekommen. Vielleicht ist die Verstorbene, eine Frau Statzinger, auch bloß ein besonderer Mensch gewesen, obwohl: Hingedeutet hätte darauf nichts. Am Ende Ihrer Tage war die Alte schon so verwirrt, dass sie den Sohn für ihren Enkel, den Enkel für den Zivildiener und den Zivildiener für den Schaffner gehalten hat. Aber trotzdem, der Pfarrer hat sich nicht getäuscht, es war wirklich etwas anders. Und irgendwann ist der Groschen dann auch gefallen: die Trauer!

Sonst sind Beerdigungen am Land ja mehr Volksfeste als Trauerfeiern. Die Leute kommen zusammen, ein jeder tratscht, erzählt, was gibt es Neues, was macht der Hof, wie geht's mit der Gesundheit, auweh, aha, bla bla bla. Traurig ist eigentlich niemand, außer vielleicht die Kinder und die Behinderten. Doch bei der Frau Statzinger: ganz anders. So eine Qualität an Traurigkeit hat man selten gesehen. Der Sohn, das Enkerl, der Zivildiener, der Schaffner – alle waren sie da, und alle haben mit den Tränen gekämpft. Und bitte, das alleine ist jetzt nicht so ungewöhnlich, kommt in den besten Dörfern vor, dass bei Beerdigungen mehr getrauert wird als getratscht. Aber wenn selbst die Bestatter kreidebleich wie die Geisterbahner – dann muss die Verstorbene wirklich ein Engel gewesen sein.

Und wie der Pfarrer das realisiert hat, war er natürlich voll dabei. Der Herr sei mit euch hier, gelobt sei Jesu Christi da, Kyrie eleison rauf und runter – so ins Zeug gelegt hat er sich bei einer Beerdigung noch nie. Danach lief ihm der Schweiß in Bächen herunter, und deswegen ist er dann auch ausnahmsweise mitgegangen zum Wirtshaus auf ein Schnitzel und ein Bier. Das war bei ihm eher ungewöhnlich, aber noch ungewöhnlicher war, dass der Pfarrer zum Leichenschmaus gekommen ist und die Bestatter nicht. Weil die sind nach dem Begräbnis immer noch vor der Grube gestanden und haben den Sarg angestarrt.

Das Grab vor ihnen, die Stille um sie herum, ein Auge nach dem anderen ist glasig geworden, selbst beim Macho. Verloren haben alle schon wen – Freunde, Verwandte, Haustiere –, aber geheult hat deswegen noch keiner. Da musste erst so ein Hubsi abtreten, damit sie eine Träne vergießen.

Es war so falsch. So unfassbar falsch – ein jeder von ihnen hätte es viel mehr verdient gehabt, in diesem Grab zu liegen, aber nicht er. Nicht der Hubsi. Und vor allem nicht so.

»Will irgendwer noch letzte Worte sagen?«, hat der Fipsi mit heiserer Stimme in die Runde gefragt. Und bitte, das werden Sie mir wahrscheinlich nicht glauben, weil unendlich peinlich, aber keiner hat etwas gesagt. Niemandem ist etwas eingefallen. Da stehen diese Sauschädel jahrelang beinahe täglich neben einem Pfaffen, haben hunderte Begräbnisse am Buckel, tausende Vaterunser im Ohr, und was fällt ihnen ein: nichts, null, nada! Ich weiß nicht, ob man das als Betriebsblindheit oder von mir aus auch Taubheit durchgehen lassen kann, aber eigentlich eine Schande sondergleichen. Und als der Andi dann doch angesetzt hat, um etwas zu sagen, gleich die nächste Schande.

»Wie hat der Hubsi eigentlich geheißen?

»Hm?«

»Na wie war sein Name? Sein echter Name?«

Wieder nichts. Keine Antwort. Auch nicht vom Macho, der länger als alle anderen mit dem Hubsi zusammengearbeitet hat. Es ist wirklich eine Schande. Am Friedberger Friedhof in Reihe 12, Zeile 2, Parzelle 8 liegt ein auf den Namen Hubert Döller getaufter, aber Zeit seines Lebens nur als Hubsi bekannter Mann, und auf seinem Grabstein steht geschrieben:

»Hier ruht Elfriede Statzinger.

Unvergleichlich. Unersetzbar. Unvergessen.«

Liebeskummer

Eine Stunde ist der Andi jetzt vor seinem Backhendl gesessen, aber angerührt hat er es kaum. Selbst sein Bier ist schon warm geworden, was den Rebhansel hinter seiner Schank noch mehr beunruhigt hat.

Sein erster Gedanke war Grippe. Aber weder Husten noch Schnupfen – kann es keine Grippe sein. Und das hat den Rebhansel jetzt so richtig verunsichert, denn: Was, wenn sich der Andi bei den Städtern irgendeinen Virus eingefangen hat? Liest man ja fast täglich in der Zeitung! Neulich erst, da haben sie geschrieben, dass die Ausländer Spritzen in den Kinositzen verstecken, damit man sich mit ihnen infiziert. Und ins Essen spucken sie sowieso, das weiß man schon lange. So muss er sich angesteckt haben, anders hat sich der Rebhansel das nicht erklären können. Weil eines steht fest: Freiwillig lässt sich der Andi sicher nicht mit den Ausländern ein – als Sohn vom Bürgermeister, wo ein jeder weiß, dass der nicht einmal zum Inder essen geht. Nein, das muss mit den Spritzen passiert sein, schreckliches sowas.

Aber andererseits: So schlecht hat der Andi dann auch wieder nicht ausgesehen. Gar nicht unbedingt krank, sondern eher wie – und in dem Moment ist dem Rebhansel ein Licht aufgegangen – seine Frau. Der Andi hat ihn an seine Frau erinnert, also Ex-Frau, um genau zu sein.

Die ist auch eine Zeit lang immer mit so einem Gesicht herumgelaufen, und der Rebhansel war ganz besorgt und ist mit ihr von Primar Pontius zu Pilatus, aber gefunden haben sie nichts. Und eigentlich eh klar: Sie hatte ja auch nichts, bloß Liebeskummer! Ihr Seitensprung ist mit einer anderen gesprungen, das war alles. Und obwohl der Rebhansel ihr verzeihen wollte, ist sie dann ebenfalls weitergesprungen, mit dem Primar Pontius. Da war der Rebhansel natürlich sehr verzagt. Sogar umbringen wollte er sich, weil das müssen Sie sich einmal vorstellen: Die Wäsche, das Essen, das Bügeln – sie hat ihm ja quasi den ganzen Haushalt hinterlassen. Davon hat er sich monatelang nicht erholt.

Aber so schmerzhaft das damals auch war, wenigstens ist er sich jetzt ziemlich sicher gewesen: Liebeskummer! Der Andi, der alte Schlawiner, hatte bloß Liebeskummer.

Und gar so falsch ist er damit nicht gelegen, zumindest mit dem Kummer, aber mit Liebe hatte der Streit zwischen Andi und Vali wenig zu tun gehabt. Auf Knien ist er vor ihr am Boden entlanggerutscht, angefleht hat er sie. Dass es jetzt einfach nicht an der Zeit war, ein Kind in die Welt zu setzen. Dass er sich zuerst auf die Uni konzentrieren muss, dass sie noch so jung sind, so unreif, so wenig Ahnung hatten. Aber die Vali wollte nicht hören. Sie wollte generell nicht hören, was da alles aus seinem Mund gekommen ist, weil wenn der Freund so einen Aufstand macht wegen seinem eigen Fleisch und Blut, kommt man natürlich ins Grübeln. Deswegen hat sie ihn dann auch geradeheraus gefragt, ob er sie denn nicht liebe und ob die letzten Jahre nur vorgespielt waren. Und da muss man sagen, Andis Reaktion, Hut ab.

Ein Meisterstück rhetorischer Feinfühligkeit, vorbildlich für alle modernen Männer dieses Planeten. Weil – Sie werden das ja sicher wissen – wenn man heute als Mann irgendwohin kommt, dann ist man in erster Linie einmal ein Schwein. Punkt. Ist so, das haben wir den Männern früherer Generationen zu verdanken, die teilweise wirklich rücksichtslos und ohne großartig nachzudenken, einfach das gesagt haben, was ihnen in den Schädel gekommen ist. Gar nicht schön, was die den Frauen alles an den Kopf geworfen haben, und vor allem: unheimlich schlecht fürs Image. Weil wer muss heute darunter leiden? Wer muss das alles ausbaden? Genau – der moderne Mann.

Aber der ist ja auch nicht auf der Nudelsuppe dahergeschwommen, so ist es nicht. Der moderne Mann hat sich nach und nach an die Spielregeln der Emanzipation angepasst und sagt nicht mehr alles geradeheraus. Nein, nein, er sagt jetzt zum Beispiel, dass er Angst hat. Angst vor der Verantwortung, vor dem Druck, dass er damit nicht umgehen kann, dass ihm der Gedanke, Vater zu werden, die Luft zum Atmen raubt, und er will sich das nicht eingestehen, aber er fühlt sich so schwach und minderwertig, weil ihn der eigene Vater in seiner Kindheit nie gelobt hat, und das macht alles so furchtbar schwer, und der Druck, die Angst, die Verantwortung – alles furchtbar, furchtbar schwer.

So sagt man das als moderner Mann – bitteschön, nichts zu danken. Der Vorteil dabei ist, dass man in den meisten Fällen gar nicht lügen muss. Hat ja alles gestimmt, früher so wie heute. Der Mann ist ja vom Kopf her gleich geblieben. Der Unterschied ist nur, dass er sich politisch korrekter verkauft. Schweine sind sie immer noch, die Männer. Aber mehr so Schweinchen Babe. Süße Ferkelchen, die keine Frau der Welt einfach so zur Schlachtbank führen könnte.

»Isst du das noch?«

Eine bekannte Stimme hat den Andi zurück von der Schlachtbank in die Bier Allee geholt. Vor ihm sein kaltes Hendl und der Fipsi.

»Das ist ja eiskalt, wie lang sitzt du schon da?«

»Lang.«

Der Fipsi hat sofort wieder ein schlechtes Gewissen bekommen, weil dass es dem Andi dreckig gegangen ist, war schwer zu übersehen. Und alles nur wegen ihm. Wegen dieser ganzen scheiß Geschichte, und jetzt auch noch die Sache mit Hubsi.

»Vielleicht war er ja verschuldet bei den Serben?«, hat der Fipsi versucht zu erklären, aber sich im nächsten Moment schon wieder auf die Zunge gebissen, weil glauben konnte er das ja selbst keine Sekunde lang.

»Der Hubsi. Schulden bei der Mafia. Natürlich! Ist er hingegangen zum Al Caponovinović, um ein kleines Darlehen für seine superrosa Bauchtascherlfabrik zu beantragen, oder was? Glaubst du den Scheiß eigentlich, den du da erzählst?«

Keine Antwort.

»Und der Geri? Was ist mit dem? Hat er den Serben schlechten Weihrauch verscheckt, oder wie darf ich das verstehen?«

Der Fipsi hat natürlich gewusst, was für ein Blödsinn das

alles war. Was soll die Mafia schon großartig mit dem Geri zu tun gehabt haben, geschweige denn mit dem Hubsi. Aber was sollte er tun, eine Antwort herbeizaubern?

»Deinen Sarkasmus kannst du dir sparen. Was glaubst du denn, wer die beiden umgebracht hat? Der Macho, oder was?«

»Kann schon sein, was weiß ich. Vielleicht hat der Hubsi irgendwas gesehen, was er nicht sehen hätte sollen und schwups... c'est la vie. Und der Geri, keine Ahnung. Mit dem ist der Macho sowieso auf Kriegsfuß gestanden.«

»Und deswegen bringt er ihn gleich um?«

»Ja warum nicht? Dem Macho ist alles zuzutrauen, und eins sag ich dir: wir sind die Nächsten!«

»Geh bitte...«

»Natürlich!«

»Warum sollt der Macho uns umbringen wollen?«

»Weil wir Mitwissende sind, du Idiot, und Geld kriegen wir auch noch. Stell dir vor, wir zwei verschwinden. Dann sind das 10.000 Schilling pro Leiche mehr für die zwei!«

»Wieso zwei?«

»Na Macho und Gustl! Das kann mir doch keiner erzählen, dass die nicht unter einer Decke stecken. Und wenn wir nicht mehr sind, lernen sie neue Aushilfen an, und denen brauchen sie kein Schweigegeld zahlen!«

»Aber der Gustl würde nie...«

»Der Gustl würde nie, pah! Der ist doch nur noch ang'soffen. Jeden dritten Tag muss ich kommen, weil er sich nicht unter Kontrolle hat. Siehst du das nicht, oder willst du das nicht sehen? Der ist eine willenlose Marionette, der Macho kann mit dem machen, was er will!«

Der Andi hat jetzt alles herausgelassen. Seinen Hass, seine Sorgen, seine Angst, nichts hat er zurückgehalten, keinen Einwand mehr gelten lassen, keine Grauzone akzeptiert. Für ihn gab es nur noch schwarz und weiß; und schwarz, das waren die anderen, und weiß, das war er, aber große Preisfrage natürlich: Was war der Fipsi? Schwarz? Weiß? Oder doch eher grau ...

»Nein, das kann ich mir nicht vorstellen. Nicht der Gustl. Ich hab ihn da mit reingezogen, er hätte mich einfach hängen lassen können, damals mit den Serben! Aber er hat mir geholfen. Er hat zu mir gehalten! Und er würde auch zu dir halten, zu jedem von uns! Nur weil er gerade ein bisschen daneben ist, glaubst du wirklich, er könnte den Hubsi ... Einfach so? Das glaub ich nicht. Das kann ich nicht glauben!«

Und wenn einer felsenfest an etwas glaubt, dann ist das so. Denn Glaube ist Hoffnung – und Hoffnung steht über Vernunft und Logik. Der Fipsi hat an das Gute in Gustl geglaubt, Punkt. Die Vali an eine Zukunft mit Andi. Argumente dagegen hat keiner der beiden gelten lassen, aber wie der Andi so dagesessen ist, hat er sich gedacht: Vielleicht hab ich ja bloß die richtigen Argumente der falschen Person erzählt.

»Ich werde Vater.«

»Was?«

»Die Vali ist schwanger.«

Das kam plötzlich. Der Fipsi hat gar nicht gleich gewusst,

was er sagen soll, weil in so einer Situation hängt ja besonders zwischen Männern immer die Frage in der Luft: gratulieren oder kondolieren? Glückwunsch zum neuen Lebensabschnitt oder Beileid zum Ende des jetzigen – da ist die richtige Wortwahl oft entscheidend. Und eigentlich war der Fipsi immer davon überzeugt, dass sich der Andi mit Kind und Kegel noch ein bisschen Zeit lassen würde – so knapp bis nach dem Sankt-Nimmerleins-Tag vielleicht. Aber andererseits: Jünger werden wir alle nicht. Prioritäten verschieben sich, die Uhren ticken, Dinge nehmen ihren Lauf, und einsam im Altersheim sterben will ja schließlich auch keiner. Also hat sich der Fipsi dann doch für die Glückwünsche entschieden.

»Das ist ja, also das ist... toll. Toll ist das, gratuliere!«, kam es ihm mit zittriger Stimme über die Lippen geholpert, gefolgt von »Rebhansel, zwei Bier plus Beiwagen«, weil sowas muss natürlich standesgemäß begossen werden.

»Ja, toll, toll, ich weiß, aber psst.«

»Eh klar!«

Der Rebhansel hat ihnen zwei Herrengedecke hingestellt, die beiden kurz gemustert, und dann ist er wieder hinter seiner Schank verschwunden.

»Seit wann?«

»Noch nicht lang.«

»Ich pack's nicht, du wirst Vater! Ein Wahnsinn!«

»Nicht so laut, muss ja nicht gleich die ganze Welt erfahren!«, hat er den Fipsi angezischt, weil eigentlich wollte er es nicht einmal ihm sagen. Aber es gab nichts daran zu rütteln:

Die Vali war schwanger. Und allen Bedenken zum Trotz: Sie wollte das Kind – mit ihm zusammen.

Gemeinsam würden sie das schon schaffen, hat sie gesagt, und: Das mit den Ängsten und Sorgen sei völlig normal. So hat sie sich das eingeredet. So wollte sie die Welt sehen. Und dem Andi ist irgendwann nichts anderes übrig geblieben, als einfach dazusitzen und zu nicken, denn er hatte verloren. Die Sache war entschieden. Aber die Sache mit dem Macho und dem Gustl noch nicht ganz.

»Verstehst du, Fipsi? Ich werde Vater! Ich bekomme ein Kind!«

»Ja, das ist toll! Ich freu mich wirklich für euch.«

»Na super – davon kann sich die Vali was kaufen...«

Der Fipsi hat nicht gleich verstanden, auf was der Andi hinauswollte. Aber sagen wir so: Manchmal steht man einfach gerne länger auf dem Schlauch, als es nottut.

»Zu wem soll sie denn gehen, wenn ich demnächst auch in unserer Kühlkammer liege, hm? Zu dir? Kannst du ihr helfen? Du liegst dann wahrscheinlich sogar neben mir! Verstehst du nicht, Fipsi? Ich kann es mir nicht leisten, nur an mich zu denken! Da kommt ein Kind! Mein Kind! Was soll aus dem werden, wenn ich nicht mehr bin? Was soll aus Vali werden?«

Und plötzlich hat der Fipsi verstanden, warum der Andi dagesessen ist wie ein Schluck Wasser in der Kurve. Er hat verstanden, und er hat sich geschämt wie noch nie in seinem Leben zuvor. Sein bester Freund war drauf und dran eine Familie zu gründen, Verantwortung zu übernehmen, etwas voranzubringen, erwachsen zu werden, glücklich zu werden, ein normales Leben zu leben. Aber er konnte es nicht. Wegen ihm. Wegen ihm und der ganzen Scheiße, in die er ihn hineingezogen hatte. Es ging nicht anders: Er musste das wieder geradebiegen.

»Was ... was sollen wir tun?«

Seine Kehle war zugeschnürt, jedes einzelne Wort eine Qual und jede Sekunde, die der Andi verstreichen ließ, ebenso. Aber dann:

»Der Macho und der Gustl ... nur so hört das auf. Nur so kommen wir da wieder raus, verstehst du? Die beiden müssen weg.«

Der Fipsi hat gehört, genickt und geschwiegen. Seine Kiefer waren fest zusammengepresst, die Finger zu Fäusten geballt, seine Körperhaltung eine einzige Selbstanklage. Nichts von alldem wäre passiert, wenn er damals einfach nur gefeiert hätte. Ohne die Serben. Ohne Ivanka. Ohne ihr Hirn auf der Rückbank einer Limousine zu verteilen. Er war schuld. Er musste die Konsequenzen dafür tragen und alles tun, damit Andi und Vali ein friedliches, glückliches Leben führen konnten. Aber nicht so. Nicht auf diese Weise. Das war nicht Andi, der diese Worte gerade ausgesprochen hatte, das war jemand anderes. Eine verängstigte, verwirrte, panische Seele, die beschützen will, was sie beschützen muss – aber nicht Andi. Es musste eine andere Möglichkeit geben.

»Nein. Ich red mit dem Gustl. Du wirst sehen ...«

Und in dem Moment ist der Andi aufgestanden und gegangen.

Schlech fü Geschäf

»Jetzt tanz, du Hure!«, hat der Mirko geschnauzt und rein vom Inhalt her muss man sagen: gar keine Beleidigung. Weil in einem Puff zu einer Hure Hure sagen, ist eigentlich wie am Bauernhof Schwein zum Schwein sagen, aber am Tonfall hat trotzdem ein jeder gemerkt, dass mit dem Mirko nicht gut Kirschen essen war. Normalerweise, wenn einer so ein Benehmen an den Tag legt, dann Securitys zack-zack und die Zahnbürste fährt am nächsten Tag ins Leere. Doch beim Sohn vom Chef ist die Sachlage natürlich ein bisschen anders. Und in letzter Zeit war sowieso alles anders.

Es hat ja ein jeder vollstes Verständnis gehabt für die Depressionen vom Mirko, und alle haben sich wirklich Mühe gegeben. Auch die Tanz-Dunja: Hüfte kreisen, Stange rauf und runter, schütteln, was zu schütteln ist – sie hat sich angestrengt wie sonst nur was. Nur leider umsonst.

»Da bewegen sich nix, du Hure! Siehst du, dass sich da was bewegen, ha?«

Der Mirko war nur am Schreien. Die Dunja hat schon wirklich jeden im Raum mit ihren Blicken um Hilfe angefleht, aber Securitys, Barkeeper, Huren – alle haben nur nach oben geschaut, Plafond absuchen. Es war ja einem jeden klar, dass selbst die nackerte Miss Universe beim Mirko nichts zum Stehen gebracht hätte. Aber es ist nun mal der Sohn vom Chef. Da muss man eben durch, und deswegen hat sich die Dunja noch mehr ins Zeug gelegt.

Der Mirko ist halt ein Schikanierer sondergleichen. Er hat ja selbst am besten gewusst, dass bei ihm da unten nichts mehr geht, die anderen haben das nur über drei Ecken mitbekommen. Es war aber auch schwer zu übersehen, dass irgendetwas im Argen lag, weil der Mirko hat von seinem Vater keinen einzigen Auftrag mehr bekommen, nichts, nada, total am Abstellgleis. Und deswegen ist er nur noch rumgesessen, hat gesoffen und Dunjas schikaniert. So wie jetzt die Tanz-Dunja, und der sind langsam die Ideen ausgegangen.

Stange rauf, Stange runter, Dildo rein, Dildo raus, alles schon gehabt, alles schon probiert, alles nichts gebracht. Hat sie eben versucht, eine zweite Dunja ins Spiel zu bringen. Aber die wollte natürlich nicht, was den Mirko noch mehr aufgeregt hat, woraufhin die Dunja in Tränen ausgebrochen ist und der Mirko eine Bierflasche nach ihr – na ja, Sie wissen schon, ein Riesentamtam halt. Und wie die eine Dunja dann heulend abgerauscht ist, wollte er gleich die nächste.

»Wo ist Milena, ha? Milena soll tanzen, holt mir Milena!«

Zuerst haben die Securitys ein bisschen herumgedruckst und sind auf der Stelle getreten, aber als der Mirko immer mehr Bierflaschen herumgeschmissen hat, mussten sie Milena bringen. Zumindest das, was von ihr übrig geblieben ist.

»Wollt ihr mich verarschen? Was ist das Hässliches, ha? Wo ist Milena?«, woraufhin das arme Mädel natürlich sofort zum Heulen angefangen hat, was eher suboptimal war mit all den Wunden, Narben und Krusten. Verheilen tut so etwas sowieso sehr schlecht, und wenn dann auch noch der Verband feucht wird und vom Plärren alles aufreißt – gar nicht schön.

Kurz war sich der Mirko unsicher, ob er das nicht selbst gewesen ist. Irgendwann, in irgendeinem Anfall, nach irgendwelchen Pillen. Aber den Gedanken hat er gleich wieder verworfen, weil egal wie rauschig oder weggetreten er in letzter Zeit war – die Grundregeln hat er gekannt: wenn Schläge, dann nur Hinterkopf oder irgendwo, wo es die Kundschaft nicht sieht. Im Restaurant spuckst du ja als Koch auch nicht auf die Knödel, sondern innen rein.

»Wer war das, ha? Wer dich so zugerichtet?«, aber die Milena nur am Heulen und Schluchzen, woraufhin der Mirko einen Security in die Mangel genommen hat.

»Was ist los hier, ha? Seit wann dürfen die Kunden die Mädels so kaputtmachen, ha? Für was bezahlen ich euch eigentlich, ha? Schaut euch das an, die ist nichts mehr wert!«

Der Security hatte keine Ahnung von nichts. Weder war er damals da, noch wusste er, warum Milena so aussah, wie sie aussah. Aber das ist dem Mirko am Arsch vorbeigegangen. Der wollte einfach nur seine Wut herauslassen. Hat ihm eine Linke, eine Rechte und noch eine harte Linke verpasst, und als er am Boden lag ein paar Mal nachgetreten. Niemand ist dazwischengegangen, keiner kam ihm zu Hilfe, kein Kollege, keine Hure, nada. Bis auf...

»Mbitte... nicht schlagen. Ef... wa meine Schuld...«

Der Milena war eigentlich eh schon alles egal. Das Einzige, was sie je besessen hatte, war ihr hübsches Gesicht, aber jetzt... Ihr Leben war vertan. Die Serben würden sie bald wegschaffen, da hat sie sich keine Illusionen gemacht. Alles, was sie noch tun konnte, war dafür zu sorgen, dass ihre Seele wenigstens den Hauch einer Chance hatte, nicht auf ewig im Fegefeuer schmoren zu müssen.

»Ea kann nifts daffüa. Ef wa meine Schuld.«

Ihre Aussprache war ein wenig undeutlich – wegen der Narben, dem Verband und den ausgeschlagenen Zähnen, aber der Mirko hat sie immerhin gut genug verstanden, um vom Security abzulassen.

»Ah, du können also doch sprechen, ha? Bitte, erzählen, erzählen!«

»Da wa eina, ein Mann. Wia wolltn ihn lofweden. Wia hawn ihn veascht, auf Sebisch. Aba ea hat allef ffastanden und mich – mit dem Ascha – ins Gechicht...«

Und sowie der Mirko das gehört hat, ist er schon wieder aufgesprungen, um den nächsten Security krankenhausreif zu prügeln.

»Und das lasst ihr zu? Wo ist die Schwein? Was habt ihr mit ihm gemacht?«

Die Fragen waren eigentlich rhetorisch, weil egal welche Antwort, er hätte sowieso zugeschlagen – rein aus Vergnügen, wegen der Lust. Aber es kam dann doch anders, denn geantwortet hat nicht der Security, sondern wieder die Milena, mit ihrer kaum wahrnehmbaren, zerbrechlichen Stimme.

»Ea wollte zu igendeine Vranic. Fie habm ihn... zu deinem Vata gebacht.«

Und plötzlich hatte der Mirko keine Lust mehr, dem Security eine zu verpassen. Er ist nur noch dagestanden, hat geschnauft, überlegt und dann von einem Moment auf den nächsten den Tonfall gewechselt.

»Sagen mir, Milena, warum wolltet ihr den Mann eigentlich loswerden, ha?«

»Schlech fü Geschäf.«

»Schlecht für Geschäft?«

»Ea ifft Leichenwagen gekommn. Hat ffo da Hauchtüa geparkt. Schlech fü Geschäf.«

»Schlecht für Geschäft«, hat der Mirko nachdenklich wiederholt und wieder ein paar Sekunden verstreichen lassen. Dann hat er alle anderen fortgeschickt, eine Flasche Champagner aus dem Kühlschrank geholt und ihr ein Glas eingeschenkt.

»Milena, Milena, Milena...« seine Stimme war jetzt zuckersüß.

»Der Mann mit die Leichenwagen, wie hat der ausgesehen, ha?«

Post für einen toten Hund

Wenn ein Tag einmal schlecht anfängt, dann bleibt er meistens auch schlecht. Und nach totem Hubsi am Morgen und feigem Fipsi am Nachmittag hat sich der Andi für den Abend nicht viel Hoffnung gemacht. Er war auch schlicht und einfach zu müde für Hoffnung, zu müde für Optimismus, zu müde für alles. Nicht einmal nach Wien wollte er zurückfahren, also ist er zu seinen Eltern, und die sind Gott sei Dank schon im Bett gelegen. Ein nerviges »Was macht die Uni« oder »Da schau her, der Herr lässt sich auch mal wieder blicken« hätte er jetzt nicht ertragen. Alles, was er wollte, war Schlaf. Einen kurzen Blick auf die Post werfen und dann ab in die Falle. Werbung, Werbung, Rechnung, Werbung, eine Notiz in der Handschrift seiner Mutter.

> Der tote Hund hat Post bekommen. Liegt in deinem Zimmer. Sei froh, dass sich der Postbote noch an den Namen erinnern konnte. Sowas kann nur dir einfallen.

Aber das hat der Andi gar nicht mehr gelesen. Der ist schon bei »tote Hund hat Post« wie von der Tarantel gestochen losgespurtet. Die Treppe rauf, vorbei am Schlafzimmer der Eltern, hinein in sein Zimmer und zum Schreibtisch. Tatsächlich, Filou hatte Post bekommen. Ein dickes, zugeschnürtes, speckiges Paket. Es war sein Manuskript – und er der größte Vollidiot auf diesem Planeten. Denn Filou, so hieß nicht nur der verzogene Münsterländer aus seiner Kindheit, es war auch die Befreiung vom provinziellen Mief seines Namens.

Andreas »Andi« Zickl – das ist kein Name für einen Starautor. Das ist Trachtenkapellmeister, Bauernbundsprecher oder vielleicht noch Kommerzialrat, aber ganz sicher kein international gelesener Autor. Also brauchte er etwas mit mehr Esprit. Mit Boheme, Avantgarde und Feuer, kurz: Er brauchte Filou, sein perfektes Pseudonym.

Und weil der Andi so dermaßen in sein Pseudonym verliebt war, hat er das Manuskript auch unter dem Namen an den Verlag geschickt – so deppert muss man einmal sein. Es grenzt an ein Wunder, dass es irgendwie zu ihm zurückgelangt ist. Aber da lag es. Absender Epilogverlag, und das konnte nur eines bedeuten: Jackpot! Abgelehnte Manuskripte sieht kein Autor je wieder. Der Verlag wollte es, und endlich würde sein Traum wahr werden.

Die Kritiker sind sich einig, neuer Star am Himmel, Jungautor erobert Welt im Sturm – der Andi ist in seinen Fantasien aufgegangen wie ein Germteig, und all der Druck, die Last, der Knoten in seinem Magen, einfach alles hat sich gelöst und ist von ihm abgefallen. Sein Buch, sein Werk, seine Zeilen würden veröffentlicht werden – er konnte es noch immer nicht fassen. Er musste es jemandem erzählen, und nona Fipsi erste Wahl, doch wie er ihn anrufen wollte, war er sich plötzlich nicht mehr so sicher.

Natürlich: Fipsi bester Freund, zusammen Geschichten geschrieben, zusammen aufgewachsen, zusammen denselben Traum geträumt – aber jetzt? Heute? Der Streit in der Bier Allee? Die ganze Scheißsituation? Schlechte Stimmung konnte er in so einem Moment nicht gebrauchen. Also hat er den Fipsi nicht angerufen und sonst auch niemanden, weil wen? Die Vali? Die hätte die Tragweite dieses Ereignisses nicht einmal ansatzweise kapiert. Für die gab es doch nur noch eines: Kind, Kind, Kind. Sogar Namen sind ihr schon eingefallen, aber ob Johannes oder Johanna, Christian oder Christina, Stefan oder Stefanie – das hat den Andi gerade sowas von überhaupt nicht interessiert, weniger kann man sich gar nicht für irgendetwas interessieren.

Für ihn ist jetzt nur eines wichtig gewesen: das Buch. Die Überarbeitung musste fertig sein, bevor das Kind fertig war. So ein Schreihals Tag und Nacht, der raubt einem ja den letzten Nerv. Für sein zweites Buch würde er dringend ein Büro brauchen oder noch besser: ein Atelier. Das muss ja alles nach etwas aussehen bei Interviews. Medientraining wäre auch nicht schlecht, Englisch auffrischen für die internationale Presse und natürlich: Friedberg klären. Die Situation am Friedhof musste unbedingt gelöst werden, weil Starautor in Mafiaskandal verwickelt – mit solchen Schlagzeilen ist die Karriere zu Ende, bevor sie begonnen hat. Das konnte er nicht zulassen. Es musste eine Lösung her, auch ohne Fipsi. Der war einfach zu feige für die nötigen Schritte. Erst reitet er ihn in die Scheiße, und wenn er die Konsequenzen daraus ziehen soll, zieht er den Schwanz ein, was für ein Waschlappen.

Der Andi hat sich so in Rage gegrübelt, dass er den größten Erfolg seines Lebens beinahe vergessen hätte. Erst beim Aufreißen des Pakets ist ihm wieder eingefallen, dass er sich eigentlich freuen sollte. Und wie er dann auch den beigelegten Zettel vom Verlag gelesen hat: Freude pur.

Lieber Herr oder Frau Filou,
es freut uns sehr, Ihnen mitteilen zu dürfen, dass der Verlag großes Interesse an einem Ihrer Manuskripte hat. Wir würden Ihre Arbeit gerne in unser Programm aufnehmen und nächstes Jahr herausbringen. Leider war Ihrem Schreiben keine Telefonnummer angefügt, daher bitten wir Sie, uns unter der Nummer +49 (0) 89-41 479-3564 zu kontaktieren.

Die Telefonnummer! Der Andi hätte sich ohrfeigen können wie sonst nur was – wie kann man nur so blöd sein? Aber egal, die Freude war stärker, weil solche Zeilen gehen natürlich runter wie Öl. »Lieber Herr oder Frau Filou«, hat er immer wieder gesäuselt, »wir würden Ihre Arbeit gerne in unser Programm aufnehmen.« Zehnmal hat er das wiederholt, immer und immer wieder. Mit geschürzten Lippen und nasal vornehmer Stimme, wie so ein aufgemascherlter Hofrat auf der Flaniermeile. Und wie er seinen imaginären Zylinder vor seinem imaginären Gesprächspartner gezogen hat, ist plötzlich sein Vater mit finsterer Miene in der Tür gestanden und wollte wissen, was das Affentheater zu bedeuten hatte. Aber der Andi unbeirrt weiter: »Lieber Herr Filou, wir würden Ihre Arbeit gerne in unser Programm aufnehmen«, und hat dem Vater triumphierend den Zettel in die Hand gedrückt.

Und das war wirklich eine Genugtuung für ihn, denn Sie müssen wissen: Der Vater war keine besonders herzliche Person, in Andis Kindheit nicht und jetzt schon gar nicht. Da ist nie auch nur ein einziges liebgemeintes Wort gefallen, geschweige denn Anerkennung, Stolz oder väterliche Zuneigung. Bei dem hat nur eines gezählt: Leistung. Und gemessen an den Maßstäben des Bürgermeisters war sein Sohn nicht gerade ein Leistungsträger. Das hat er ihn spüren lassen, an jedem einzelnen Tag in den vergangenen Jahren. Bis heute. Bis zu diesem Schreiben. Bis zu der Tatsache, dass ein großer, renommierter Verlag das Buch seines Sohnes herausbringen wollte. Das musste er anerkennen. Er musste einfach, und er tat es auch. Ohne Umarmung, ohne viel Herzlichkeit oder große Worte, aber mit einem Blick, auf den der Andi schon sein ganzes Leben lang gewartet hatte.

Ein Blick auf Augenhöhe.

Und dann wurde gefeiert. Der Vater ist mit der besten Flasche Wein um die Ecke gekommen, die Mutter haben sie auch aufgeweckt, und zur Feier des Tages hat sie ihre Hirsedinkelcracker stecken lassen und irgendwo aus dem hintersten Winkel der Vorratskammer noch ein paar gute, alte, fettige Chips hervorgeholt. Die halbe Nacht haben sie sich um die Ohren geschlagen, mit glänzenden Augen und breitem Grinsen im Gesicht. Und obwohl sich alles nur um das Buch gedreht hat, haben sie eigentlich gar nicht viel über den Inhalt geredet. Nicht einmal den Titel hat der Andi genannt, weil im Prinzip war das nebensächlich. Viel wichtiger war, dass dieses Buch überhaupt erscheinen würde. Für die Mutter, damit sie von den neidvollen Blicken ihrer Yogamädels träumen konnte, während der Vater gedanklich schon die geheuchelten Glückwünsche des Vizebürgermeisters und der anderen Arschlöcher entgegennahm.

Erst gegen drei in der Früh sind ihre Augenlider so schwer geworden, dass selbst das Träumen schwerfiel. Zuerst ist die Mutter ins Bett, dann der Vater. Aber zuvor hat er dem Andi auf die Schulter geklopft, noch einmal das Schreiben des Verlags gelesen und geschmunzelt:

»Wie viele Manuskripte hast du denen eigentlich geschickt?«

»Eins, wieso?

»Ach nur so. Weil da steht ›Interesse an einem Ihrer Manuskripte‹. Ist egal. Gute Nacht, mein Sohn. Bin stolz auf dich.«

Und dann ist er ab.

Mein Sohn. Stolz auf dich. Der Andi hat seinem Vater hinterhergesehen und seine Erinnerungen durchforstet, aber er konnte sich nicht daran erinnern, je solche Worte von ihm gehört zu haben. Dann hat er sich mit einem Lächeln auf den Lippen ein letztes Glas eingeschenkt und das Schreiben ebenfalls nochmal gelesen.

»Lieber Herr oder Frau Filou, es freut uns sehr, Ihnen mitteilen zu dürfen, dass der Verlag großes Interesse an einem Ihrer Manuskripte hat«, ist es ihm wieder über die Lippen gehofratet. Er musste fast lachen. An einem Ihrer Manuskripte – als ob ein jeder gleich mehrere Bücher in petto hätte.

»Bitteschön, suchen Sie sich etwas aus, verlegen Sie, was Sie wollen, mein Fundus an Geschichten ist schier unerschöpflich«, hat er weitergescherzt und den letzten Schluck Wein runtergekippt.

Und in dem Moment kam das Kribbeln. Das kennen Sie sicher auch, dieses unangenehme Gefühl, wenn einem plötzlich einfällt, man könnte ja die Herdplatte angelassen oder das Handy vergessen haben. Dann geht man zurück, weil es einen nicht loslässt, dieses Kribbeln, und meistens: Platte kalt, Handy in der Jackentasche vergraben – alles gut. Aber manchmal kommt man auch zurück, und das Haus steht in Flammen.

Und wie der Andi hoch in sein Zimmer ist, hat er es ein bisschen brennen gesehen. Beim Schreibtisch sind ihm die Flammen schon entgegengezüngelt, und als er sah, dass dem Manuskript noch eine Seite vom Verlag angeheftet war: Flammenmeer.

Immer und immer wieder hat er die neuen Zeilen gelesen und ungläubig den Kopf geschüttelt.

> Ihr Manuskript »Was die Zeit begehrt« entspricht leider nicht den Anforderungen unseres Programms, dafür gefällt uns Ihr zweites Manuskript umso mehr. Unser Lektor hat darin bereits einige Anmerkungen festgehalten, bitte verstehen Sie diese nicht als Kritik, sondern als Feedback.

Das stand da, schwarz auf weiß. Er konnte es lesen, Buchstabe für Buchstabe. Er konnte es aufnehmen, Wort für Wort. Er konnte es verstehen, Satz für Satz. Aber er konnte es nicht fassen. Absolut nicht. Und wie er so gerätselt hat und gerätselt, ist plötzlich der Drucker in seinem Augenwinkel aufgetaucht. Mit seiner flackernden orangen Betriebsanzeige, dem vergilbten »Papier sparen, Erde bewahren«-Aufkleber und mit dem Kopierpapier im Einzugsschacht, das auf der Rückseite mit alten Yoga-Flugblättern seiner Mutter bedruckt war. Und in dem Moment hat er verstanden, dass vor ihm zwei Manuskripte lagen. Auf der einen Seite »Was die Zeit begehrt«. Auf der Rückseite, ein anderes. Und als er den Stapel umgedreht hat und den Titel las, wusste er auch welches.

Praxis Dr. Mord.
Anmerkung: Toller Titel!

Kavaliersdelikt

Wissen Sie, woran man merkt, dass man alt wird? Da sind sich die Leute ja uneins, ob wegen der Falten im Gesicht oder denen am Hals, den grauen Haaren oder weil man nicht einmal die mehr hat – aber alles falsch. Am meisten merkt man sein eigenes Alter am Alter der anderen. Bei einem selbst fällt der schleichende Verfall ja nicht so auf, doch wenn man Schulkollegen von früher trifft, dann denkt man sich oft: na bumm. Augen- statt Nasenringe, Platte statt Matte, Walkingstöcke statt Miniröcke und die sportlichen Sneakers sind funktionalen Gesundheitsschuhen gewichen. So ist das Leben.

Alle werden älter und erwachsen. Die Vali war schwanger, der Andi bald Vater, die Ersten aus seiner Klasse sind schon gestorben, viele andere haben geheiratet, nur beim Fipsi ist irgendwie nichts weitergegangen. Keine Freundin, kein Plan, kein richtiger Job, nix. Gut, zur Not könnte er fest bei der Bestattung anfangen, da müsste er mal mit dem Junior-Chef reden, aber wirklich begeistert hat ihn diese Vorstellung nicht. Die ganze Kindheit in Friedberg, die Schulzeit, und jetzt auch noch Vollzeit arbeiten in diesem Nest? Und was dann? Frau suchen, Hund kaufen, Kind zeugen, Haus bauen, Zaun drumrum, Enkel, Pensi, Altersheim und aus? Soll es das gewesen sein? Und vor allem: Mit wem soll es das gewesen sein? In Friedberg gab es ja nur eine Handvoll Frauen, mit denen so etwas funktioniert hätte – theoretisch. Praktisch waren das alles Funsen.

»Vali?«

Ist es dem Fipsi plötzlich heiser über die Lippen gekommen, aber das konnte sie natürlich nicht hören, weil erstens andere Straßenseite, und zweitens ist so ein Rollkoffer eine recht lärmende Angelegenheit.

»Vali!«

Hat er jetzt lauter gerufen und ist zu ihr rüber, aber glauben Sie, die wäre stehen geblieben?

»Wo willst du hin?«

»Andi treffen.«

»Mit all dem Zeug?«

Es war ja schon verwunderlich, dass die Vali ohne ihre Mutter im Nacken quer durch Friedberg gestiefelt ist – und das auch noch zum Andi. Aber noch verwunderlicher war, dass sie anscheinend ihr gesamtes Hab und Gut bei sich hatte.

»Soll ich dir das vielleicht abnehmen?«

Für gewöhnlich haben es die heutigen Männer ja nicht so mit der Galanterie, aber sobald eine Schwangere im Spiel ist, sind sie ruckzuck Kavaliere. Dann übertreiben es die meisten auch ein wenig und schnauzen werdende Mütter bereits im ersten Monat an, dass sie die Topfpflanzen gefälligst nicht vom Fenstersims heben sollen, weil sonst könnte dem Embryo ja weiß der Teufel was alles passieren. Von Kopf abquetschen über Arme brechen bis hin zur Zellimplosion – da geht die Fantasie oft durch mit dem starken Geschlecht. Mütter sind da meistens entspannter.

»Nein danke, geht!«, hat die Vali kurz angebunden geantwortet, aber so einfach ist sie den Fipsi und sein Kavaliersgehabe nicht losgeworden.

»Soll ich dir wirklich nichts abnehmen?«, und dann ist die Vali doch stehen geblieben. Für eine Standpauke.

»Hör zu, ich grade gereizt! Nix gegen dich, aber gehen mir nicht auf die Nerven! Das ist Koffer, keine Zementsack. Ich schaffen, danke.«

Und spätestens jetzt hätte jedem klar sein sollen: Vorsicht – ganz dünnes Eis. Nur leider gibt es neben Kavalier und Nicht-Kavalier noch zwei weitere Typen von Männern: die empathischen und die emanzopathischen. Gut, das Zweite hab ich mir gerade ausgedacht, aber klingt gar nicht so, oder?

Die Empathischen jedenfalls können sich in die Gefühle, Gedanken und Empfindungen anderer einfühlen, egal ob Manderl, Weiberl oder Viecherl, wohingegen die Emanzopathischen auf die Besonderheiten der weiblichen Gattung spezialisiert sind. Und, wie soll ich sagen, der Fipsi war manchmal eher sowas wie ein Anti-Emanzopathiker.

»Und wenn ich den Koffer nur ein Stückchen… wegen du weißt schon?«, hat er jetzt trotz aller Warnschilder, Alarmglocken und Sirenen gesagt und dabei auf ihren Bauch gestarrt, woraufhin Valis Mienenspiel fließend von ratlos verwirrt über wissend empört zu einfach nur stinksauer verlaufen ist.

»Was zum…? Das ist doch… Ihr Männer alle Tratschen! Alle Tratschen zusammen, Unverschämtheit!«

Den Rest konnte der Fipsi nicht mehr verstehen, weil sie auf Albanisch weitergeschimpft hat, bevor sie im Mordstempo aus seinem Sichtfeld verschwunden ist. Und diesmal hat er sie ziehen lassen, denn Sie wissen ja: Schwangere und Aufregung – ganz schlechte Kombi.

Flugstunden

Wenn man heute ein extrovertierter Selbstmörder ist, dann springt man natürlich vor den Zug, ganz klar. Autobahn geht auch noch, Landstraße schon weniger und Flugzeug – eher schwierig. Zug ist da wesentlich bequemer, der kommt recht pünktlich, bremst recht schlecht, und wenn man sich nicht ganz blöd anstellt, ist man auch recht schnell tot, und viele Leute ärgern sich über dich. Und genau das will man ja als extrovertierter Selbstmörder: endlich mal bemerkt werden. Ein Leben lang depressiv durch die Gegend schleichen, nie Beachtung finden, ewiger Außenseiter – nanonanet will so einer wenigstens mit einem Knall abtreten. Und Zug, immer super Sache! Da regen sich die Fahrgäste auf, die Leute am Bahnsteig auch, wegen der Verspätung, und das Bahnpersonal regt sich sowieso auf, weil sich die Leute aufregen. Und selbst wenn sich niemand so recht aufregen will – wegen schönem Wetter oder guten Fußballergebnissen –, einer regt sich sicher auf, einer wird dich nie vergessen: der Zugführer. Denn egal wie unbedeutend man im Leben war – zerteilt man sich auf der Frontscheibe eines Schnellzugs, lebt man für immer im Herzen des Zugführers weiter. Als nahender Infarkt, Bypass in spe oder Aortariss.

Aber sagen wir mal, man ist eher der introvertierte Selbstmörder oder ein suizidgefährdeter Zugführer, der den Kollegen nicht zur Last fallen will, dann ist so ein Sprung auf die Gleise natürlich viel zu auffällig. Für den leisen Abtritt empfehle ich die Friedberger Kirchenmauer. Die hat eine perfekte Lage, denn die Friedberger Kirche liegt nicht direkt im Ort, sondern mehr am Rand, an einem Steilhang.

Da waren die früheren Stadtplaner nicht viel gescheiter als die heutigen, weil wenn man die Wahl hat zwischen ebenerdig und steil, welcher Trottel entscheidet sich dann bitte, schwere Steintrümmer den Hang hinaufzuschleppen?

Und die müssen damals ein halbes Bergwerk raufgeschleppt haben – alleine die Kirchenmauer ist fast einen Meter dick und geht um die ganze Anlage herum.

Aber gut, Sie fragen sich jetzt wahrscheinlich: Steine, Steilhang – und deswegen soll ein Selbstmörder bis nach Friedberg gurken, um seinem Leben ein Ende zu setzen? Der könnte sich ja auch ganz lässig vom Mönchsberg in Salzburg runterstürzen zum Beispiel. In einer Großstadt fällt sowas doch viel weniger auf, weil mehr Regel als Ausnahme. Da springt man, platsch, Bestatter kommt, Kehrmaschine kommt, vielleicht macht ein japanischer Tourist zwei, drei Fotos, aber das war's. Beachtung Ende. Wohingegen in so einem Nest wie Friedberg – da ist man ja wochenlang auf jedem Stammtisch Gesprächsthema Nummer eins, dort wird doch ein jeder Schas aufgeblasen zum Riesenbohei.

Also warum nicht Salzburg, Wien oder Autobahn, sondern Friedberg? Ich sag es Ihnen: Wegen der Direktverbindung! Wer sich in Friedberg von der Kirchenmauer stürzt, braucht weder Bestatter, Kehrmaschine noch sonst irgendwen, denn: Man springt direkt ins Grab.

Unten am Steilhang liegt nämlich gleich der Friedhof. Da haben die Stadtplaner mal ausnahmsweise mitgedacht, und schenkt man dem Glauben Glauben, kann man quasi im Beichtstuhl die Karte lösen, mit Anlauf ins Grab hechten und von dort volée gen Himmel fahren, Direttissima. Und wenn man im Beichtstuhl draufkommt, dass das eigene Leben zwar sündig, aber wenigstens nicht fad ist, dann hat sich der weite Weg nach Friedberg trotzdem gelohnt, weil Blick von Kirchenmauer grandios. Und die Luft erst, die bringt einen auf ganz andere Gedanken. Da gehen die Leute oft in die Kirche wegen Antworten, derweil sollten sie sich besser neben die Kirche auf die Mauer setzen, die Luft genießen und die Füße über dem Steilhang baumeln lassen.

Hat der Andi jetzt auch gemacht. In die Kirche ist er gleich gar nicht gegangen, da hat er noch nie Antworten gefunden, aber auf der Steinmauer war leider auch Sendepause. Nur Fragen, Fragen, Fragen. Was soll ich mit einem Kind, was soll ich mit meinem Leben, was soll ich mit meiner Schreiberei, was soll aus mir werden – aber geantwortet haben weder Luft noch Aussicht. Nur der Friedhof unten hat ab und an trocken angemerkt:

»Hey, nimm's nicht so schwer. Es gibt immer noch mich, da hast du deine Ruhe!« Aber von wegen Ruhe. Wenn irgendwo auf der Welt keine Ruhe war, dann da. Mit den ganzen Serben und Leichen und betrunkenen Gustls und feigen Fipsis – nein, Ruhe geht anders.

»Andi? Andiiiii!«

Der Andi saß noch immer auf der Kirchenmauer und war so in Gedanken, dass er die Vali gar nicht bemerkt hat, obwohl er ja nur wegen ihr hier war. Sie wollte ihn schließlich unbedingt treffen und mit ihm reden. Aber jetzt saß er da oben, taub wie ein Pfosten, regungslos wie ein Stein, und ihr ist nichts anderes übrig geblieben, als zu ihm raufzuklettern.

»Hey, was los mit dir?«, hat sie ihn aufgeschreckt, doch

er ist dann recht schnell wieder in seine Starre zurückgesunken.

»Nix, was gibt's bei dir?«

»Ich gehen nix mehr nach Hause.«

»Was?«

»Ich nix nach Hause! Habe ich Mutter gesagt, dass ich Freund habe.«

»Oh.«

»Und dass ich bin schwanger.«

»Oha.«

»Hat sie angefangen zu schreien, dass ich die Familie entehre, dass ich Freund nie wiedersehen und Kind wegmüssen. Und dann sie gehen mit mir zurück in Kosovo. Aber ich nicht gehen. Ich bleibe hier bei dir mit Kind!«

Dann war kurz Stille, gefolgt von einem dahingenuschelten:

»Okay.«

Mehr hat der Andi nicht herausgebracht. Was sollte er auch großartig sagen, das Ganze war ja vorhersehbar. Sie würde nie wieder zurück in den Kosovo gehen, da hat sich die Mutter noch so viel aufregen können. Weil wenn sich die Vali einmal etwas in den Kopf gesetzt hat, dann ist sie dabei geblieben. Punkt.

Die Mutter konnte nichts tun, der Andi auch nicht. Außer abhauen vielleicht, aber wohin? Und vor allem: womit? Er hat sich keine Illusionen gemacht, dass ihm sein Vater monatlich ein bisschen Gnadenzaster überweisen würde. Schon gar nicht, wenn die Vali eines Tages mit dem kleinen Butzi bei ihm auf der Matte steht. Und überhaupt: Abhauen, wie sieht denn das aus? Da könnte er sich ja nie wieder daheim blicken lassen. Und die Serben hätten sicher auch etwas dagegen. Nein, das waren alles keine Lösungen. Mit Vali das Kind bekommen oder springen, mehr Alternativen gab es nicht.

Und natürlich, keine erbaulichen Gedanken, die dem Andi da im Hirn herumgegeistert sind. Aber man muss dazusagen: Wenn die Leute immer wüssten, was die anderen über sie denken, dann wäre die Menschheit sowieso so gut wie ausgestorben. Da würde die beste Beziehung dran scheitern, von daher: Gut, dass niemand Gedanken lesen kann, und die Vali auch nicht.

Sicher, man sollte meinen, dass sie bei Andis lustlos dahingemurmeltem »Okay« den einen oder anderen Zweifel hätte hören können. Aber bitte, man hört ja oft nur das, was man hören will. Und in Valis Ohren war das kein liebloses »Okay«, für sie war das der heißersehnte Startschuss in ein neues Leben. Ihr gemeinsames Leben mit Andi, mit ihrem Kind, mit alldem, was sie schon immer wollte.

Und wie sie da auf der Mauer gesessen ist und davon geschwärmt hat, wie schön das alles werden wird, hat sich ihre Stimme fast schon überschlagen vor lauter Euphorie. Aber zugehört hat ihr der Andi nur bedingt.

Das kennen Sie ja vielleicht auch: Manche Männer können ja zuhören, ohne zuzuhören. Der Andi konnte das perfekt. Der war sogar imstande, inhaltlich und zeitlich passend »ja«, »super«, »toll«, »freu mich«, »hab dich lieb« und sonstige Phrasen einzustreuen, ohne dabei auch nur einen einzigen Satz verstanden zu haben.

In Wirklichkeit war der Andi mit den Gedanken schon wieder ganz woanders. Am Weg zum Friedhof. Aber nicht, wie Sie denken, Spaziergang, sondern Luftlinie. Und wie er sich so runtersegeln gesehen hat und ihm der Wind durch die Haare gesaust ist, hat die Vali gesagt, dass all ihre Sachen mit dabei im Koffer waren und dass sie am besten zu ihm in die Wiener Wohnung kommt. Wie er das Echo seines Schreis kurz vor dem Aufprall hören konnte, hat die Vali scherzhalber ihren Vornamen zu seinem Nachnamen gesprochen. Wie die Inschrift seines Grabsteins vor seinen Augen vorbeigezogen ist, bat ihn die Vali, ihren Abschiedsbrief bei der Mutter vorbeizubringen. Und wie ihm dann das ohrenbetäubende Bersten seiner Knochen durch Mark und Bein...

»Wie? Was hast du gesagt? Was für ein Brief?«

Und sehen Sie, daran erkennt man den Profi. Die Ottonormalos sagen immer nur Ja und Amen, aber die wahren Könner werden im richtigen Moment hellhörig. Das ist die Kunst, und bitte: eine sehr männliche Kunst. Es heißt ja nicht umsonst Multitasking und nicht Multitasqueen.

»Na Brief für Mama. Muss ich ihr ja wenigstens schreiben, dass ich weg bin und mir gut geht«, hat die Vali jetzt ergänzt und einen Umschlag aus ihrer Jackentasche gezogen.

»Keine Angst, nix stehen drinnen von dir, sonst Mama ja gleich vor die Türe und machen Radau. Stehen nur, dass ich Kind bekomme und weggehe und neues Leben beginne. Ja?«

»Aber warum hast du ihn nicht selbst...«

»Ach, hatt ich nix Zeit, musste schnell-schnell packen, bevor Mama nach Hause kommen. Hab ich Brief im Park geschrieben.«

»Aha.«

»Du musst ihr Brief nur in die Postkasten schmeißen. Mehr nicht.«

»Mehr nicht.«

Wie ein lethargischer Papagei hat der Andi ihre Worte nachgeplappert und dabei hinunter zum Friedhof gestarrt.

»Sonst ich kennen hier niemanden. Neuer Pfarrer mir egal.«

»Niemanden«, hat der Andi wiederholt, aber diesmal nur in seinem Kopf. Und was dort alles abgelaufen ist, meine Herren, das hätte die Vali jetzt wirklich nicht sehen dürfen. Er war ja selbst ein bisschen verschreckt, wie plötzlich anstelle von ihm die Vali durch die Luft gesegelt ist. Wunderschön hat sie ausgesehen, viel schöner als er. Nur der Aufprall war genauso hässlich.

»Außer Fipsi natürlich...«

»Hm? Was? Wer?«

Und jetzt ist der Andi völlig aus seiner Profi-Rolle gefallen, weil er hat überhaupt nichts mitbekommen.

»Na Fipsi! Und wenn wir schon dabei sind: Sowas man nicht machen!«

Der Andi stand am Schlauch.

»Nix erzählen vor dem dritten Monat! Das Unglück bringen!«

»Hä?«

»Du nicht so unschuldig tun! Ich den Fipsi gerade gesehen am Weg. Und er sich so blöd benommen – du hast ihm doch was gesagt von Kind. Wissen sonst noch wer?«

Kopfschütteln auf der einen Seite, Seufzen auf der anderen.

»Na gut, ist okay. Ihr ja seid beste Freunde.«

»Beste Freunde«, hat der Andi wieder gedankenverloren nachgeplappert und in die Tiefe gestarrt.

Sie sind dann noch ziemlich lange auf der Mauer sitzen geblieben, bis es stockfinster war. Die Vali hat viel geredet, der Andi viel genickt. Die ganze Zeit über ist sein Blick ständig von der Vali hinunter zum Friedhof gewandert, und seine Gedanken haben sich verselbstständigt. Mal ist sie geflogen. Mal der Fipsi. Dann wieder sie oder beide zusammen. Nur einen hat er nicht mehr fliegen gesehen: sich selbst.

Ein Hauch von Linoleum im Bouquet

So ein Gemeindebau ist schon eine ziemlich trostlose Angelegenheit. In Wien sagen die Leute ja, die Ausländer sind dran schuld, aber in Friedberg gibt es nur den Tschechen-Inder und ein paar Polen und trotzdem: trostlos. Der Fipsi ist bei sowas eigentlich nicht sonderlich etepetete, er stammt ja selber aus armen Verhältnissen und hat ja gewusst, dass seine Mutter und er nur irrsinniges Glück gehabt haben. Aber deprimierend war das alles schon.

Im Gang die zerrupften Kinderwagen, die abgeschlagenen Stiegen, angeschmierte Wände überall und dieser Geruch – ganz eigen. So eine konsequente Trostlosigkeit bekommt man nicht alle Tage zu sehen, und deswegen hat der Fipsi dann auch vergessen, dass er noch einmal im Kopf durchgehen wollte, was er mit dem Gustl zu besprechen hatte. Obwohl, im Prinzip war ja klar, was gesagt werden muss: Dass das so nicht weitergehen kann und dass er das sicher genauso sieht. Dass der Macho Vernunft annehmen und die Sache mit den Serben beenden muss. Dass die das schon verstehen werden, wenn man sachlich und ruhig bleibt, und dass durchs Reden schon ganz andere Probleme gelöst wurden.

Und wie ihm der letzte Gedanke durch den Kopf gegangen ist, fiel ihm wieder ein, dass er da noch ein bisschen recherchieren wollte. Weil auf Anhieb konnte er sich an keine einzige Situation in der Menschheitsgeschichte erinnern, in der Reden auch nur irgendetwas gelöst hätte. Aber bitte, vielleicht haben die Leute ja immer aneinander vorbeigeredet, was weiß man.

Ding Dong.

Die Türklingel vom Gustl hat den Fipsi schon wieder irgendwohin geworfen, nur nicht ins Hier und Jetzt. Genauer gesagt: ins 19. Jahrhundert. Da gab es in New York eine kriminelle Bande, die hatte einen legendären Gangsterboss, der darauf spezialisiert war, zusammen mit Waisenkindern Postzüge auszurauben – und wissen Sie, wie sein Spitzname war? Genau, Ding Dong. Und wie man jetzt von Postzügen und Kindern auf den Namen Ding Dong kommt – keine Ahnung, weiß ich nicht und ist dem Fipsi auch nicht sonderlich wichtig gewesen, aber Zeit genug zum Überlegen hatte er ja, weil er ist wie der Ochs vorm Tor gestanden und niemand hat ihm aufgemacht. Also wieder geläutet:

Ding Dong.

Durch die Tür konnte man den Fernsehapparat hören, aber keine Schritte. Der Fipsi hat nochmal geklingelt und nochmal und nochmal. Sicher zehnmal, bevor der Gustl dann doch zur Tür gekommen ist.

»Kann ich kurz reinkommen? Ich muss mit dir reden.«

»Ist grad schlecht.«

»Wieso?«

Die Frage kam unerwartet. Man konnte dem Gustl richtig ansehen, wie er in seinem Hirn krampfhaft nach Ausreden gesucht hat. Nur leider: Fehlanzeige. Also ist er einfach wieder zurück ins Wohnzimmer und ließ die Tür offen stehen. Der Fipsi wollt ihm noch nachrufen, wegen Schuhe ausziehen ja oder nein, aber beim ersten Blick in die Wohnung war klar, dass er den Dreck eher aus der Wohnung raus- als hineintragen würde. So ein Saustall, dagegen ist der ranzige Flur geradezu klinisch steril gewesen.

Überall tote Pflanzen, Schimmelflecken, leere Flaschen, Essensreste, ausgelegte Zeitung – und das alles nur im Vorraum. Das Wohnzimmer war noch viel schlimmer. Und mittendrin: der Gustl. Am zerschlissenen Fauteuil, mit undefinierbarer Flasche in der Hand und der Fernseher auf voller Lautstärke. Neben ihm ein verwaistes Krankenhausbett.

»Ist die Mutter gar nicht da?«
»Verreist.«
»Länger?«
»Sehr lange.«

Nicken. Der Gustl hatte noch nie viel von daheim erzählt, aber dass die Mutter krank war und der Gustl sich um sie gekümmert hat, das wusste der Fipsi schon. Daher hat ihn das mit der Reise verwundert, aber bitte: Zum Wundern gab es hier einiges. Keine Luft zum Atmen, alles versifft, klebriger Staub in jeder Ecke, nicht einmal hinsetzen konnte man sich, so vollgeräumt war die Bude. Überall lagen Pizzaschachteln, Einmachgläser, Bierdosen, schmutzige Hemden – je mehr Fipsis Blick gewandert ist, desto mehr hat es ihn gegraust und desto mehr Fragen sind ihm in den Kopf geschossen.

»Nur mit Handgepäck?«, hat er jetzt nachgehakt, weil alle Schränke sind offen gestanden. Drinnen hingen Frauenkleider und Schürzen und Unterröcke, und Koffer voller Schmutzwäsche lagen in der Ecke und haben darauf gewartet, dass irgendetwas passiert.

»Im Heim braucht man kein Gepäck.«
»Ich hab dacht, sie ist verreist?«
»Verreist ins Heim.«
»Aha.«

Auf Fipsis Stirn sind immer mehr Stirnrunzeln dazugekommen, aber andererseits: eh klar. Kaum fehlt die ordnende Hand der Mutter, geht's bergab mit dem Haushalt. So ein ewiger Junggeselle wie der Gustl, der ein Leben lang bei der Frau Mutter gewohnt hat, der kennt das wahrscheinlich gar nicht, Selbstständigkeit. Der wird halt in der Küche und im Haushalt nie auch nur einen Finger gerührt haben, und jetzt: komplette Überforderung natürlich. Eigentlich arm. Selbstverschuldet, aber arm. Nur ist der Fipsi deswegen nicht gekommen.

»Also, pass auf.«

Der Fernseher lief noch immer in voller Lautstärke, und der Gustl hat keine Anstalten gemacht, leiser zu drehen. Musste der Fipsi halt lauter werden.

»Ich wollte mit dir über den Friedhof reden. Die ganze Situation. Und den Macho!«

Und plötzlich ist der Gustl vom Fauteuil aufgesprungen und in die Küche gewankt, irgendwas suchen. Man hat nur Schubladen auf- und zugehen gehört und jede Menge Krach, aber der Fipsi wollte ihm nicht hinterherspionieren, also ist er noch lauter geworden.

»WIR MÜSSEN DA WAS MACHEN! DAS GEHT SO NICHT WEITER, DA BIST DU JA SICHER MEINER MEINUNG! DIE SERBEN LASSEN SCHON MIT SICH REDEN, DIE SIND DOCH AUCH NUR MENSCHEN.«

Keine Reaktion. Nur noch lauterer Krach.

»ZUERST MÜSSEN WIR MIT DEM MACHO REDEN. IHN ZUR VERNUNFT BRINGEN, DAMIT ...«, und dann kam ein Krach aus der Küche, dass dem Fipsi fast das Herz stehengeblieben wäre. Für eine Sekunde hat er richtig Angst gehabt, aber wie er rüber ist, stand der Gustl einfach nur da, mit dem Gesicht zum Fenster. Am Boden: ein mit Brandflecken übersätes Linoleum, Glassplitter und der Inhalt einer ganzen Dopplerflasche. Sämtliche Schubladen aufgerissen, alles hat geklebt und gestunken – die Küche war ein einziges Schlachtfeld.

»Gustl, ist dir was passiert?«

Zuerst hat man nicht viel gehört, außer das schwere Rasseln seiner Lunge. Dann ein unterdrücktes Wimmern. Rotzhochziehen. Und irgendwann später einen dünnen, brüchigen Anflug von Stimme.

»Menschen sind das nicht...

Das sind keine Menschen...

Menschen machen sowas nicht.

Du weißt doch gar nichts. Du kannst dir das nicht vorstellen. Du kannst dir nicht vorstellen, was die uns bringen. So jung. Die sind so jung. Und so... Heute erst die... Sie hatte pechschwarzes Haar. Honigfarbene Haut, Lippen, so zart. Aber da war nur Blut, überall Blut. Alles haben sie ihr eingeschlagen, alles war so...«

Brechreiz. Für einen Moment war der Gustl nur noch Rotz, Tränen und ein Haufen Elend. Er hatte keine Kraft mehr zu kämpfen, kein Fünkchen. Alle Reserven aufgebraucht. Einzig die Verzweiflung ließ seine Stimme wiederkehren. Flach. Farblos und heiser.

»Und wir hatten doch schon wen anderen... Da war kein Platz mehr im Sarg. Wir mussten dem Mädchen alles ab...«

Erneuter Kampf mit dem Brechreiz.

»Ich kann das nicht. Ich kann das einfach nicht! Niemand sollte das können!«

Der Fipsi konnte auch nicht mehr. Nicht vor, nicht zurück, nicht denken oder reagieren. Wie gelähmt ist er dagestanden, und jede Faser, jede Zelle, jedes Nackenhaar und jede Schweißperle auf seiner Stirn war paralysiert vor Angst. Selbst zittern hat er sich nicht getraut. Vor ihm das Häufchen Elend Gustl, hinter ihm und um ihn herum und in seinem ganzen Leben: Chaos. Alles, was er konnte, war stammeln.

»Wir müssen reden. Müssen mit dem Macho reden. Alle gemeinsam, wir müssen...«

Und das hätte er besser bleiben lassen, weil sowie ihm der Macho über die Lippen kam, ist der Gustl wie ein Verrückter auf ihn zugeschossen und hat ihm den Mund zugehalten.

»NEIN! KEIN WORT! DU VERSTEHST DAS NICHT!«

Der Fipsi hat sich natürlich gewehrt, aber er konnte so viel strampeln und boxen, wie er wollte, Gustls Griff blieb eisern. Immer fester haben sich seine Hände um Fipsis Kopf geschraubt und ihn ganz nahe zu sich gezogen, um ihm leise und mit zittriger Stimme ins Ohr zu flüstern:

»Der Macho ist nicht wie du und ich. Der Macho ist anders. Er hat es einfach getan. Den Kopf. Die Beine. Die Arme... alles hat er ihr abgesägt. Einfach so, als wäre nichts dabei!«

Und dann ist er noch eine Spur leiser geworden, als hätte er Angst gehabt, belauscht zu werden:

»Und weißt du, warum er das kann? Weißt du, warum? Weil ihm das Spaß macht. Richtig Spaß! Wir können froh sein, dass die Tschuschen ihre eigenen Weiber umbringen, hat er gesagt. Die setzen nur noch mehr Kanacken in die Welt. Das hat er gesagt. Und dabei gelacht, verstehst du! Er hat ihr den Kopf abgesägt und gelacht!«

Der Gustl selbst hat jetzt auch ein kehliges Lachen von sich gegeben, bis ihm wieder der Brechreiz dazwischengekommen ist. Es war nur ein kurzer Moment der Schwäche, doch er hat gereicht, dass sich der Fipsi aus der Umklammerung befreien und den Gustl wegstoßen konnte. Wie ein nasser Sack ist er am Linoleum aufgeschlagen und liegen geblieben, zwischen den Scherben in der Dopplerlache. Der Fipsi hat sich japsend am Kühlschrank hochgezogen und gierig die stickige Luft eingesogen, ohne den Gustl auch nur für den Bruchteil einer Sekunde aus den Augen zu lassen. Doch die Gefahr war vorüber.

Wie in Trance ist der Gustl hilflos am Boden herumgerobbt und hat versucht, zwischen Scherben und Dreck den Doppler vom Linoleum zu lecken, während sich sein Blut aus unzähligen kleinen Schnittwunden mit dem Wein vermischt hat.

Der Anblick war erbärmlich. So absolut armselig und unendlich erbärmlich, dass der Fipsi tatsächlich Mitleid mit ihm hatte. Können Sie sich das vorstellen? Obwohl er gerade beinahe vom Gustl erwürgt worden wäre, hat er sich jetzt schon wieder mehr Sorgen um ihn als um sich selbst gemacht.

»Geh bitte, hör auf. Komm, komm weg da. Steh auf!«

Doch der Gustl ließ sich nicht helfen. Und weil für Stehen zu schwach und für Tragen zu schwer, hat ihn der Fipsi von den Scherben weg ins Wohnzimmer geschleift, hinüber zum Bett. Da wollte er ihn hineinhieven, wollte ihn zudecken, ein Glas Wasser bringen, vielleicht für später Essen holen, Medikamente, saubere Sachen – einfach helfen eben, wie man das so macht.

Aber er hat es nicht getan. Nichts davon. Er hat ihm nicht einmal ein Glas Wasser gebracht. Stattdessen ließ er den Gustl vor dem Bett liegen und ist gegangen, nein: Er ist gelaufen. Gerannt. Raus aus der Wohnung, raus aus dem Gemeindebau und raus durch den Innenhof auf den Parkplatz, wo er endlich stehen geblieben ist, mit hämmerndem Herzen und brennender Lunge.

Er hat ihm nicht geholfen. Er konnte es einfach nicht, denn irgendwann hört selbst bei den größten Samaritern die Nächstenliebe auf. Irgendwann ist der Punkt erreicht. Beim Fipsi war dieser Punkt ein Lächeln im Wasserglas, das am Beistelltisch vom Krankenhausbett stand. Denn wohin auch immer die Mutter vom Gustl verreist sein soll, Kaffeefahrt, Kreuzfahrt, Altersheim oder Hinterdupfing – eines ist sicher: Niemand verreist ohne seine Zähne.

Marder-Mörder-Mob

»Kowatschek, Frau Kowatschek. Ja, mit sch wie Schule.
Haben Sie keine?
Ganz sicher?

Ja danke, Wiederhören.«

Seit einer Dreiviertelstunde ist der Fipsi auf dem Parkplatz vor dem Gemeindebau gesessen, irgendwo zwischen den Autos am Randstein.

»Hallo Vermittlung? Ja, ich bräuchte bitte die Nummer von den Barmherzigen Schwestern in Freyhof.«

Alles hat er abtelefoniert: Altersheime, Pflegeheime, Krankenhäuser.

»Seit wann? Na bitte, kann ja sein, dass Sie das wissen, wann die in Konkurs gegangen sind. Die Auskunft weiß doch alles! Hallo?«

Aufgelegt.

Das war's. Niemand im Umkreis von 40 Kilometern konnte mit dem Namen Kowatschek etwas anfangen, absolut niemand. Der Fipsi hat eine nach der anderen geraucht, sein Handy angestarrt und weder ein noch aus gewusst. Was macht man in so einer Situation? Ausflippen? Ruhig bleiben? Den Andi anrufen und ihn in den nächsten Schlamassel reinziehen? Den hat er doch sowieso schon tief genug in die Scheiße geritten. Nein, Schluss, aus, er musste ohne ihn zurechtkommen – in letzter Zeit konnte man mit dem ohnehin kein klares Wort mehr reden.

Der Fipsi ist mit zittrigen Fingern seinen Telefonspeicher durchgegangen, bis er bei Vali angelangt war. Nein, es ging nicht. Er durfte einfach nicht. Er konnte mit niemandem darüber reden und mit ihr schon gar nicht. Die war ja sowieso sauer auf ihn, warum auch immer. Er wollte ihr neulich auf der Straße doch nur helfen. Und obwohl er sich keiner Schuld bewusst war, obwohl er ein absolut reines Gewissen hatte und obwohl er es nicht hätte tun müssen, hat er ihr trotzdem eine Tut-mir-leid-SMS hinterhergeschickt. Aber glauben Sie, da wäre eine Antwort zurückgekommen?

Der Fipsi hat gegrübelt und gegrübelt und hätte noch stundenlang so weitergrübeln können, wenn ihm nicht die Zigaretten ausgegangen wären. Und irgendwie eine Fügung des Schicksals, könnte man sagen, denn dadurch ist er erst auf den Geruch aufmerksam geworden. Der ist ihm vorhin nicht gleich aufgefallen, wegen der ganzen Aufregung und dem Qualm und so, dafür jetzt umso mehr. Es war ihm auch relativ schnell klar, woher der Gestank kam. Weil neben ihm das Auto komplett unter einer Plane verdeckt, aber darunter, beim linken Vorderreifen: schmierige Lache. Und der Gestank ist eindeutig daher gekommen. Kein wirklich beißender Gestank, nichts, was einem den Atem geraubt hat. Aber doch intensiv genug, um mal kurz einen Blick unter die Plane zu werfen, besonders weil dem Fipsi die Felgen nicht ganz unbekannt vorgekommen sind.

Der Gustl hatte ja sowas auch erwähnt gehabt: Marderschaden. Bei diesen verfluchten Biestern stehen ja Zündkabel ganz oben auf der Speisekarte. Schläuche, Leitungen – das fressen die wie Spaghetti, aber dass sie auch halbe Stoßstangen vertilgen, war dem Fipsi neu. Muss wohl ein ziemlich aggressives Kerlchen am Werk gewesen sein, hat er sich gedacht, bis dann die ganze Front des Fahrzeugs sichtbar war und ihm klar wurde: Das war kein Kerlchen, das war ein ganzer Marder-Mörder-Mob. Stoßstange verbogen,

Scheinwerfer zersplittert, Kotflügel verbeult, Reifen verzogen – so einer Marder-Gang möchte man im Dunkeln lieber nicht begegnen.

Der Fipsi ist jetzt vor dem Auto auf die Knie gegangen, um sich den Schaden genauer anzusehen. Hat ein bisschen mit der Hand herumgetatscht, hier und da versucht, das Blech zur Seite zu drücken, und geschaut, ob er Fell findet, Bissspuren oder sonst irgendwas Tierisches. Aber Fehlanzeige. Nur ein Riemen war ganz hinten festgeklemmt, über dem Reifen, bei diesem Bremsdings.

Und Sie sehen schon, Bremsdings, der Fipsi und Autos – das geht nicht zusammen. Turbolader, Drosselklappe, Luftmassenmesser, das waren alles Fremdwörter, da konnte man ihm ziemlichen Nonsens erzählen. Aber zwei Dinge konnte man ihm nicht erzählen. Erstens, dass, und mag er noch so hinterhältig sein, irgendein Marder-Mörder-Mob einen derartigen Schaden verursachen kann. Und zweitens, dass dieser Riemen in ein Auto gehört. Weil wieder erstens, war der Riemen rosa, und wieder zweitens, hing etwas daran. Und egal wie deplatziert Hubsis Bauchtasche immer schon war – hier hat sie am wenigsten hingehört.

Kapitel Vier

Massivbeton

Zwischen der ehemaligen Kreislerei Kempf und da, wo früher die Post war, liegt die Zeitung von Friedberg, der Friedberger Bote. Ziemlich altes Gebäude mit ziemlich ausgeblichener Fassade und alten Titelseiten im Schaufenster. Halbwegs aktuell waren nur zwei Ausgaben. Die vom Janker Manfred seinem 2:0-Traumkick an die Tabellenspitze und die von seinem Abstieg in den Tod. Schlagzeilen über den Geri oder den Hubsi hat man nicht gefunden. Eigentlich eine Frechheit, aber beim Geri hat sich halt auch niemand großartig Gedanken gemacht, weil Pfaffen und Sinnkrise: kennt man ja. Wahrscheinlich radelt der wieder irgendwo durch die Welt, missioniert Wilde in Afrika oder sonst was – Geschichte abgehakt.

Beim Hubsi war die Sachlage allerdings ein bisschen anders. Den hat zwar auch keiner vermisst, aber komisch ist das den meisten schon vorgekommen. Weil was macht so ein Hubsi da draußen in der weiten Welt? Da kommen die Leute natürlich ins Reden, und die Polizei hat sich dann doch ein wenig umhören müssen. Nur leider: Juniorchef, Bestatter, Aushilfen – alle ratlos. Bei der Wohnadresse seiner Eltern war nur ein verfallenes Haus, bei einer anderen Adresse in einem Mehrparteienhaus haben sie auch niemanden angetroffen, aber zumindest ein interessantes Detail gefunden: Der Schlüssel ist nämlich von innen gesteckt.

Und eigentlich ganz lustige Geschichte, die Polizei hat sich das im Nachhinein so hergeleitet: Der Hubsi muss sich schon vor Ewigkeiten mal ausgesperrt haben, und weil in seinem Kellerabteil Decken, Polster und Essensreste lagen, hat er anscheinend nie den Schlüsseldienst gerufen, sondern ist einfach in den Keller gezogen. Glaubt man gar nicht, oder? Und so jemand soll von einem Tag auf den anderen spurlos verschwinden? Ohne gesehen zu werden? Wie ein Geist? Eher unwahrscheinlich.

Aber bitte, was will man machen? Keine Hinweise, keine Anhaltspunkte – da muss man schon den Hercule-Poirot-Doppeldoktor mit Sherlock-Holmes-Abschluss haben, damit der Groschen fällt. Und der Friedberger Revierinspektor hat mit Ach und Krach gerade mal die Matura geschafft – in der Abendschule. Dem hätte selbst Gedankenlesen nicht geholfen, besonders nicht in Fipsis Schädel. Weil wo andere Gedankengänge haben, waren bei ihm nur noch Labyrinthe.

Alles hat er durchdacht gehabt, wirklich alles. Jeden Weg eingeschlagen, jedes Mittel in Kauf genommen, jede Möglichkeit abgewogen. Aber er konnte sie nicht finden, die perfekte Lösung. Es gab ja nicht einmal etwas halbwegs Annehmbares, nur Notlösungen, jede mit großen Verlusten verbunden. Und wie der Fipsi so in die Auslage vom Friedberger Boten hineingestiert hat, sind sie ihm wieder eingefallen, seine Notlösungen. Haben sich den Weg aus seinem Kopf gebahnt und auf den Titelseiten der ausgeblichenen Zeitungen breitgemacht.

»Tragischer Unfall mit Leichenwagen: zwei Tote, einer in Lebensgefahr.«

So stand das da, in fetten, herbeifantasierten Lettern. Und augenblicklich musste er seine Notlösung wieder Schritt für Schritt durchgehen:

Morgen.

Das Urnenbegräbnis in Eitzenwinkel.

Macho, Gustl und er Dienst.

Er wird sagen, dass er fahren will.

Warum?

Weil er das lernen muss. Immerhin ist er ja jetzt auch Bestatter und keine Aushilfe mehr, seitdem ihn der Juniorchef wegen Hubsis Verschwinden zwangsbefördert hat.

Alles klar. Gute Begründung. Niemand wird Verdacht schöpfen.

Und keiner wird sich anschnallen, weil sich nie jemand anschnallt.

Aber er schon. Ganz heimlich, still und leise.

Dann fahren.

Nicht zu schnell, nicht zu langsam.

Hinaus auf die Bundesstraße.

Sieben Kilometer geradeaus.

Hinter der Esso-Tankstelle einbiegen.

Wie immer den Benzinpreis kommentieren.

Auf der Kudernikgasse beschleunigen, aber nicht zu früh.

Vielleicht auf 50. Besser 60.

Genau auf die Unterführung zuhalten.

Dann ... kurzer Lenkradreißer in die Betonmauer.

Und aus.

Auf Nimmerwiedersehen Gustl. Arrivederci Macho. Baba Probleme.

Mit 60 durch die Frontscheibe in den Massivbeton, das überlebt keiner. Aber er schon. Denn er ist angeschnallt. Er wird es überleben. Natürlich, schwere Verletzungen. Wahrscheinlich innere Blutungen, entstellt und vielleicht Behinderung, Rollstuhl. Aber er wird überleben. Und alles wird gut. Alles wird vorbei sein. Der Andi wird wieder wie früher, er wird sein Leben weiterleben. Mit der Vali. Mit seinem Kind. Ohne Angst vor Leichen, Mafia und verfrühter Bestattung. Und er selbst wird es auch eines Tages können: in Frieden leben.

Eigentlich eine ganz akzeptable Notlösung, wenn man nicht genau darüber nachdenkt – aber das hat er. Er musste. Stunde um Stunde um Stunde. Tag für Tag für Tag. Weil er ein Grübler ist, ein Zweifler. Ein Zerdenker. Und wie der Fipsi so auf die fantasierte Titelseite gestiert hat, ist ihm plötzlich eine neue Schlagzeile erschienen:

»Tragischer Unfall mit Leichenwagen: keine Überlebenden.«

Bleischultern. Eisenlunge. Schweißausbruch.

Gurte retten Leben, sagt die Werbung, aber wer glaubt schon der Werbung? Und selbst wenn, bis zu welcher Geschwindigkeit retten sie denn Leben? So ein schmaler Riemen schräg über den Oberkörper – der ist ja kein Freibrief zum Rasen.

Vielleicht könnte er ja doch aus dem Auto springen? Einfach Fahrertür aufreißen, galanter Hechtsprung, abrollen und – Schwachsinn, lächerlich. Das hat sich der Fipsi selbst in der größten Euphorie keine Sekunde lang geglaubt. Er ist ja schon beim Felgaufschwung im Turnunterricht jedes Mal wie ein nasser Sack auf die Matte geknallt, da wird er nicht in Karate-Kid-Manier durch die Luft segeln und heil davonkommen. Im Gegenteil, das macht die ganze Situation nur dubioser.

Ist ja schon seltsam genug, dass man auf einer kerzengeraden Strecke den Tunnel verfehlt, aber schmeißt sich der Fahrer obendrein vorher aus dem Auto – nanonanet wird da die Polizei Fragen stellen. Und wenn sie der Fipsi nicht beantwortet oder nicht mehr beantworten kann, zu wem wird die Polente dann gehen? Zum Andi natürlich. Und mit viel Glück. Mit wirklich viel, viel, viel Glück sind die Uniformierten schneller bei ihm als die Serben.

Weil die werden auch eher weniger begeistert sein, wenn die Polizei anfängt herumzuschnüffeln und der Andi mit den falschen Antworten ums Eck kommt. Dann wäre alles für die Katz gewesen, sein Opfer umsonst. Entweder bringen die Serben den Andi um, oder die Polizei steckt ihn in ein finsteres Loch. So oder so: C'est la vie, Andi. C'est la vie, Vali. Das war's mit Baby, Familie und Glück auf Erden. Und das hat der Fipsi auf keinen Fall zulassen dürfen, das war er den beiden schuldig. Er musste einfach verhindern, dass die Polizei zu viele Fragen stellt und die Serben nervöse Zeigefinger bekommen.

Und in dem Moment sind dem Fipsi neue Schlagzeilen erschienen: »Aufgedeckt: Mordkomplott um Friedberger Bestattung!«, ist auf der Titelseite geprangt. Dann »Friedhof-Mörderbande richtet sich selbst!« Und gleich darauf »So mordeten die Suizid-Bestatter!«, oder »Mord und Selbstmord: Alles zum Friedberger Friedhofsskandal!« Dem Fipsi ist jetzt Schlagzeile um Schlagzeile ins Hirn geschossen, jede anders, aber irgendwie auch nicht, weil Grundaussage dieselbe: Beichte.

Er musste ein Geständnis ablegen, denn egal was, ob Unfall mit Überlebendem, Unfall mit Schwerverletztem, Unfall mit Flucht – der Andi durfte auf keinen Fall mit hineingezogen werden. Er, der Macho und der Gustl haben Leute umgebracht und am Friedhof verscharrt. Punkt, aus, mehr brauchte niemand wissen. Kein Wort von Mafia, keines über Andi. Die Polizei hätte einen abgeschlossenen Fall, und die Serben würden den Andi in Ruhe lassen, weil warum sich durch einen Schuss ins Schussfeld bringen, wenn man gar nicht drinsteht.

Alles, was der Fipsi schreiben musste, war ein überzeugendes Geständnis. Und entweder wäre es sein Abschiedsbrief, seine Buchung für ein Einzelzimmer hinter Gittern oder der Grund für eine lebenslange Flucht, aber eines war es ganz sicher: das nötige i-Tüpfelchen auf seiner Notlösung. Nur dass dieser Part so schwer werden würde, das hätte er sich nicht gedacht.

Haben Sie schon mal ein Geständnis geschrieben? Gar nicht so einfach, sag ich Ihnen, selbst für den Fipsi, obwohl der ja vom Textlichen her eh gut dabei war. Der schreibt auch mal in einer Nacht einen halben Krimi runter, wenn es ihn freut, aber am Geständnis ist er eine kleine Ewigkeit gesessen und war immer noch nicht fertig. Das heißt, eigentlich schon, nur – und das klingt jetzt vielleicht etwas makaber – mittlerweile hatte der Fipsi fünf oder sechs oder sogar sieben fertige Geständnisse in seiner Schublade liegen, alle handgeschrieben und unterschrieben. Nur passen wollte ihm keines so recht. Das eine war ihm zu theatralisch, das andere zu vage, im dritten hat er dem Macho alles angelastet und sich und den Gustl nur als Komplizen beschrieben, im vierten waren sie es alle, im fünften hat er übertrieben oft betont, dass der Andi von alldem nichts wusste, und im sechsten ist er mit der Anzahl der Leichen durcheinandergekommen.

Sie sehen schon, eine ziemlich komplizierte Angelegenheit. Und darüber hinaus überaus heikel, weil wenn die Mutter vom Fipsi beim Aufräumen die Geständnisse gefunden hätte, na Halleluja. Aber die Schreibtischschublade mit dem doppelten Boden, wo der Fipsi und der Andi früher immer das Gras und die gewissen Heftchen versteckt haben, hat sie noch nie entdeckt gehabt.

Es sei denn – und bei dem Gedanken ist Fipsis Herz fast stehen geblieben –, die Mama kannte die Schublade doch und hat sich früher einfach gedacht: Lausbuben sind Lausbuben, lass ich ihnen mal ihre Tittenheftchen und den Oregano.

Er musste schnell wieder nach Hause, das letzte und perfekte Geständnis schreiben, alle anderen verbrennen und sich vorbereiten. Aber vorher: Leberkäs.

Medienmischkonzern

Sie müssen wissen, der Friedberger Bote ist nicht nur irgendeine Zeitung. Der Friedberger Bote ist ein wirtschaftliches Leuchtfeuer, ein innovatives Pionierunternehmen, ein – und bitte, da bin ich jetzt nicht so sattelfest auf dem Gebiet, aber ich glaube, korrekt heißt es: Medienmischkonzern Holding GmbH Unternehmen oder so.

Weil dem alten Redakteur Ferdl sind damals die Anzeigenkunden und Leser weggestorben, abhandengekommen oder abgewandert, da hat er sich natürlich etwas einfallen lassen müssen. Etwas richtig Gewieftes, denn am Land braucht man mit dem ganzen Pressefreiheit, vierte Gewalt, Journalismus-ist-wichtig-Moralapostel-Mimimi gar nicht erst ankommen. Da muss man sich anderweitig helfen, aber der Ferdl war ja nicht blöd. Der hat gesehen: Zeitung funktioniert nicht. Greislerei links daneben auch nicht, Post rechts pfeift sowieso am letzten Loch – tun wir uns doch zusammen. Und seitdem ist der Friedberger Bote die Friedberger Postboten Greislerei Medienmischkonzern Holding GmbH. Mit innovativen Strukturen und noch innovativeren Ideen.

Da haben die Amis noch nicht einmal das Wort dafür erfunden gehabt, als der Ferdl schon auf Print on demand gesetzt hat. Kennen Sie, oder? Print on demand – da druckt man nur, wenn bestellt wird, und so arbeitet die Friedberger Postboten Greislerei im Prinzip schon seit x Jahren. Redaktionstechnisch wird da keine Taste getippt, bevor nicht der Bürgermeister oder das Autohaus Gruber, die Raika oder sonst irgendein Geldscheißer anruft und – quasi demand – eine Anzeige schaltet. Anders rentiert sich die Zeitung halt nicht, und in Friedberg passiert sowieso nie etwas, da braucht man nicht jede Woche lesen, dass nix passiert. Aber wenn neuer Turan im Autohaus, neue Bausparer oder Abstimmung zur Umfahrungsstraße Ost – zack Anzeige, zack Zaster, zack Zeitung. Das Schreiben ist dann nur noch eine Kleinigkeit. Bisschen umhören, bisschen Stammtisch, bisschen Knipsen und voilà: Fertig ist das Blatt. Aber bitte, ich schweife ab.

Den Fipsi hat der Medienmisch ja jetzt auch gar nicht interessiert, weil der wollte ja keine Zeitung, sondern was zum Essen. Und da ist bei der Friedberger Postboten Greislerei Gott sei Dank alles beim Alten geblieben, sprich: beste Leberkässemmel Österreichs, mit Abstand. Pferdeleberkäs selbstverständlich, zentimeterdick aufgeschnitten, Gurkerl, resche Semmeln und bei den meisten mit Senf, beim Fipsi ohne.

Eigentlich wollte er sich Zeit nehmen zum Genießen, weil beim letzten Abendmahl hat der liebe Herr Jesus ja auch nicht den Laib Brot in einem Sitz aufgefressen, den Wein runtergeext und zack-zack, dalli-dalli, Herr Ober, zahlen. Aber wegen der ewig langen Schaufenster-Pause und der Angst, die Mama könnte zuhause die Schreibtischschublade ausmisten, hat es ihn dann doch ein wenig pressiert. Nur leider ist ausgerechnet an dem Tag nichts weitergegangen. So gesehen hat so ein Medienmischkonzern natürlich auch seine Nachteile. Die einen wollen nur schnell Butter, Milch, Leberkäs, die anderen ein Paket, aber die Frau vor ihm wollte irgendetwas Kompliziertes von der Zeitung.

Das kann dauern, hat sich der Fipsi gedacht und wie man das von den jungen Leuten heutzutage kennt: sofort Handy. Die Vali hat noch immer nicht zurückgeschrieben, und langsam ist ihm das schon ein bisschen komisch vorgekommen. Weil, na gut, vielleicht war seine Aktion damals auf der Straße zu hartnäckig, aber er wollte ihr ja nichts Böses, und sonst hat sie sich ja auch nicht so angestellt. Doch jetzt: SMS, abheben, zurückrufen – Fehlanzeige. Keine Reaktion. Beim Leberkäs ist ebenfalls nix weitergegangen, und dann hat ihn die Verkäuferin auch noch in den Streit mit der lästigen Kundin hineingezogen.

»Geh, Fipsi, erklär du ihr des, die versteht mi net. Die will a Vermisstenanzeige schalten, aber wir ...«, und in dem Moment hat sie die Kundin mit bösen Augen angegiftet,

»… HABEN GERADE KEINE ZEITUNG! VIELLEICHT IN ZWEI WOCHEN AM SPAREFROHTAG, ABER JETZT: NIX ZEITUNG! Du deppertes Kopftuchweib.«

Und das am Schluss hat sie natürlich kaum verständlich in ihren Damenbart genuschelt, mit verstohlenen Blicken zum Fipsi, aber mit solchen Sprüchen ist sie bei dem nur auf Unverständnis gestoßen. Der Fipsi hat es mit Englisch probiert.

»Sorry, there's no Newspaper this week. Maybe in two weeks on the… happy safe day from the Raika, but not this week.«

Aber das hat die Frau anscheinend noch weniger verstanden, weil die, unbeirrt weitergeschnattert:

»Musse jetzt, Mädchen weg. Musse jetzt, mein Mädchen nicht weggehen alleine. Tagelang weg, nix abhebt, nix anruft, nix, Mädchen weg!«

Hat es der Fipsi halt noch einmal auf Deutsch probiert. Diesmal in der Mit-Händen-und-Füßen-Variante.

»Keine Zeitung. Zeitung kaputt. Zeitung erst in zwei Wochen«, aber wieder nur Schnattern. Der Frau war einfach nicht zu helfen. Und weil sie das jetzt anscheinend auch selber eingesehen hat, ist sie, wie die Südländer halt so sind, ganz theatralisch abmarschiert. Endlich.

»Zwei Leberkässemmeln bitte«, hat der Fipsi sichtlich erleichtert bestellt und die Verkäuferin wie immer:

»Mit Senf?«

Und der Fipsi wie immer:

»Na, mit Gurkerl!«

Und da sieht man schon: ein Hirn wie ein Nudelsieb, die Verkäuferin, weil der Fipsi hat gar nicht mehr zählen können, so oft hat er sich hier schon Leberkässemmeln geholt. Immer ohne Senf, immer mit Gurkerl, immer dieselbe Frage. Aber als er ihr wie immer 16 Schilling hinlegen wollte, war plötzlich doch etwas anders als sonst.

»Kruzifix.«

»Was?«

»Jetzt hat die Muselmanin ihre Fotos liegen lassen!«

Weil neben den paar Schilling vom Fipsi sind noch die Polaroids von der Kopftuchkundin gelegen, aber nachgelaufen ist sie ihr deswegen nicht. Im Gegenteil, die hat in aller Seelenruhe dem Fipsi seine Leberkässemmeln zurechtgemacht und weitergeplaudert.

»Vermisst, wer's glaubt. Die is wahrscheinlich mit irgendeinem Pascha abgehauen, die Leischen«, hat sie fachkundig ergänzt, während ihr hinten, an der Theke, die Leberkässchnitten ein bisschen zu dick geraten sind. Und weil bei ihr das Hirn weniger Nudelsieb, sondern mehr Fass ohne Boden, ist sie dann schon wieder mit der Frage gekommen:

»War des jetzt mit Senf?«

Aber diesmal: keine Antwort. Und als sie sich umgedreht hat, ist ihr auch schnell klar gewesen, warum: Es war niemand mehr da. Nicht einmal die Polaroids.

Dreckschwein

Der Fipsi ist sofort raus aus dem Geschäft und zweimal um das ganze Grätzel herum, aber Fehlanzeige. Keine Spur von der Frau, wie vom Erdboden verschluckt – und gleich drauf sein Kreislauf ebenfalls.

Er wollte in alle Richtungen gleichzeitig laufen, wusste aber nicht wohin, konnte keinen einzigen Gedanken fassen, ohne dass er ihm nicht im nächsten Moment von tausend anderen entrissen wurde. Sein Zeitgefühl war weg, die innere Uhr vom Flimmern in seiner Brust zerschossen. Alles schien so weit entfernt und doch so unglaublich nah und schwer auf ihm zu lasten, dass er mitten in Friedberg auf den Meeresgrund gesunken ist, mit brennender Lunge, berstendem Schädel und einem Schwarz vor Augen, das von der Welt nur Umrisse übrigließ.

Und alles nur wegen der Polaroids.

Wo ist sie? Wo hast du sie das letzte Mal gesehen? Wann hast du das letzte Mal mit ihr gesprochen? Der Fipsi hat so verzweifelt auf seinen eigenen Schädel eingeschlagen, dass er fast vornübergekippt wäre, aber er musste einfach einen klaren Kopf bekommen, die Gedanken ordnen, den Macho, den Gustl und all die anderen bösen Geister aus seinem Hirn vertreiben, damit er sich konzentrieren, die Erinnerungen wieder greifen konnte.

Sie hat nicht zurückgerufen. Sie hat nicht zurückgeschrieben. Sie hat dich aber gesehen, nein, du hast sie gesehen!

Wo war das? Auf der Straße, mit ihren Koffern. Wo wollte sie hin?

»Sie wollte zu …«

Schweigen. Pulsieren. Blindes Starren. Geistesblitze, die Funken warfen, die Gedanken wurden, die Netze spannten und rote Fäden zogen. Bruchstücke, die zusammenfanden. Formen, die Gestalt annahmen. Bilder, die sich in die Netzhaut brannten. Und plötzlich ist der Fipsi vom Meeresgrund emporgeschossen, durch Friedberg und in der Zeit zurückgesegelt in die Bier Allee, auf seinen Stammplatz gegenüber vom Andi, nur dass da nicht der Andi gesessen ist, sondern eine Gestalt, die ihm bloß ähnlich war. Aber gesagt hat sie genau das Gleiche wie damals der echte Andi, mit der exakt gleichen kalten und giftigen Stimme.

»Der Macho und der Gustl … die beiden müssen weg.«

Und da hat der Fipsi gewusst, in welche Richtung er laufen muss.

SO EIN OASCH!

Wie von der Tarantel gestochen ist er losgesprintet, denn jetzt war ihm alles klar. Warum das Bild nie so recht passen wollte, was es mit seinem unguten Bauchgefühl auf sich hatte und weshalb jeder Gedanke irgendwie richtig und doch so falsch war. All diese Fragen haben sich von einem Moment auf den anderen aufgelöst und sind zu einer einzigen, radikal logischen Antwort verschmolzen. Und deswegen ist er gelaufen. Wie ein Wahnsinniger. Quer durch Friedberg.

»So ein elendiges Dreckschwein!«

Fipsis Welt hat sich komplett auf den Kopf gestellt, und gleichzeitig lag sie klar und deutlich vor ihm. Alles hat sich neu justiert. Woran er vor Minuten noch verzweifelt ist, war plötzlich wie ausgelöscht. Überschrieben von neuen Gefühlen. Von Hass. Wut. Und Abscheu.

»So ein elendiges, verficktes Dreckschwein!«

Gott sei Dank hat er die Polaroids bemerkt, bevor er die Leberkässemmeln essen konnte, weil mit vollem Bauch hätte er sich bei diesem Tempo ziemlich sicher angespieben. Die Konditorei Schrick, der Gründerbrunnen, die alte Frau Pichlbauer auf ihrer Bank neben der Bushaltestelle – alles ist an ihm vorbeigezogen wie in den Filmen, wo die Raumschiffe mit Lichtgeschwindigkeit durchs Weltall düsen. Und das ist natürlich ein kompletter Blödsinn, eh klar. Aber viel hat nicht gefehlt, und sie hätten ihn in der verkehrsberuhigten 30er-Zone bei der Ulschwertgasse geblitzt.

»So ein elendig verficktes, beschissenes Dreckschwein!«

Wahrscheinlich wäre er sogar noch schneller gewesen, wenn er nicht andauernd geflucht hätte, aber andererseits – wer weiß? Vielleicht hat ihn ja genau das angetrieben. Glaubt man gar nicht, was blinder Hass so freilegen kann. Da werden geschasste Seitensprünge zu Raubtieren, fragile Mobbingopfer zu robusten Amokläufern, verbrämte Lehrer zu Dämonen und der Fipsi eben zum Marathonläufer. Und alles nur wegen der Polaroids. Alles nur wegen Vali.

»So ein elendig verficktes, beschissen hinterfotziges Dreckschwein!«

Langes pechschwarzes Haar. Honigfarbene Haut. Zarte Lippen. Vali sah auf den Polaroids aus wie das Mädchen aus Gustls Beschreibung. Das tote Mädchen. Das tote, fast bis zur Unkenntlichkeit entstellte Mädchen, das der Macho zersägt und gemeinsam mit anderen Leichen am Friedhof verscharrt hatte. Und seit diesem Tag hat der Fipsi keine Antwort mehr von Vali bekommen, seit diesem Tag hat er sie nicht mehr gesehen. Der Tag, an dem sie mit Sack und Pack durch Friedberg marschiert ist, um sich mit Andi zu treffen.

»Elendiges …!«

Nicht eine Sekunde lang hätte er seinen Lügen glauben dürfen. Dass er sich sorgt um Vali. Um sein Kind, seine Familie, um überhaupt irgendwen. Dem war das doch alles sowas von scheißegal, ein Kind mit Vali war das Letzte, was er wollte. Der Andi hat noch nie Verantwortung übernommen, für nichts, und schon gar nicht für Vali. Die war ihm ja immer nur gut genug zum Ficken, und dann ist er wieder nach Wien abgehauen, zu seiner depperten Uni und dem depperten Buch. Mehr hatte der doch nicht im Schädel: Berühmt werden mit seiner Schreiberei, das war ihm wichtig, das hat gezählt. Alles andere war ihm doch bloß im Weg.

»… Dreckschw…«

Und jetzt ist selbst dem Marathon-Fipsi die Puste ausgegangen, weil irgendwann erlischt auch die rasendste Wut. Treibstoff aufgebraucht, Reserven zu Ende, tilt! Zurück bleibt nur ein klaffendes Loch im Tank, und man fängt an, sich wieder zu spüren. Die brennende Lunge, das Seitenstechen, die bleiernen Beine und die Verzweiflung. Das unerbittliche Gefühl der Scham, dass er sich so lange auf der Nase herumtanzen hat lassen. Dass er auf Andis Schachbrett bestenfalls Bauer war, beliebig verschiebbar, willenlos gefügig. Für ihn ist er zu Valis Besänftiger geworden, hat ihr gut zugeredet, ihr Hoffnungen gemacht und sie dadurch blindlings in den Untergang geführt.

Und selbst? Selbst hätte er sich beinahe aus einem fahrenden Auto für ihn geschmissen. Für seinen einzigen echten Freund. Sie sind gemeinsam aufgewachsen, zur Schule gegangen, konnten über jeden Scheiß lachen und reden. Dick und dünn, gut und schlecht, himmelhochjauchzend und bitterbös endend, alles haben sie zusammen erlebt, wirklich alles. Und jetzt ist der Fipsi vor Andis Elternhaus gestanden, durchgeschwitzt und am Ende seiner Kräfte, aber bereit, seinem besten Freund die Wahrheit aus dem Leib zu prügeln. Denn auch wenn jede einzelne Muskelfaser in seinem Körper brannte, wenn jeder Herzschlag bis hoch in seinen Schädel hämmerte und er vor Erschöpfung am liebsten zusammengebrochen wäre – die Angst ließ ihn keine Sekunde lang ruhen. Diese eine, alles bestimmende, alles überlagernde und alles verzehrende Angst, dass Vali etwas zugestoßen sein könnte. Diese Angst hat ihn auf den Beinen gehalten.

Und sie hat ihm die Kraft gegeben zu tun, was getan werden musste.

Die linke und die rechte Hand des Serben

Von der Milena ist der Mirko auf den Radko gekommen, aber dann war auch schon wieder Schluss, weil der Radko hat den Macho damals nur vom Puff rüber ins Herrenzimmer geschleift und aus. Mehr Informationen hatte der nicht. Also musste sich der Mirko weiter umhören und siehe da, ist er bei den Bordsteinschwalben und der Fanija gelandet oder besser gesagt bei der Frage: Wo ist die Fanija gelandet?

Und wenn Sie sich jetzt fragen: Gelandet, wieso gelandet, wo ist sie denn hingeflogen – nein, nein, ganz falsch. Die hätte ja gar nicht fliegen dürfen in ihrem Zustand. Die hätte eigentlich gar nichts mehr gedurft, und das war ja das Problem. Eine Zeit lang kann man so eine zumindest den Perversen unterjubeln, aber ist die Wampe dann so richtig rund, werden Schwangere halt zum Problem. Normalerweise passiert so etwas ja nicht, weil Pille, Kondome – Grundausstattung.

Nur leider: Fanija Sondermodell der Extraklasse.

Da gab es so eine großkopferte Kundschaft, Berni haben sie ihn genannt, wegen seiner bernsteinfarbenen Zähne. Der hat sich unbedingt einbilden müssen, er braucht etwas Reines, etwas Unangetastetes. Und weil er mit wirklich viel Geld angekommen ist, haben sie ihm die Fanija importiert. Rabenschwarzes Haar, Alabasterhaut, eisgraue Gletscher-Augen und gerade mal 14 Jahre jung – dem Berni ist fast die Hose geplatzt, so begeistert war der. Am liebsten hätte er sie gleich mitgenommen, aber natürlich: zuhause Frau und Kinder, im Büro die Geliebte, da kommt so eine Fanija eher schlecht. Also hat er sie quasi exklusiv gemietet. Zimmer, Küche, Kabinett, Garderobe, da ließ er sich nicht lumpen. Selbst bei der Verpflegung: nur Bio, viel Wasser, wenig Zucker, kein Gramm Fett. Für die anderen Mädels hat der Puff-Koch die Schnitzel im rostigen Fritter rauspaniert, für die Fanija hingegen durfte es nur Bachforelle an zartem Dünstgemüse sein, da war die Speisekarte streng.

Und wenn einer so penibel auf die Reinheit achtet, sind Hormone natürlich auch absolutes Tabu. Aber bitte: Kondome nicht, Pille nicht – da hat der Berni im Bio-Unterricht wahrscheinlich viel geschlafen, wenn ihm nicht klar war, auf was das hinauslaufen wird.

Einmal haben sie das Problem mit einer Ausräum-Pille in den Griff bekommen, ganz heimlich, aber beim zweiten Mal hat die Fanija nix gesagt. Erst wie der Berni unruhig geworden ist, ob wirklich nur Bachforelle und gedünstetes Gemüse, weil die Fanija bald mehr Hüftgold hatte als daheim seine Frau, da sind sie ihr draufgekommen.

Wahrscheinlich hat sie sich gedacht, mit einem Baby im Bauch kommt sie raus aus der Bachforellen-Dünstgemüse-Zwickmühle, und war ja im Prinzip auch richtig, weil der Berni wollte gleich darauf eine neue Fanija. Nur leider: alte Fanija Dorn im Auge. Schließlich hätte sie ihn früher oder später im Fernsehen oder in der Zeitung erkennen können, und das geht ja nun mal nicht. Also hat der Berni ein bisschen Geld nachgelegt, damit die Fanija ihn ganz sicher nie mehr wieder erkennen wird.

Und wie sie dann wirklich von einem Tag auf den anderen ex und hopp, haben die linke und die rechte Hand vom alten Serben die Fanija in ein Fass gestopft, auf einen Transporter geladen und sind mit ihr mitten in der Nacht abgerauscht – und der Mirko: unauffällig hinterher. Zuerst nur mit halbem Interesse, weil eigentlich hat er damit gerechnet, dass sie die Fanija wie sonst immer zum Schrottpressen-Costa bringen. Aber haben sie nicht, und zum Sägewerk-Stani auch nicht und beim Betonpatschen-Branko sind sie auch vorbeigefahren. Und als die Linke und die Rechte dann bei der Autobahnabfahrt Richtung Friedberg abgefahren sind, ist ihm auch klar geworden, warum.

Irgendwie muss sein Vater hinter seinem Rücken einen Deal mit den Bestattern ausgehandelt haben, oder die mit ihm, oder keine Ahnung, das hat der Mirko nicht sofort überzuckert. Da musste er erst am nächsten Tag der linken Hand einen Besuch abstatten und ein bisschen nachbohren, um zu verstehen. Und tatsächlich: Mit dem letzten Atemzug hat die Linke alles vom Macho und dem Deal mit Mirkos Vater ausgeplaudert. Aber das war noch nicht alles, weil dann ist er zur rechten Hand gefahren, und die hat sich den letzten Atemzug für etwas ganz Besonderes aufgehoben. Für eine kleine Geschichte über den Macho, den alten Serben, einen Auftragskiller und einer Toilette in der Café Bar Rosa.

Heißer Brei

Der Fipsi ist vor der Tür von Andis Elternhaus gestanden wie der Hannibal vor Rom. Elefanten hat er zwar keine dabeigehabt, Armee auch nicht, aber sonst – ganz der Eroberer. Gut, ich glaub kaum, dass der Hannibal damals an die Tür von Rom geklopft hat, um zu fragen, ob der Caesar rauskommen kann zum Reden, so wie der Fipsi jetzt Andis Mutter gefragt hat. Doch selbst wenn: Herausgekommen wäre der Caesar sowieso nicht. Und der Andi auch nicht, weil der war nämlich gar nicht da. Aber zu Fipsis Pech hatte seine Mutter gebacken.

Einen Lindenblütentee und zwei trockene Haferflocken-Dinkelcookies später war der Fipsi wieder am Weg nach Hause und einigermaßen beruhigt. Besser so, hat er sich gedacht, weil mit so viel Wut und Verzweiflung im Bauch trifft man selten gute Entscheidungen. Und während er so am Trottoir entlanggeschlichen ist, humpelnd und mit der Körperspannung einer zerkochten Spaghetti, kam ihm seine Vali-Andi-Meuchelmord-Spinnerei auch immer lächerlicher vor. Langes pechschwarzes Haar, zarte Lippen – so sehen die doch alle aus, die Orientalinnen. Wird der Gustl irgendeine Puff-Dunja gesehen haben, der Vali geht's blendend, und sie ist wahrscheinlich wirklich noch sauer auf ihn, kann ja gut sein. Es war halt nur: die Polaroids, die Beschreibung, das nicht Zurückschreiben – das hat sich alles so perfekt zusammengefügt, na klar, dass ihm da die Nerven durchgegangen sind. Komisch war die ganze Geschichte ja schon.

Der Fipsi ist jetzt immer langsamer und langsamer geworden und hat sogar kurz überlegt, ob er sich nicht einfach in irgendeinen Busch schlafen legen soll, weil das war alles, was er wollte. Schlafen und am liebsten nie wieder aufwachen. Nicht denken, nicht entscheiden, nicht hinterfragen, wer gut, wer böse, was richtig, was falsch, nix. Einfach nur schlafen. Aber da er sich nicht mal für Busch oder nicht Busch entscheiden hat können, ist er dann doch bis nach Hause geschlurft. Und rückwirkend betrachtet muss man sagen: Busch wäre besser gewesen.

»Was machst'n du da?«

In dem Moment, wo der Fipsi schon von weitem Licht in seinem Zimmer gesehen hat, war das ungute Gefühl im Bauch wieder da. Wie er am Golf in der Auffahrt vorbei ist, kam auch die Anspannung zurück, und als er dann beim Öffnen der Tür die Klinke fast abgerissen hätte, war klar: Schlafen konnte er sich abschminken.

»Solitär spielen«, hat der Andi geantwortet und wie zum Beweis ein paar Mal auf der Maus herumgeklickt.

»Ist das bei dir daheim nicht installiert?«

»Doch, aber auf deinem Rechner läuft das so schön flüssig.«

Mit dem Schmäh ist ihm der Andi schon tausendmal gekommen, weil bei Fipsis Blechtrottel aus dem Jahre Schnee hat allein das Spielstarten so lange gedauert, dass man sich die Karten auch aufmalen und ausschneiden hätte können.

»Wusstest du, dass Solitär eigentlich Patience heißt und im 18. Jahrhundert von einem französischen Adeligen erfunden wurde, während er auf seine Hinrichtung gewartet hat?«

Und das war jetzt wieder so eine Aussage, die kann nur vom Fipsi kommen, eindeutig. Da brennen ihm tausend Fragen wie Feuer unter den Nägeln, die Nerven gespannt wie Drahtseil, die Stimmung eh kaum zum Aushalten, und was macht er? Einen auf Schlaubi Schlumpf und referiert über die Kartenspielgeschichte Europas.

Ein gescheites Gespräch ist so natürlich schwer zustande gekommen; nicht zum Anhören, dieses Geplänkel. Weil der eine so: Was machst du wirklich da? Der andere: Auf dich warten. Dann der eine wieder: Und warum wartest du auf mich? Der andere: Man wird ja wohl noch warten dürfen! Na jetzt sag, warum du wartest? Na was glaubst du, warum ich warte! Ping, Pong, piff, paff, hin, her – so ist das die ganze Zeit gegangen, quer über den heißen Brei hinüber, bis der Fipsi dann doch etwas Substanzielleres gefragt hat.

»Wie geht's 'n der Vali?«

»Gut.«

»Hab schon lang nix mehr von ihr gehört.«

»Hast sie wohl letztens am falschen Fuß erwischt.«

Treffer. Aber so einfach hat sich der Fipsi nicht abwimmeln lassen.

»I wollt ihr morgen was im Pfarrhaus vorbeibringen.«

Natürlich eine Lüge.

»Was denn?«

»Ein Buch.«

Eine ziemlich schlechte Lüge.

»Was 'n für ein Buch?«

Fipsis Blick ist panisch im Zimmer umhergewandert, in der Hoffnung, dass ihn irgendetwas Sinnvolles anspringt.

»Das hat sie mir einmal geborgt.«

»Die Vali hat dir ein Buch geborgt?«

Der Blick ist gewandert und gewandert. Ein Regenponcho, Werbegeschenk. Die Eintrittskarte vom »Rock im Wald-Festival« letztes Jahr. Vier Kabelbinder. Sonnenbrillen. Magnesiumtabletten, eine Fahrradpumpe, Isomatte, Socken – es war zum Verzweifeln. Nichts in seinem Zimmer hat ihm weitergeholfen. Erst beim CD-Regal ist dann irgendeine Synapse doch noch mit einer Idee um die Ecke gekommen.

»Ja. Über Albanien.«

»Albanien? Was brauchst du ein Buch über Albanien?«

»Recherche. Für einen Krimi.«

»Und du kannst Albanisch?«

»Ist auf Deutsch.«

»Aha.«

Der Fipsi hätte sich nie im Leben gedacht, dass ihm das mit Abstand schlechteste Weihnachtsgeschenk seiner Jugend doch noch mal nützlich sein würde. Aber vielleicht Zufall, vielleicht Fügung des Schicksals, keine Ahnung, jedenfalls war er jetzt sehr dankbar, dass seine Mutter einer der größten Albano-Carrisi-Fans überhaupt war.

»Ich bring sie ihr dann morgen.«

»Sie?«

»Na die CD.«

»I hab dacht ein Buch?«

»Ja, mein ich ja.«

Lügen hat der Fipsi wirklich noch üben müssen. Aber bitte, Hauptsache der Andi ist drauf eingestiegen.

»Kannst mir das Buch geben.«

»Wieso?«

»Na weil die Vali nicht mehr im Pfarrhaus arbeitet.«

Jetzt ist es interessant geworden.

»Seit wann?«

»Seit eh schon länger.«

»Und warum?«

»Die hat ihre Mutter nicht mehr ausgehalten. Ist von zuhause weg und versteckt sich.«

Sehr interessant.

»Bei dir in Wien?«

»Nein, ich hab da jetzt keinen Kopf für. Abschlussprüfungen und alles. Ich hab sie woanders versteckt.«

»Und wo?«

»Ein Versteck ist ein Versteck, weil es versteckt ist.«

»Geh bitte...«

»Na nix geh bitte!«

Der Andi ist sich jetzt vorgekommen wie in einem Verhör, und das hat ihn dann doch ein wenig fuchsig gemacht.

»Die Vali ist an einem sicheren Ort, und niemand braucht wissen wo, bis die Situation geklärt ist.«

»Welche Situation?«

Und dass der Fipsi jetzt derart auf der Leitung gestanden ist, war strategisch auch keine Meisterleistung.

»Welche Situation? Das fragst du noch, welche Situation? Hubsi tot, Geri tot, Gustl außer Kontrolle, Macho was weiß ich was, und du fragst, welche Situation?«, ist der Andi ein bisschen lauter geworden.

»Weißt du, bei wem die Serben als Nächstes das Messer ansetzen? Hast du eine Ahnung, wie die drauf sind? Oder der Macho? Der Hubsi hätte was wissen können, der Geri auch – glaubst du, die liegen zufällig am Friedhof? Die Serben, der Macho, was weiß ich wer, die schalten alle potenziellen Mitwisser aus. Vielleicht liegt morgen der Junior in der Kühlkammer. Oder der Burschi. Oder wir oder die Va...«

Der Andi hat mitten im Satz aufgehört zu sprechen, seine Augen geschlossen und die Lippen so fest aufeinandergepresst, dass sie ganz blass geworden sind. Er musste erst ein-, zweimal tief durchatmen, bis er wieder weiterreden konnte.

»Um keinen Preis der Welt erfährt irgendwer, wo die Vali ist. Du nicht, Valis Mutter nicht, niemand. Bis ihr keine Gefahr mehr droht. Bis die Situation geklärt ist. Basta.«

Und plötzlich hat alles einen Sinn ergeben – schon wieder. Zum x-ten Mal ist Fipsis Welt auf den Kopf gestellt worden, zum x-ten Mal musste er umdenken und seine Überzeugung über den Haufen werfen. Und das war einmal zu viel. Der Fipsi hat immer gedacht, dass es nur einen Sinn, eine Wahrheit, eine echte Wirklichkeit geben kann, aber Fehlanzeige. Realität ist Ansichtssache, und diese Erkenntnis hat ihn komplett aus der Bahn geworfen. Und eigentlich völlig verständlich, weil: Wenn alles Sinn macht, wenn alles gleich logisch oder unlogisch, wahrscheinlich oder unwahrscheinlich, plausibel oder unplausibel ist – was bringt einem das ganze Hirnschmalz dann? Nichts. Gar nichts. Und wenn Wissen nicht mehr weiterhilft, ist das Einzige, was bleibt, der Glaube.

Und jetzt große Preisfrage: An was hat der Fipsi geglaubt? An den Andi, der nichts anderes will, als sich und seine Familie schützen? Oder an den Andi, der über Leichen geht? Eigentlich nicht schwer zu erraten, für was sich der Fipsi entschieden hat.

»Bier?«

»Bier.«

Mit letzter Kraft hat der Fipsi zwei Flaschen aus der Küche geholt und ist dann auf der Couch zusammengesackt. Drei oder vier Minuten haben sie nur geschwiegen und die Decke angestarrt, bis er die Stille nicht mehr ertragen konnte.

»Ich glaub, ich weiß, wer den Hubsi umgebracht hat.«

Schweigen.

»Der Gustl.«

Keine Reaktion.

»Und sicher bin ich mir nicht, aber es könnte sein, also es deutet vieles darauf hin, dass er vielleicht... na ja. Seine Mutter ist auch weg.«

Vom Andi ist immer noch nichts gekommen, also hat der Fipsi einfach weitererzählt. Von der Wohnung, dem unglaublichen Saustall, dem Auszucken, der Macho-zersägt-Menschen-und-lacht-Story, dem Gebiss im Glas, der Bauchtasche in den Bremsscheiben – er hat sich jetzt alles von der Seele geredet. Kein Zurückhalten mehr, keine Geheimnisse, nichts. Nur das Detail mit der Polaroid-Vali ist er schuldig geblieben, weil unnötig böses Blut wollte er nicht riskieren. Und so richtig schlau ist er aus dem Andi eh nicht geworden. Der ist nur dagesessen und hat zugehört. Einfach so, mit finsterer Miene. Hat Löcher in die Luft gestarrt und schien total abwesend zu sein. Bis er plötzlich wieder da war. Mit einem einzigen, nüchternen und bedingungslosen Satz.

»Die müssen weg, oder wir sind die Nächsten.«

Und in dem Moment hat der Fipsi gewusst: Jetzt war es beschlossene Sache. Jetzt war es keine Frage mehr des Ob, sondern nur noch des Wie, Wann und Wo. Jetzt war es eine Frage der richtigen Strategie.

Pederu jedan

»Papa, was sollen das, ha?«

Nach dem letzten Atemzug der linken und dem letzten Atemzug der rechten Hand lag der Alte jetzt selbst auch in den letzten Zügen – und mit Mirkos Fuß auf der Brust und der klaffenden Schusswunde im Bauch sind ihm nicht mehr viele davon übrig geblieben.

»Seit wann schießen du auf eigene Sohn, ha?«, hat sich der

Mirko echauffiert und den Streifschuss auf seinem Oberarm missbilligend betrachtet.

»Ist doch sonst gar nicht so deine Art, ha? Sonst holen du doch jemand, der schießt!«

Der alte Serbe lag am Boden, seine getreue Luger ein paar Zentimeter zu weit entfernt. Normalerweise galt ja bei ihm ein Schuss, ein Treffer, aber wenn man auf den eigenen Sohn zielt, dann ist das halt so eine Sache. Der Mirko hingegen hat mit dem Schießen auf Verwandtschaft überhaupt keine Probleme gehabt. Glatter Bauchschuss, sauber, mittig, tödlich.

»Warum Papa, ha? Warum hast du mich verraten? Sag mir, warum?«

Nein, definitiv, die Luger lag außer Reichweite, da hat der Alte seine Finger strecken können, wie er wollte. Das und der massive Blutverlust – er war sich jetzt ziemlich sicher: Das teure Fischgrätparkett, die Kunstschätze, der Metternichschreibtisch, das alles würde er zum letzten Mal sehen. Er konnte nur noch ein bisschen röcheln.

»Er... sollte dich nicht treffen. Er sollte nur Denkzettel...«

»Eine Denkzettel, Papa, ha? Eine Denkzettel? Sieht für dich aus wie eine Denkzettel, ha?«

Den Mirko hat die Antwort seines Vaters nicht unbedingt beruhigt.

»Warum, Papa? Was ich dir getan? Ich doch immer gute Sohn für dich. Habe alles gemacht für dich. War es wegen die Friedhof? Ha? Weil ich hinter deine Rücken ein paar Leichen entsorgt habe? Ha? War es das? Hast du mir nicht gegönnt, was Eigenes auf die Beine zu stellen, ha? Hast du deswegen deine scheiß Killer angesetzt auf mich? Auf deine eigene Sohn, ha?«

Der Mirko bekam langsam einen hochroten Schädel, im Gegensatz zum alten Serben, weil in dem seinem Gesicht hat man die Farbe mit der Lupe suchen müssen. Die Blutlache am Fischgrät ist auch immer größer geworden, die rote Suppe lief ihm aus dem Mund – nein, da war definitiv keine Überlebenschance mehr, selbst das Röcheln ist ihm mittlerweile schwergefallen.

»Nein. Nein. Nein«, hat der Mirko nur gehört, der Rest war unverständliches Gegurgel. Musste er sich runterbeugen und nachhaken.

»Warum, Papa, ha? Warum?«

Er ist so weit runtergegangen, bis es nicht mehr ging. Bis er mit seinem Ohr schon fast am Gesicht des Alten gelegen ist und zwischen dem Geröchel und Gegurgel, dem rasselnden Atem und dem erstickten Husten, hat er doch noch zwei Worte verstanden.

»Pederu jedan.«

Und das ist vielleicht so ein Kulturding, kann ich schwer sagen, aber die Serben haben es anscheinend nicht so mit dem Friedenschließen am Sterbebett. Weil im letzten Atemzug den Sohn eine dreckige Schwuchtel nennen, das bringt schließlich niemandem etwas. Dem Alten nur eine ungute Fahrt in die Hölle, dem Mirko einen noch roteren Schädel, und das Fischgrätparkett war jetzt komplett hinüber. Ewig schade.

Der vierte August

Den Macho überreden war eigentlich kein Problem. Der Andi hat zwar ein bisschen nachgeholfen und erzählt, dass der Gustl dem Rebhansel im Vollrausch beinahe alles gebeichtet hätte, aber im Prinzip war die Lügerei unnötig. Der Macho hat schon länger mit dem Gedanken gespielt, den Gustl aus dem Weg zu räumen. Einfach weil man Alkoholikern nicht trauen kann. Und dass der Andi seiner Meinung war, hat ihn nur bestärkt.

Beim Gustl war die Sache schon schwieriger.

Da ist der Andi gegen eine Wand gelaufen, und erst als der Fipsi dazugekommen ist, wollte er hören. Geredet hat aber wieder nur der Andi und im Prinzip dasselbe wie zuvor: dass ihn der Macho hinterrücks aufs Übelste beschimpft. Dass er über ihn herzieht, über ihn lacht und vor allem: dass er ihn am liebsten aus dem Weg räumen würde.

Und während der Andi dem Gustl einen Bären nach dem anderen aufgebunden hat, ist der Fipsi nur dagesessen und war fassungslos, wie er das konnte. So viele Lügen, so viele Unwahrheiten, und das ohne mit der Wimper zu zucken. Der Fipsi hätte das nicht gekonnt, aber dass ihn das zu einem besseren Menschen gemacht hat – der Illusion ist er nicht verfallen.

»Stimmt's Fipsi?«

Er war ja Teil des Plans, den Macho und den Gustl gegeneinander aufzuhetzen. Hat ihn sogar ein bisschen korrigiert, nachjustiert. Und deswegen ist er um keinen Deut besser gewesen als der Andi.

»Fipsi?«

Im Gegenteil, er war ein noch viel schlechterer Mensch, weil feigste Sau auf Gottes Erde. Hat dem Andi die ganze Drecksarbeit überlassen, und selbst ist er nur dagesessen, maulfaul wie immer, ohne ein Wort herauszubringen.

»Fipsi!«

Aber damit war jetzt Schluss. Er hat die Suppe eingebrockt, er wird sie wieder auslöffeln. Bis alles wieder gut wird. Bis alles ein für alle Mal geregelt ist. Und aus.

»FIPSI! KÖNNTEST DU JETZT BITTE AUCH MAL WAS SAGEN!«

Der Andi hat sich die Stimme aus dem Hals schreien können, wie er wollte – keine Reaktion, keine Antwort, null. Der Fipsi ist einfach nur dagesessen und war irgendwo, nur nicht hier. Also hat es der Gustl versucht:

»Glaubst du das auch? Dass mich der Macho aus dem Weg haben will? Das ist doch lächerlich...«

Und plötzlich war der Fipsi wieder da, zurück aus seinen Gedanken, angekommen im Hier und Jetzt. Mit im Gepäck: eine einzige simple Frage:

»Glaubst du, du kannst es dir leisten, es nicht zu glauben?«

Eine Frage, und alles war entschieden. Der Andi hat zwar noch weiterpalavert, dass der Gustl bloß aufpassen soll, dem Macho nicht mehr vertrauen darf, vielleicht eine Waffe zur Verteidigung, Augen offen, wachsam sein, und, und, und.

Aber im Prinzip haben sie ihn genau da gehabt, wo sie ihn haben wollten.

Schon am darauffolgenden Tag war alles anders. Der Gustl ist fast nüchtern bei der Arbeit erschienen. Tags darauf auch und den nächsten wieder. Er hat sogar halbwegs fit ausgesehen, wach im Kopf, frisiert und vor allem: immer hab Acht. Hat den Macho nie aus den Augen gelassen, ihm nie den Rücken zugedreht, keine Sekunde lang. Und eigentlich paranoid, weil der Macho hätte ihm ja nicht am helllichten Tag das Messer reingerammt, aber ich persönlich glaube ja, der Gustl hat geübt. Für den Tag X. Den vierten August.

Jetzt fragen Sie sich wahrscheinlich: Der vierte August? Was soll da sein, am vierten August? Ich sag es Ihnen: Der Vierte ist der erste Samstag im Monat. Und da ist seit Jahren immer das gleiche Spektakel: Großheuriger-Eröffnung in Mugldorf UND in Stanglbach. Ein betriebswirtschaftlicher Selbstmord, wenn Sie mich fragen, weil die Ortschaften liegen ja nur sieben Kilometer auseinander. Aber so ist es nun mal, und so wird es auch immer sein. Ganz einfach weil sich die Mugldorfer und Stanglbacher hassen wie die Pest. Weiß man nicht warum, wahrscheinlich wegen einer uralten Frauengeschichte, jedenfalls gönnen sie einander nicht einmal die Freude am Saufen und luchsen sich mit immer ausgefalleneren Lockangeboten gegenseitig die Leute ab. Das heißt Jahr für Jahr mehr Freibier, mehr Gaudi, mehr Zuckerwatte, Schnitzel, Hutschen, Autodrom, alles muss bunter, höher, besser – nanonanet sind da die Leute auch schneller unterwegs gewesen. Und weil leider nicht nur im Autodrom, ist der erste Samstag im August seit Jahren schon der Tag mit den meisten Verkehrstoten in der Gegend. Auf Platz zwei: der Auftakt zum Adventsmarkt am 25. November (Glühwein). Platz drei: Pfarrfest (Grüner Veltliner), Platz vier: Maibaum aufstellen (Bier und Obstler) und zu guter Letzt, ganz klassisch: Silvester (alles zusammen). Das hat sich noch der alte Chef irgendwie statistisch ausgerechnet, und der ist dann auch mit der Regel gekommen, dass an diesen Tagen immer zwei Bestatter Nachtdienst haben müssen, nie einer allein. Weil sonst sind die oft gar nicht nachgekommen, mit dem Alkolenker vom Baum abkratzen.

Und jetzt raten Sie mal, welche zwei Bestatter an diesem vierten August Nachtdienst hatten. Genau, der Macho und der Gustl, so etwas steht ja schon immer Wochen vorher im Dienstplan. Deswegen war es dem Andi und dem Fipsi ja auch so wichtig, dass sie die beiden rechtzeitig gegeneinander in Stellung bringen konnten. Weil wann, wenn nicht in dieser Nacht? Beide alleine in der Bestattung, beide einen Hass aufeinander, Sarg in Reichweite, genügend Platz in der Kühlkammer – bessere Bedingungen kann man gar nicht schaffen, damit sich die zwei erschlagen.

Jetzt sagen Sie wahrscheinlich zu Recht: Was ist mit den ganzen Alkolenkern? Wer soll die dann vom Baum abkratzen? Die stören doch das gegenseitige Abmurksen! Hat der Fipsi damals beim Planschmieden auch gesagt, aber der Andi mit Bravour parliert: Zange. Worauf der Fipsi: Zange? Und der Andi wieder: Telefonleitung.

Bestattung

Aber wie der Fipsi jetzt mit der Zange vor dem Telefonkasten stand und die Leitung zur Bestattung durchgeknipst hat, ist ihm plötzlich noch etwas eingefallen.

»Kommt das der Polizei nicht komisch vor, wenn sich die Geisterfahrer stapeln und sie bei der Bestattung nie durchkommen?«, ist er den Andi panisch angefahren, doch der ganz souverän:

»Wenn bei uns niemand abhebt, dann rufens halt bei den Gramatkirchnern an. Totentaxler sind Totentaxler.« Und recht hat er gehabt, weil die Bestattung in Gramatkirchen ist zwar ein bisschen weiter weg, aber im Prinzip auch nicht mehr als eine Zigarettenlänge oder eine halbe.

»Ruhig jetzt, da kommt was.«

Und wirklich: In dem Moment ist der Leichenwagen in die Straße eingebogen und der Andi und der Fipsi – wie die Blitzwiesel – sofort hinter dem Telefonkasten in Deckung gegangen. Weil wenn der Gustl und der Macho sie gesehen hätten – ganzer Plan im Arsch. Und eigentlich ziemlich riskant von ihnen, sich so nah bei der Bestattung zu verstecken, aber es ging nicht anders. Sie haben ja da sein müssen, wegen dem Motiv.

Das war die zweite Frage vom Fipsi, wie sie den Plan besprochen hatten: Was ist das Motiv? Als alter Krimi-Kapazunder hat er ja gewusst, dass die Polizei immer nach einem Motiv sucht, und zwei tote Bestatter, aber kein Motiv – da sind die Fragen natürlich vorprogrammiert. Und stellt die Polente Fragen, wühlt sie rum, steigt jedem auf die Zehen und früher oder später fliegt die ganze Chose auf. Dann wäre alles umsonst gewesen.

Doch auch daran hatte der Andi gedacht.

Ich weiß nicht, ob Sie sich erinnern können, aber wie die beiden damals dem Macho von der Bier Allee nachgefahren sind, da haben sie ihn ja beim Leichenfleddern ertappt. Das war vor der Serben-Misere – klingelt's? Genau, und wie sie ihn erwischt haben, hat der Macho dem Andi ja vier Backenzähne mit Goldfüllung in die Hand gedrückt, nach dem Motto: Nimm, aber halt's Maul. Und jetzt kommts: Er hatte die Zähne noch. Die sind die ganze Zeit über in einer Zigarrenschachtel in Andis Wohnung in Wien gelegen, weil er hat sich gedacht: Wer weiß, wozu die noch einmal gut sein werden. Und tatsächlich, als Motiv waren die Zähne mehr als nur ihr Gold wert. Der Fipsi und der Andi mussten sie nur am Tatort liegen lassen, und schon hätte die Polizei nicht einfach zwei Tote und tausend Fragen, sondern zwei Tote und ein Motiv: Leichenfledderer. Und den Rest würden sie sich irgendwie zusammenreimen. Einer wahrscheinlich gierig geworden, schlechtes Gewissen bekommen oder sonst was und zack, gegenseitig die Gurgel aufgeschlitzt. Fall erledigt, ab nach Hause.

Vier goldgefüllte Backenzähne als perfektes Motiv – genial, wie gut der Andi den Plan durchdacht hat. Es war sogar so genial, dass es dem Fipsi ein bisschen gespenstisch vorgekommen ist. Weil eigentlich sollte ja er auf dem Gebiet der

Spezialist sein, wegen der ganzen Krimi-Schreiberei und so. Aber falsch gedacht, auf so eine lupenreine Geschichte wäre er nie gekommen. Na gut – mehr oder weniger lupenrein.

Einen Unsicherheitsfaktor hat es schon gegeben, und das war, neben dem Motiv, der zweite Grund, warum der Fipsi und der Andi bei der Bestattung sein mussten. Der weitaus heiklere Grund. Weil angenommen, der Macho verfehlt den Gustl oder der eine ritzt den anderen nur leicht an. Harmloser Bauchstich, Platzwunde am Kopf – davon stirbt ja keiner. Und es kann ja auch sein, dass der Macho schneller ist als der Gustl oder umgekehrt. Im Prinzip war es sogar äußerst wahrscheinlich, dass einer von den beiden überleben würde. Im besten Fall schwer verletzt, im schlechtesten nur leicht angekratzt. Und dann? Was dann? Können Sie sich ja denken, was dann.

Und wie der Fipsi jetzt hinter dem Telefonkasten gekauert ist und das Springermesser in seiner Hosentasche gespürt hat, ist ihm wieder ganz schlecht geworden bei dem Gedanken. Beim Andi war es nicht viel anders, aber es hat ja nichts geholfen: Die Sache musste ein Ende finden. Hier, jetzt, in dieser Nacht. Keine Ausflüchte mehr, keine Notlösungen. Wenn etwas sein muss, dann muss es sein.

Der Leichenwagen ist mittlerweile im Innenhof verschwunden, und die beiden sind hinter ihrem Versteck hervor zur Tür geschlichen.

»Hörst du was?«

Kopfschütteln. Vorsichtig haben sie die Tür einen Spaltbreit aufgemacht und hineingelugt. Keiner da, Luft rein. Sind sie weiter in den Innenhof, am Leichenwagen vorbei und zum Schaufenster.

Und bitte, da muss ich kurz wieder einhaken, weil Sie werden sich jetzt sicher denken – Schaufenster? Was ist das für eine Bestattung, mit Schaufenster? Aber früher war das ja alles anders. Früher haben sie dort die Sargmodelle ausgestellt, da hat man sich alles anschauen können: Mahagoni, Kiefer, Eiche, XXL oder XXS für die Kleinen – quasi als Blickfang für die Hinterbliebenen. Aber wie der Juniorchef dann mitsamt der Sargmodelle in das Edelbüro am Marktplatz gezogen ist und in der Bestattung mit seinen Umbauten alles verschlimmbessert hat, wurde der Arbeitsraum eben in den ehemaligen Schauraum übersiedelt. Und die Fensterfront haben sie einfach mit Folie zugeklebt. Kompletter Schwachsinn, wenn Sie mich fragen, doch an diesem Tag äußerst nützlich. Weil der Andi und der Fipsi haben sich gedacht, dass sie durch das Glas lauschen können, was drinnen zwischen dem Macho und dem Gustl alles passiert. Nur leider: Plan und Realität sind halt zwei verschiedene Paar Schuhe. Keinen Mucks haben sie gehört. Konnten sie aber auch nicht, weil drinnen: Schweigeminute.

Der Macho und der Gustl sind nur dagesessen und haben nix gesagt. Abwechselnd das Telefon angestarrt, die Zeitung, ein bisschen die Arbeitsfläche gereinigt, den Farn gegossen und darauf gewartet, dass die Zeit vergeht. Bis der Macho dann doch etwas von sich gegeben hat.

»Ruhig heute.«
»Mhm.«
Pause.
»Ich hab einen neuen Reifen für den Katafalk bestellt.«
»Aha.«
»Der alte vorne links, der eh schon geflickt ist, der macht es nicht mehr lange. Und bei dem ganzen Gewicht, das der in letzter Zeit tragen muss – da darf man sich nicht spielen.«
»Wenn du das sagst.«
»Hab ihn dabei. Soll ich ihn holen?«
»Wen?«
»Na den Reifen!«
»Ah. Okay«
»Dann hol ich ihn mal. Ist im Kofferraum. Bin gleich wieder da.«

Draußen sind die Burschen an der Glasscheibe gekauert und haben kaum etwas verstanden.
»Vorraum? Hat er Vorraum gesagt?«
»Psst!«
»Kannst du das verstehen? Was reden die da?«
»Ich glaub auch Vorraum.«
»Aber wir haben keinen Vorraum!«
»Vielleicht Hubraum? Die reden über Autos!«
»Seit wann reden die denn über...«
»ACH FUCK, KOFFERRAUM!«

Und mich soll der Blitz treffen, wenn ich lüge, aber wirklich: Nur eine Sekunde später ist die Tür aufgegangen – meine Herren, war das knapp. Arschknapp, sag ich Ihnen. Doch sie haben es geschafft. Diese eine Sekunde – ach was sag ich: dieser Bruchteil einer Sekunde hat gereicht, dass der Andi und der Fipsi hinter einer Ecke in Deckung gehen konnten. Hundertstel, sag ich Ihnen, wie beim Skirennen.

Aber Verschnaufpause ist ihnen nicht geblieben, weil wie der Macho dann beim Leichenwagen war, ging in der Ecke schon wieder die Panik los.

»Bzzz Bzzz. Bzzz Bzzz.«

Die Augen vom Andi sind größer geworden als die von den japanischen Zeichentrickmännchen im Kinderfernsehen.

»Bzzz Bzzz. Bzzz Bzzz.«

Fipsi seine auch, weil unfassbar: Da arbeitet der Andi den ausgebufftesten Meisterplan überhaupt aus, und dann der Anfängerfehler schlechthin – Handy ausschalten vergessen. Glaubt man gar nicht. Wenigstens war es auf Vibration gestellt, aber trotzdem: Der Macho ist ja quasi ums Eck gestanden, während in Andis Hose immer noch »Bzzz Bzzz. Bzzz Bzzz.« Und weil der Andi stocksteif dagestanden und dem Fipsi nichts Besseres eingefallen, hat der einfach fest gegen Andis Hosentasche gedrückt, damit das Vibrieren zumindest einigermaßen gedämpft wurde. Bis das Handy dann Gott sei Dank stumm war. Aber gleich darauf der nächste Schreck.

»He, ich bin's.«

Im ersten Moment, als der Fipsi Machos Stimme gehört hat, war er fest davon überzeugt, dass sie aufgeflogen sind.

»Die Sache läuft.«

Aber wie er sich umgedreht hat, war da niemand.

»Gib mir zwei Stunden.«

Der Macho ist nämlich gar nicht hinter ihnen gestanden, sondern vorne beim Leichenwagen. Und entweder er hat Selbstgespräche geführt…

»Das müsste reichen.«

…oder er hat telefoniert.

»Danach kannst du ihn bringen.«

Der Fipsi hat die verstummte Hosentasche vom Andi angestarrt.

»Und versau es nicht, hörst du?«

Der Andi hat den Fipsi angestarrt.

»Der Fipsi darf nix merken. Bis gleich.«

Und aus. Aufgelegt. Stille.

Der Macho hat noch einige Sekunden lang auf sein Handy gestiert und überlegt, ob das jetzt ein Fehler war, eine Sprachnachricht zu hinterlassen. Aber dann hat er mit den Schultern gezuckt und ist mit dem Reifen unterm Arm zurück in die Bestattung, wo der Gustl argwöhnisch den Katafalk gemustert hat.

»Also so abgefahren sieht der doch gar nicht aus…«

Und bitte, bevor ich weitererzähle, muss ich Ihnen das kurz erklären, sonst verstehen Sie das wahrscheinlich nicht. Es gibt ja Situationen, da sagen die Leute das Eine und meinen eigentlich komplett etwas Anderes. Und wie der Macho jetzt ins Reden gekommen ist und mit den Fingernägeln am verschweißten Reifen herumgenestelt hat, nur damit er dem Gustl nicht in die Augen schauen muss – da war das genau so eine Situation. Weil gesagt hat er Folgendes:

»Weißt du, Gustl, ein guter Betrieb braucht gute Reifen. Ohne Reifen läuft nix. Und wenn ein Reifen nicht mehr so gut ist wie die anderen, dann ist das halt nicht so gut. Vielleicht kann man den flicken, ein bisschen herrichten und so. Aber alles in allem bleibt der Reifen halt ein schlechter Reifen. Der bricht aus der Spur, eiert, hält auf – verstehst du? Und das kann man so nicht lassen. Da muss man was ändern, das verstehst du doch, oder?«

Aber gemeint hat er natürlich etwas völlig anderes. Und so ratlos wie Sie hat der Gustl auch geschaut. Vom Macho zum Reifen und wieder retour – in Dauerschleife. Bis er dann doch mit einer Antwort um die Ecke gekommen ist.

»Na eh wurscht, pack aus den neuen Reifen.«

Und das ist halt so eine Sache mit dem zweideutigen Reden. Die einen verstehen, was gemeint ist, die anderen nur Bahnhof. Und so wie der Gustl geantwortet hat: Hauptbahnhof.

Draußen wollte das mit dem Verstehen auch nicht so recht klappen, weil mit einem Ohr hing der Andi verzweifelt an der Fensterscheibe und in dem anderen hing ihm der Fipsi.

»Was heißt das, der Fipsi darf nix merken?«

»Pscht jetzt, beruhig dich.«

»Das war doch der Macho, der dich da angerufen hat, oder? Wieso ruft er dich an?«

»Kannst du bitte leiser sein, die stehen gleich hinter dem Fenster!«

»Leiser sein? Steck dir dein Leisersein sonst wohin! Wen sollst du bringen? Was soll das Ganze?«

»Nichts, alles ist okay, sei einfach nur leise!«

»Ja nix ist okay, gar nichts. Denkst du, ich lass mich von dir verscheißern? Zuerst bringt ihr den Gustl um und dann mich, habt ihr euch das so vorgestellt? Ist das der Plan?«

»Nein, jetzt sei leise und beruhig dich! Die hören uns noch!«

»Einen Scheiß beruhig ich mich!«

Die Tachonadel vom Fipsi war auf Anschlag, und geflüstert hat er schon lange nicht mehr, aber der Andi genauso wenig.

»Jetzt sei endlich leise! Ich hab dem Macho ja irgendwas geben müssen!«

»Was geben? Was zum Teufel hast du ihm geben müssen?«

»Na ein Motiv! Der ist genauso dahergekommen wie du. Motiv, Motiv, wir brauchen ein Motiv. Sonst geht uns die Polente auf die Barrikaden, wenn der Gustl nach Hubsi und Geri auch noch spurlos verschwindet. Also hab ich ihm eines gegeben und zack, hat er angebissen.«

»Was für ein scheiß Motiv?«

»Na die Zähne! Ich hab gesagt, wenn die Polizei bei dir

und beim Gustl die Zähne findet, dann stellt sie keine Fragen. Dann haben sie ein Motiv!«

»Bei mir und beim Gustl? Du wolltest mich also wirklich umbringen?«

»Nein, ich hab doch nur so getan! Für den Plan, damit der Macho einsteigt!«

»Welcher Plan?«

»Den Macho und den Gustl umbringen!«

»Aber dem Macho hast du gesagt, dass ihr mich umbringt!«

»Ja aber nur, damit er den Gustl umbringt, verdammt!«

Der Fipsi hat die Welt nicht mehr verstanden, und der Andi hat nicht verstanden, warum der Fipsi nicht verstehen wollte. Dabei war das alles gar nicht so kompliziert. Sie haben das ja auch kapiert, oder?

Damit der Macho den Gustl umbringt, hat der Andi mit ihm genau denselben Plan ausmachen müssen wie mit dem Fipsi, nur mit vertauschten Rollen. Der Gustl und der Fipsi wären die Leichenfledderer, die sich im Streit umbringen – das ist doch eigentlich nicht schwer zu verstehen. Und vor allem: eine Spitzenidee. Nur im Nachhinein gesehen vielleicht nicht ganz so spitze, dass der Andi den Fipsi nicht eingeweiht hat, aber ansonsten: Spitzenidee.

Drinnen hätten sie jetzt auch eine gute Idee gebrauchen können, weil der Macho hat den Reifen immer noch nicht aus der Plastikfolie bekommen. Und ich weiß nicht, ob das eine Spinnerei von mir ist, aber manchmal kommt es mir so vor, als würden die Reifenverpackungsplastikfolienfabrikanten mit den Zigarettenpackungsplastikfolienverhüterlifabrikanten unter einer Decke stecken. Denn komisch ist das ja schon, dass man da und dort die Verpackung ums Verrecken nicht aufkriegt. Vielleicht haben die auch kleine Kameras versteckt, und irgendwo auf der Welt sitzen schwerreiche Fabrikanten und hauen sich über die traurigen Idioten ab, die versuchen, an ihre Reifen und Zigaretten zu kommen. Das müsste mal ein Journalist sauber rausrecherchieren und aufdecken, da gehört wirklich einmal etwas gemacht. Mit bloßen Händen bekommt man so eine Verpackung ja ums Verrecken nicht auf, auch nicht mit den Fingernägeln. Da musste der Macho erst sein Messer hervorholen, und komisch: Der Gustl hat dieselbe Idee gehabt, denn plötzlich sind beide mit einem Messer in der Hand dagestanden.

Draußen hatten der Andi und der Fipsi noch keine Messer in der Hand, dafür war die Stimmung auf Messers Schneide. Flüstern Fehlanzeige, Fingerspitzengefühl keine Spur, und für den Gustl und den Macho und den Plan haben sie sich auch nicht mehr interessiert.

»Fipsi, du musst mir das glauben, ich wollte dich nie umbringen! Ich schwöre!«

Aber der Fipsi hat es nicht geglaubt. Sein Kopf war gar nicht in der Lage, auch nur irgendwas zu glauben, zu wissen oder zu hinterfragen, nicht die kleinste Kleinigkeit. Es gab keine Logik mehr, keine Vernunft, kein Richtig oder Falsch, kein Für und Wider. Das Einzige, was es noch gab, war Chaos und Wut. Er war wütend auf sich selbst und seine Hilflosigkeit. Auf seine Angst und Naivität, auf sein Weltbild, das jeden Tag aufs Neue in Scherben vor ihm lag. Auf die Lügengeschichten, die Ausflüchte, auf jede Minute und Sekunde, die er Andis Worten Glaube geschenkt hat, und vor allem auf die größte Chance, die er in seinem Leben je verstreichen ließ:

Die Chance auf Vali.

»Aus deinem Mund kommt nur Scheiße. Verlogene Scheiße. Ich glaub dir kein Wort. Kein einziges. Nie wieder. Du bist an allem schuld!«

Der Andi hat den Fipsi so perplex angesehen, als hätte er gerade rückwärts geredet. Der Mensch brockt ihm die Misere seines Lebens ein, und dann behauptet er obendrein noch, er sei daran schuld.

»Wie bitte? Hörst du dir überhaupt zu beim Reden? Ich bin an allem schuld?«

»Du mit deinen Lügen. Mit deiner ewigen Lügerei. Du hast sie mir weggenommen. Du hast sie umgebracht!«

»Wen hab ich umgebracht?«

»Die Vali! Du hast sie umgebracht!«

»Ich hab gar niemanden umgebracht! Du hast…!«

»Dann sag mir, wo sie ist.«

»Dir sagen, wo sie ist? Ausgerechnet dir? Schau dich doch an, du bist ja komplett wahnsinnig! Wenn hier wer an allem Schuld hat, dann du!«

»Wo ist sie?«

»Wer hat denn der Nutte den Schädel weggeschossen?

Wer ist mit den Serben angekommen? Wir sitzen alle in der Scheiße wegen dir! Du bist an allem schuld! Und ich kann den ganzen Scheiß ausbaden, weil du zu feig für alles bist!«

»Wo ist Vali?«

»Ich sag dir nicht, wo sie ist!«

»WO IST VALI!«

Und damit war das letzte Wort gesprochen. Danach gab es nur noch tumbes Aufeinandereindreschen, Reißen, Ziehen, Zerren und grobmotorisches Gerangel.

Drinnen haben die beiden immer noch bloß gestarrt. Der Gustl auf das Messer vom Macho und der Macho auf das Messer vom Gustl. Keine Sekunde lang haben sie die Klingen aus den Augen gelassen, aber gerührt hat sich auch keiner. Lief alles ein bisschen behäbiger als bei den zwei Raufbolden draußen, und irgendwie klar, der Macho und der Gustl waren ja auch nicht mehr die Jüngsten.

Beide weit über vierzig Jahre auf dem Buckel, fünf davon gemeinsam im Betrieb. Haben gemeinsam was weiß ich wie viele Beerdigungen, Verabschiedungen und Leichenschmäuse erlebt, haben Kreuzworträtsel gelöst, in der Mittagspause Gulasch gekocht, Karten gespielt und Witze gerissen. Sowas schweißt zusammen, da sind die Schweißnähte von den Reifenverpackungsplastikfolienfabrikanten ein Scheiß dagegen. Das ist im Prinzip so wie in einer Ehe – da wünscht man einander ja auch hin und wieder den Tod, aber wirklich umbringen tut man sich ja eher selten.

Und bitte, ich weiß nicht, ob dem Gustl in dem Moment

dasselbe durch den Kopf gegangen ist oder etwas anderes, jedenfalls ist er plötzlich in sich zusammengesunken und hat losgeheult wie ein Schlosshund.

»Ich kann das nicht. Ich kann das einfach nicht. Bitte, mach ein Ende. Mach einfach ein Ende. Ich kann das einfach nicht«, ist es zwischen Rotz und Wasser aus ihm hervorgeblubbert, und der Macho natürlich perplex bis sonst wohin, weil: Gerade noch eine riesen Messerstecherei vor Augen und im nächsten Moment schon wieder alles anders und der Gustl am Boden wie ein Häufchen Elend – darauf muss man sich erst einmal einstellen. Und weil ja im Prinzip auch niemand etwas von Messerstecherei gesagt hat, aber anscheinend trotzdem jeder im Raum davon ausgegangen ist, war er irgendwie unschlüssig, was er denn sagen soll.

»Was machen? Den Reifen wechseln?«, hat er gekünstelt blöd gefragt, obwohl er ja genau wusste, dass es nicht um den Reifen ging. Aber warum hat es der Gustl gewusst? Oder hat er das gar nicht? War das alles nur Einbildung? Zufall?

Irgendwie ist ihm die ganze Geschichte zunehmend spanisch vorgekommen, und der Krach von draußen hat es nur noch spanischer werden lassen. Er wollte schon nachschauen gehen, als …

BADUZZ KLIRR

Der Andi und der Fipsi sind ja schon oft Hals über Kopf in die Bestattung gestürmt, weil verschlafen, Zeit vergessen oder sonst irgendwas. Aber dass sie mitten durchs Schaufenster gekommen sind – so eilig hatten sie es noch nie. Mein lieber Herr, war das ein Schepperer, ohrenbetäubend sag ich Ihnen. Die Glassplitter sind durch die Luft gespritzt wie tausende Kristallminkerl. Jede Ecke des Raumes hat gefunkelt und geblitzt und inmitten des Scherbenmeeres – die beiden. Am Boden, kaputt, k. o. und am Ende ihrer Kräfte haben sie versucht aufzustehen, aber wie zwei Rehkitze, die zum ersten Mal in ihrem Leben auf die Beine kommen, sind sie immer wieder hingefallen. Der Andi ist dann irgendwann einfach liegen geblieben und hat die ganze Zeit »Ich hab sie nicht umgebracht. Ich hab sie nicht umgebracht« vor sich hin gestammelt. Der Fipsi lag daneben und hat nur geheult, der Gustl war sowieso total am Ende und dazwischen der Macho, komplett ratlos und überfordert.

»Was zum? Was macht ... warum?«

Am liebsten wäre er einfach gegangen. Zur Tür hinaus ins Auto und ab. Irgendwohin, wo es Ordnung gab und Regeln. Wo nicht alles so kompliziert war und die Dinge noch in geregelten Bahnen verliefen. Am Schlachtfeld zum Beispiel. Da gab es die Eigenen, das waren die Guten. Und dann gab es die Anderen, das waren die Bösen. Die Guten sahen aus wie du, die Anderen hat man erschossen. Alles klar, einfach und verständlich. Aber er stand leider nicht am Schlachtfeld. Er stand hier, im Chaos. Ohne Plan und mit drei Jammerlappen am Boden.

»Bitte, ich kann das nicht. Es tut mir leid, ich kann das nicht ...«

Und der Gustl war am schlimmsten. Der ist dem Macho

mit seinem Mimimi so dermaßen auf die Nerven gegangen, dass er ihn am liebsten in der Luft zerrissen hätte. Aber hat er dann doch nicht, weil interessante Wendung: Der Gustl hat gar nicht mehr ihn angejammert.

»Ich kann das nicht, ich kann das nicht. Ich kann das einfach nicht.«

Der ist direttissimo zum Andi und zum Fipsi gerobbt. Hat das Messer zu ihnen rübergeschoben und immer wieder…

»Ich kann das einfach nicht. Ich kann es nicht.«

Und da ist dem Macho plötzlich ein Licht aufgegangen.

Zuerst hat er alle geschnappt und wie die Orgelpfeifen auf den Katafalk gesetzt. Und dann: Ohrfeige um Ohrfeige. Bis der Gustl wieder halbwegs klar denken konnte.

»Was kannst du nicht, Gustl, was?«

»Ich kann das nicht, kann das nicht…«

»Machst du mit denen gemeinsame Sache, hm?«

»Ich kann das nicht, kann das nicht…«

»Haben sie gesagt, sie helfen dir?«

»Kann das nicht, kann das nicht…«

»Hat der Andi gesagt, er hilft dir, Gustl?«

»Kann das nicht, kann das nicht…«

»Weil mir hat er gesagt, ich soll dich umbringen.«

»Ich kann…«

Und eigentlich ist das ein Blödsinn, mit den Ohrfeigen. Es wird ja niemand ernsthaft glauben, dass man zur Vernunft kommt, wenn links, rechts, links, rechts die Watschen auf einen einhageln. Davon bekommt man eher ein Schädeltrauma als einen klaren Kopf. Nein, das Einzige, was wirklich hilft, sind die richtigen Worte. Und die Worte vom Macho: goldrichtig.

Heulen aus, Rotz und Wasser aus, kein Schniefer mehr, nichts. Dafür der erste gerade Satz seit langem vom Gustl.

»Du sollst ... mich umbringen?«

Im Prinzip hat er ja schon mit dem Leben abgeschlossen gehabt und ganz ehrlich: zu Recht. Die Mama über den Jordan geschickt, Hubsi mit dazu, die Leber versoffen, die Lunge verheizt – da ist man unter der Erde sowieso besser dran als darauf. Und wenn einer gedanklich mit dem Sensenmann bereits die zweite Partie Schach anreißt, würde man meinen, dem ist eh alles egal. Aber interessanterweise: Irrtum. Alles war dem Gustl nicht egal. Weil da kann einer schon mit beiden Beinen und faltenfreiem Totenhemd in der Grube stehen – eines holt ihn wieder heraus, eines holt jeden wieder heraus: das Ego. Der Stolz. Denn niemand stirbt gern als Depp. Doch genau so hat sich der Gustl gefühlt. Er war der Volldepp. Hat sich von Andi und Fipsi an der Nase herumführen lassen, wie so ein treuherziger, idiotischer Köter. Manipuliert haben sie ihn, ausgenutzt. Und er hat bis zuletzt mitgespielt. Aber damit war jetzt Schluss.

»Das hätte euch so gepasst, oder?«

Der Macho hat sich unterdessen in Rage geredet.

»Wir zwei stechen uns ab, und ihr seid aus dem Schneider, habt ihr euch das so vorgestellt?«

Ganz der wilde Berserker, wie immer. Nur dass er diesmal

ein Messer in der Hand gehabt hat. Und dafür sind der Andi und der Fipsi eigentlich ziemlich ruhig geblieben, aber man muss dazusagen: Wer weiß, was die überhaupt noch mitbekommen haben. Weil der Andi sowieso wie in Trance, die ganze Zeit am hin und her Wippen und immer nur »Ich hab sie nicht umgebracht, ich hab sie nicht umgebracht«. Und der Fipsi? Quasi vorauseilende Leichenstarre. Hat sich keinen Zentimeter mehr bewegt, nicht einmal, als ihm der Macho mit der Messerspitze schon beinahe die Nasenhaare gestutzt hätte. Beim Gustl hingegen war wieder so etwas Ähnliches wie Leben zu erkennen.

Ganz langsam und behäbig ist er aufgestanden. Hat den Macho angesehen, dann das Messer. Hat es ihm ohne Eile, ruhig und besonnen abgenommen, mit jedem einzelnen Finger bewusst umschlossen. Hat sich umgedreht, den Fipsi fixiert, und kein Wimpernschlag, kein flüchtiges Blinzeln, nicht das kleinste Zucken der Pupillen hat seinen bohrenden Blick getrübt. Damit all sein Hass, der Zorn und die Enttäuschung aus ihm herausströmen konnten, direkt in den Fipsi hinein. Und der war machtlos dagegen. Ihm blieb nichts anderes übrig, als dazusitzen und zu sehen: sein Leben vorbeiziehen, seine letzte Stunde schlagen oder einfach nur das Messer auf sich zukommen.

Und dann war der Gustl tot.

Prost

Aber das hat natürlich keiner so schnell erkannt. Sie würden ja auch nicht sofort überzuckern, dass einer tot ist, nur weil er neben Ihnen umkippt. Da spekuliert man zuerst einmal auf Kreislauf, Schwindel, vielleicht irgendwas mit den Gefäßen oder einen Hypo, aber von einem Moment auf den nächsten gleich Exitus? Nein, da muss schon einiges passieren, dass einer so schnell abtritt. Und wie sich der ratlose Macho jetzt über den regungslosen Gustl gebeugt hat, unter dessen Schädel eine immer größer werdende Blutlache hervorquoll, ist ihm noch die Option Hirnaneurysma eingefallen, weil davon stand neulich was in der Zeitung. Aber das war dann auch das Letzte, was ihm durch den Kopf gegangen ist, beziehungsweise eigentlich nicht, denn das wirklich Letzte, das ihm durch den Kopf ging, war das Gleiche wie dem Gustl: eine Kugel.

Ist dann nicht bei einer einzigen Kugel geblieben, weil der Mirko hat noch fünf- oder sechsmal abgedrückt und ist auf dem Macho sogar mehr herumgetrampelt als auf seinem Vater. Und wo da der Sinn dahinterliegt – keine Ahnung. Eigentlich ist der Gustl mit seiner einen Kugel im Kopf genauso tot wie der Macho mit seinen fünf, aber bitte: Patronen sparen hat der Mirko anscheinend nicht müssen. Das konnte man schon an seiner Puffen sehen: ergonomisch ausbalancierte Griffschale, anti-korrosionsbeschichtet, glasfaserverstärkt, keine Seriennummer, keine Vergangenheit und vor allem: kein Mucks dank Schalldämpfer.

Und den haben der Andi und der Fipsi zwar nicht eingebaut gehabt, aber still waren sie trotzdem. Steinern wie die Grabsteine haben sie zugesehen, wie der Mirko in der Blutlache um den Macho herumgetanzt ist und Schuss um Schuss, Tritt um Tritt und Schlag um Schlag seinen ganzen Wahnsinn in den toten Leib hineingeprügelt hat. Bis er nicht mehr konnte. Bis unter ihm nur noch deformierter Brei und um ihn herum nur noch Flimmern war.

»So meine Freunde, the Party is over. Habt ihr euch schön über die Mirko amüsiert, ha? Viel gelacht, ha? Ja? Habt ihr das?«

Und komisch, eigentlich würde man ja denken, in der realen Welt sind die Bösen nicht so wie im Kino, wo sich ein jeder immer beschwert, dass die so viel reden am Schluss. Die ratschen und ratschen und ratschen und hier den Plan erklären, dort den Raketencode verraten, die Intrigen, das Komplott, den Geheimbund – die beten einfach alles minutiös herunter, und plötzlich hat der Held die Puffen und die Blondine in der Hand und zack, Spieß umgedreht, Tag gerettet. Da sagen die Leute natürlich völlig zu Recht: unrealistisch. Aber andererseits: Weiß man's?

Waren ja die wenigsten in so einer Situation. Steckt ja keiner drin, in so einem Bösewicht. Ich kann mir ganz gut vorstellen, dass bei dem einen oder anderen durchaus ein bisschen Redebedarf herrscht. Weil was ist, wenn die Guten weg sind, hm? Dann ist alles vorbei. Der Böse gewinnt, Spiel entschieden, die Geschichte erledigt, der Drops gelutscht. Und er kommt nicht drum herum, sich zu fragen: Was jetzt?

Sieht man ja ganz gut am Mirko: Vater tot, Macho tot, Gustl tot – wenn jetzt auch noch Andi und Fipsi tot, hat es sich ausgetötet. Niemand mehr da zum Töten. Und dann? Was dann? Dann würde ihm einfallen, dass er als impotenter Krüppel ohne Zukunft dasteht. Ihm würde einfallen, dass sein bisheriges Leben zu Ende und seine eigene Sippe halb ausgelöscht ist. Und dann würde ihm eine Frage nach der anderen einfallen. Wohin mit mir, was soll ich tun, was soll werden, wie geht es weiter, und, und, und. Ist ja auch nicht so leicht, zweiter Bildungsweg und alles. Bis man sich da mal durch die Volkshochschulkataloge geblättert hat, das dauert. Und der Jugomafia-Abschluss mit Knochenbrecherdiplom hilft einem bei den Grazien am Arbeitsamt auch nicht weiter. Bei denen zählt die Eins in Mathe halt mehr als das Betonpatschen-gieß-Seepferdchen, da hat sich der Mirko keine Illusionen gemacht.

Und deswegen: Zeit schinden.

Noch ein bisschen am Macho herumtrampeln. Noch einmal schießen. Blöd quatschen. Den Andi und den Fipsi anschreien. Und natürlich: das Abschlussritual. Muss sein. Kennt man ja auch aus den Filmen. Ein letztes Abendmahl. Ein letzter Kuss. Eine letzte Zigarette. Aber beim Mirko natürlich: ein letzter Schluck.

»Sperrstunde ist, meine Herren. Letzte Runde«, hat der Mirko rausgerotzt, mit dem einen Auge bei Andi und Fipsi und dem anderen bei der Flasche, die ihn schon die ganze Zeit über angelächelt hat.

»Zu die Feier des Tages, ich geb eine aus, ha?«

Und ob die zwei überhaupt einen ausgegeben haben wollten, war ihm eigentlich völlig egal. Er wollte. Und allein trinkt man nicht.

»Wo ich komme her, da kriegen schon die Kinder Schnaps in die Flasche«, hat der Mirko großspurig weiterpalavert, während er von der Kredenz zum Regal, zum Medizinschrank und dann zur Werkzeugbank getaumelt und endlich fündig geworden ist.

»Aber für euch natürlich Gläser.«

Schnapsgläser sind das zwar keine gewesen, aber ob das jetzt Schnaps-, Wasser- oder Sonst-was-Gläser waren – scheiß drauf, der Mirko hätte sogar aus einer Urne getrunken, Hauptsache Alkohol. Jedenfalls ist er dann mit drei Gläsern auf einem zum Tablett umfunktionierten Notausgangsschild dahergekommen, hat sich die Flasche Schnaps geschnappt, eingeschenkt und angefangen, die Gläser zu verteilen.

»So die Herren, eine für dich...«

Doch in dem Moment, wie er dem Fipsi das volle Schnapsglas in die Hand gedrückt hat, ist es auch schon zu Boden gesegelt. Und eigentlich völlig klar, weil das wäre dem Blindesten unter den Blinden aufgefallen, dass der Fipsi mehr Zitterpappel war als Mensch. Den hat es gerissen, sag ich Ihnen, gar nicht schön. Da ist es nur verständlich, dass einem das Glas hinunterfällt, das hat selbst der Mirko eingesehen. Und deshalb ist er auch nur ein bisschen ausgeflippt. Hat den Fipsi nur ein bisschen was geheißen und ist ihm nur ein bisschen mit dem Pistolenlauf zwischen die Zähne gefahren, nicht viel, höchstens ein paar Zentimeter. Weil der Mirko ist ja kein Unmensch. Im Gegenteil – soll ein jeder seinen Schnaps bekommen, hat er gesagt, wie es sich gehört. Sucht er eben ein neues Glas, wird schon noch irgendwo eines sein.

Und wie der Mirko sein Schnapsglas auf das Notausgangs-Tablett zurückgestellt und in der Werkbank nach einem Glas gesucht hat, haben der Andi und der Fipsi die Schnapsflasche angeschaut und sich gedacht: jetzt oder nie.

Weil Sie müssen wissen: Natürlich war der Fipsi wegen dem Mirko nervös, keine Frage. Aber eines hat ihn noch viel nervöser gemacht: der Schnaps.

Und während der Mirko weiter die ganze Bude auf den Kopf gestellt hat, auf der Suche nach seinem blöden Schnapsglas, ist ihm die beste Darbietung von Teamwork entgangen, die es je irgendwo auf dieser Welt zu sehen gab, gibt und geben wird. Weil da können sich zwei so Lauser wie der Andi und der Fipsi noch so zerstreiten und noch so an die Gurgel springen, aber wenn es drauf ankommt, verstehen die sich blind. Dann funktionieren die wie eine gut geölte Maschine – da kann ein Schweizer Uhrwerk einpacken.

Wie schnell der Fipsi die zwei Schnapsgläser vom Tablett gefischt hat und schwapp, Inhalt am Boden, während der Andi mit irgendeiner Flasche vom Wandbord hinter ihm die Gläser wieder aufgefüllt hat – ein Traum. Und das alles ohne Worte, ohne Zittern und ohne, dass der Mirko etwas bemerkt hätte.

Denn der war immer noch auf der Suche nach einem dritten Schnapsglas und nach Werkbank, Alibert, Nirosta-

Regalen und Stellage dann endlich: Putzschrank, Bingo! Glas gefunden, schnell rüber zu Andi und Fipsi und ... ab da ist dann wieder alles schiefgelaufen.

Weil nicht nur, dass das dritte Glas genau so ausgesehen hat wie die anderen beiden, und nicht nur, dass der Mirko beim Einschenken im Sichtfeld von Fipsi und Andi gestanden ist, nein. Er hat sich mit dem Notausgangstablett obendrein auch noch so blöd um die eigene Achse gedreht, dass weder der Fipsi noch der Andi gewusst haben, welches der Gläser das neue war. Und da muss man sagen: ganz blöde Geschichte.

»So, eine letzte Schluck für die letzte Weg, ha?«, hat der Mirko in seiner unguten Art geflachst und den beiden das Tablett mit den drei Gläsern unter die Nase gehalten. Aber die sind nur stocksteif dagestanden und haben sich keinen Millimeter bewegt, weil die Standpauke vom Macho damals, die werden sie bis an ihr Lebensende nicht vergessen.

»Was ist, ihr Pussys? Keine Durst, ha?«, hat der Mirko geschrien, aber die beiden haben in ihrem Kopf nur den Macho keifen gehört. Hochgradig ätzend, hat er damals gebrüllt, und ihnen die Schnapsflasche mit der Desinfektions-Säure aus der Hand gerissen. Ein Schluck, und ihr könnt euch gleich in den Sarg dazulegen, das waren seine Worte.

»Jetzt trinken, sonst puste ich Hirn, aber sofort!«

Der Mirko ist langsam ziemlich ungeduldig geworden, und als er dann auch noch seine Waffe durchgeladen hat, ist dem Andi und dem Fipsi gar nichts anderes übrig geblieben, als ein Glas vom Tablett zu nehmen. Und wie der Mirko sein Glas zum Prosten erhoben hat, haben der Andi und der Fipsi gewusst, dass gleich einer sterben wird. Und wenn es der Falsche ist, dann werden sie sterben, und wenn es der Richtige ist, dann wird der Mirko sterben. Aber dass die Chance dafür nicht besonders groß war, haben selbst die beiden Mathe-Blitzkneisser begriffen.

»Prost, die Herren«, hat der Mirko weiter gedrängt, mit strenger Stimme, doch Andi und Fipsi schon wieder die reinsten Eisblöcke. Weil obwohl es riskant war, obwohl der Mirko einen wirklich unruhigen Zeigefinger bekommen hat und es leicht hätte sein können, dass er sie aus Ungeduld, Jux und Laune einfach gleich über den Haufen schießt und seinen Schnaps allein trinkt – die beiden konnten einfach nicht schneller. Denn das war der vielleicht letzte Moment. Der letzte Schluck, der letzte Atemzug, das letzte Mal, dass sie einander in die Augen schauen konnten, um irgendetwas Bedeutendes zu sagen. Aber was?

Was sagt man jemandem, von dem man nicht weiß, ob er das Beste oder das Schlimmste ist, das einem je im Leben widerfahren ist? Jemandem, mit dem man vor kurzem noch bis ans Ende der Welt gegangen wäre und den man jetzt am liebsten dort hinwünschen würde. Ist ja schon in normalen Situationen schwer, letzte Worte zu finden, aber hier, jetzt, in diesem Moment, zwischen den beiden? Zwischen blindem Vertrauen oder blindem Hass. Lanze brechen oder mitten ins Herz? Hand ins Feuer oder Öl? Unmöglich. Der Fipsi hat überlegt und überlegt, es ist ihm einfach nichts eingefallen. Doch zu seiner großen Verwunderung: dem Andi schon.

Und zwar das einzig Richtige.

»Ich schwöre. Bei allem, was mir heilig ist. Ich hab sie nicht umgebracht!«

Kurze Pause.

»Prost... mein Freund.«

Dann hat er sein Glas erhoben. Der Fipsi auch. Sie haben sich angesehen. Genickt. Und gemeinsam mit dem komplett perplexen Mirko in einem Zug ihr Glas geleert.

Kapitel Fünf

Der Zauberer

Man kann nicht sagen, dass der Revierinspektor von Friedberg überfordert war, überfordert ist das falsche Wort. Da muss ja erst einmal einer was tun, damit man sagen kann: Mein Gott, der ist ja überfordert! Aber der Revierinspektor hat schlicht und ergreifend nichts getan. Keine Fingerabdrücke, keine Befragungen, nichts, nada. Er hat nur geschaut. Auf den Aktenberg von dem Hubsi-Fall hat er geschaut, auf den Steckbrief vom Geri, den keiner auf der Welt wo radeln gesehen haben will. Auf das Foto der verschwundenen Tochter von dem Kopftuchweib, und jetzt hat er auch noch auf den Burschi geschaut. Wie er bei ihnen am Revier gestanden ist, völlig außer Atem, mit schwitzigen Haarsträhnen im Gesicht.

»Wie tot? Natürlich sind da alle tot! Was sollen die denn sonst sein«, hat ihn der Revierinspektor am Aktenstapel vorbei angeschnauzt und muss man sagen, vollstes Verständnis.

Weil wenn einer wie der Burschi so aufgelöst und verwirrt in die Polizeistube stürmt und schreit: tot, tot, alle tot in der Bestattung – na da denkt man ja erst einmal an Ausnüchterungs- oder Gummizelle, aber nicht an Mord. Nur leider: Zweimal blasen später war klar, keine Ausnüchterungszelle. Und nach einer kurzen Autofahrt ist die Gummizelle auch nicht mehr in Frage gekommen. Dafür hat der Revierinspektor einen Schnaps gebraucht und einen Telefonapparat. Schnellwahltaste LKA, immer eine gute Wahl. Blitzgescheite Burschen, die Kollegen vom Land, und Erfahrung noch und nöcher. Aber sowas haben die auch noch nie gesehen, also wieder Telefon. Wien, Sondereinsatz, Spezialkommando – die haben alle angerufen, sogar Interpol.

Stellen Sie sich das vor: Interpol! In Friedberg! Das war natürlich eine super Sache für den Ort. Der Rebhansel Wirt ist mit dem Zapfen gar nicht hinterhergekommen, so einen Durst haben die Herren vom Sondereinsatzkommando gehabt. Ein Bombengeschäft für die gesamte Region, sag ich Ihnen. Hotels voll, Pensionen voll, Gaststuben voll. Die Friedberger Postboten Greislerei hat sogar eine Zeitung gebracht – ganz ohne neuen Turan oder Sparefrohtag, weil so eine Schlagzeile schreibt dir ein jeder Lokaljournalist natürlich mit Handkuss. »Mafiakrieg in Friedberg« haben sie getitelt, und das war noch harmlos im Gegensatz zu dem, was die Journaille aus Wien geschrieben hat. Aber wirklich viel gedruckt haben die nicht, geschweige denn die internationale Presse.

Und eigentlich kein Wunder, da ist die Politik schon ziemlich dahinter, dass die Mücke nicht zum Elefanten hochgeschrieben wird, weil wie schaut denn das aus, wenn am Frühstückstisch in Sachsen die Zeitung titelt: »Leichenberg statt Bergidyll – so mordet die Mafia in Österreich.« Dann kann sich die Tourismusbranche ihre Piefke-Urlauber in die Haare schmieren, und übrig bleiben nur die Russen. Die geben zwar mehr Trinkgeld, aber wenn man deren Kellnerinnenverschleiß dagegenrechnet, kommen einem die Piefke hundertmal günstiger. Die sind auch weitaus pflegeleichter, und deswegen darf man die nicht vergraulen, das hat natürlich auch der Bürgermeister gewusst.

Und wenn er in einem seiner wenigen Interviews beispielsweise gefragt wurde, was er denn zu der ganzen Situation sagt, hat er geantwortet, dass er alles sehr, sehr schrecklich findet, aber dass er froh ist, in Friedbergs wunderbarem Kirchgarten stets Ruhe, Frieden und eine herrliche Luft zu finden. Und wenn er gefragt wurde, wie in so einer kleinen Gemeinde etwas Derartiges passieren konnte, hat er gesagt, dass es leider überall schwarze Schafe gibt, aber dass Friedberg sonst ein zuverlässiger und vor allem hochinnovativer Wirtschaftsstandort sei, wie man an der Medienmisch Holding Friedberger Postboten Greisler GmbH sehen könne. Nur wenn die Journalisten Fragen zu seinem Sohn gestellt haben, war er weniger gesprächig. Er hätte aber auch gar nichts dazu sagen dürfen, wegen laufender Ermittlungen. Und was da alles gelaufen ist – glaubt man gar nicht.

Der Andi und der Fipsi haben es am wenigsten glauben können. Wie sie in der Bestattung gestanden sind und Möbelpolitur ausgehustet haben, während sich die Desinfektions-Säure durch Mirkos Speiseröhre gefressen hat. Ganz tief ins Fleisch hinein, bis in den Brustkorb zu den Bronchien hinunter, alles verätzt, zerschlissen und durchgefressen, sodass ihm wegen dem ganzen Blut und Erbrochenen nicht mal ein sauberer letzter Atemzug vergönnt war. Und wie er dann am Boden aufgeschlagen ist, keinen Mucks mehr von sich gegeben hat, und der Gustl und der Macho auch nicht, sind der Andi und der Fipsi dagestanden und konnten es einfach nicht glauben.

Sie waren noch am Leben. Überall Blut, Scherben, Einschusslöcher, verätzte Organe, aber sie hatten nichts! Vielleicht hier 'ne Schramme, dort eine kleine Blessur, ein bisschen Nasenbluten, aber sonst: das blühende Leben. Gut, das blühende Leben ist jetzt vielleicht übertrieben, weil eigentlich haben sie ja zum Fürchten ausgesehen, doch verglichen mit den anderen – ein Unterschied wie Tag und Nacht.

Aber Freude ist natürlich keine aufgekommen.

Sie sind sich ja im Klaren darüber gewesen, dass sie dieses Blutbad nie und nimmer vertuschen konnten. Also haben sie einfach das getan, was ihnen am sinnvollsten erschienen ist: nach Hause gehen. Knastfraß, Holzpritsche, Gemeinschaftsduschen – das würde alles früh genug über sie hereinbrechen. Da wollten sie wenigstens ein letztes Mal im eigenen Zuhause, in den eigenen vier Wänden, eingemummelt in den eigenen Decken schlafen, bevor das Sonderkommando kommt, um sie zu wecken.

Und gekommen ist das Sonderkommando tatsächlich, aber erst am Nachmittag und mit frischen Semmeln. Einen Kaffee haben sie auch mitgebracht, Butter, Marmelade und ein paar – nein – eine ganze Heerschar an Psychologen. Die sind beim Andi und beim Fipsi hereinspaziert, als ob die Sigmund-Freud-Uni Wandertag gehabt hätte. Aber Fehlanzeige – die waren wirklich wegen dem Andi und dem Fipsi da, als seelischer Beistand.

Und jetzt fragen Sie sich wahrscheinlich dasselbe wie die beiden auch: seelischer Beistand? Wenn irgendeinem Dorfpolizisten mal wieder der Zeigefinger juckt und jemand versehentlich wegen falscher Hautfarbe, falscher Pflanze im Gewächshaus oder falscher Seite auf der Demo dran glauben muss, dann bekommt der Beamte höchstens auf die Finger und die Angehörigen nicht einmal ein lausiges Entschuldigungsschreiben. Aber wenn sich in Friedberg die Leichen stapeln, kommt die Hirnklempnertruppe und leistet seelischen Beistand? Glaubt man gar nicht. Und der Andi und der Fipsi sowieso nicht.

Die haben zwar alles gehört, was die Psychologen von sich gegeben haben, doch Reaktion gleich null. Und interessant, genau damit haben die Psychologen gerechnet, weil Erfahrung. Die haben ja gewusst: Wenn ihresgleichen im Rudel auftritt, gibt es zwei Arten von Menschen. Die einen machen auf Zitteraal, bei den anderen schaltet das Betriebssystem auf Opossum, sprich: Totenstarre. Und Andi und Fipsi – Vollblutopossums. Keine Reaktion auf das Heer an Psychologen, keine Reaktion auf den Tod von Gustl, keine Reaktion auf die Aussage, dass sie glückliche Überlebende sind.

Überlebende von Dragan Milićević, dem Schlächter vom Drina-Tal.

Und so grauslich der Name auch klingt, bei Andi und Fipsi natürlich weiterhin Totenstarre, weil Groschen nicht gefallen. Hat ja selbst bei der Polizei nicht gleich geklingelt, aber dem einen Beamten ist ein Tattoo irgendwie bekannt vorgekommen, ein anderer hatte einen Schwager bei Interpol, und plötzlich, eins und eins zusammen, Volltreffer in der Datenbank: Dragan Milićević. Hauptberuflich Schlächter, nebenberuflich Zauberer. Sein Publikum: Interpol. Sein größter Trick: vom Erdboden verschwinden. Wobei eher weniger verschwinden, mehr verpuffen, weil den Augenzeugenberichten zufolge hat das Gewehr vom Dragan beim Schlachten in Bosnien einmal den Geist aufgegeben. Und erstens blöd, mitten in der ethnischen Säuberungsarbeit, und zweitens noch blöder, denn die anderen Ethnien sind nämlich auch nicht zimperlich gewesen und haben dem Dragan per Mörser eine Freifahrt in alle Himmelsrichtungen spendiert – so haben es zumindest die Augenzeugen berichtet.

Gut, die Augen waren damals alle sehr trübe von den Blendgranaten, und die Zeugenaussagen weniger wert als Hexen-Bekenntnisse vor dem Inquisitor, aber bitte: Es gab halt nichts anderes. Das war einfach eine ziemlich chaotische Zeit.

Da haben die kroatischen Faschistenhorden die serbischen Tschetniks abgeschlachtet, dann die serbischen Milizen die kroatischen Volksfeinde oder die Volksfeinde Kroatiens – keine Ahnung, da blickt niemand so wirklich durch. Deswegen konnte es schon mal passieren, dass jemand verschwindet, statt verstirbt. Manchmal haben sie so einen verschwundenen Verstorbenen dann wiedergefunden, weil Interpol auch nicht von vorgestern, aber der Dragan ist nirgendwo aufgetaucht. Und schade, gerade den hätten die Ermittler liebend gern unter den Lebenden gesehen. Hier ein bisschen Waffengeschiebe, da ein bisschen Vergewaltigung, dort ein bisschen Genozid – seinen Beinamen hat sich der Dragan redlich verdient gehabt. Also Schlächter, nicht Zauberer. Zauberer ist er erst in Friedberg geworden, und das ebenfalls nicht unverdient.

Das muss ihm erst einmal einer nachmachen: In Bosnien als Dragan Milićević verschwinden und Jahre später in Friedberg als Macho wieder auftauchen. Da haben sich die Ermittler gar nicht entscheiden können, ob jetzt eher Zauberer oder Schlächter, weil einerseits quasi Balkan-Houdini der Extraklasse, aber andererseits ist er beim Schlachten auch nicht aus der Übung gekommen. Zumindest haben sich neben ihm die Leichen wie eh und je gestapelt, und eine davon war kein Unbekannter. Mirko Vranić, Sohn von Dušan Vranić, einem serbischen Mafiaoberzampano, der ebenfalls vor kurzem das Zeitliche gesegnet haben soll, wenn man den Spitzelberichten Glauben schenken darf. Warum und wieso, keine Ahnung. Da waren sich die Spitzel uneinig, weil gerade einiges los in der Serbenszene. Viel Radau, viel Umbruch, viele Tote, da überlegt man sich als Spitzel natürlich genau, wem man was erzählt und wem nicht.

Für die Ermittler war die Sache aber ohnehin klar. Die haben diskutiert, analysiert, studiert, recherchiert, Spezialisten engagiert, tausende Daten aggregiert und sind nach reiflicher Überlegung und Abwägung aller Möglichkeiten zu dem vorläufigen Ergebnis gekommen: Jugos halt. Können es nicht lassen und schlagen sich in ihren ewigen Privatfehden selbst im beschaulichen Österreich die Schädel ein. Aber bitte: Wie das alles und warum, ob Bosnier angefangen oder Serben, ob der Gustl nur zur falschen Zeit am falschen Ort oder auch mit dabei – da werden die Kommissare noch Jahre quer durchs Land und darüber hinaus ermitteln, bis da einmal etwas mit Hand und Fuß herausschaut.

Doch begonnen haben sie in Friedberg beim Burschi. Die anderen haben sie natürlich auch befragt: den Rebhansel, den Juniorchef, seine Sekretärin, die Friedhofsgärtner, alle. Und den Andi und den Fipsi selbstverständlich auch, weil nur mit den Psychologen Kaffee trinken und jausnen, so ist es nicht. Ein paar Fragen haben die Ermittler schon gehabt. Aber so oft haben die beiden dabei gar nicht lügen müssen.

Okay, dass sie nie etwas Ungewöhnliches bemerkt haben, da sind wir uns einig, dass sie da gelogen haben. Aber bei den ganzen anderen Fragen zu irgendwelchen Milevics und Vranics und Wrabics, die sie vielleicht gesehen haben hätten können, da waren sie ja wirklich unwissend. Und als der Polizei dann die Mile-Vrani-Wrabices ausgegangen sind und die sonstigen Fragen auch, hat es geheißen: Land nicht verlassen, erreichbar bleiben, bitte, danke, Wiederschauen.

Und damit war die Geschichte gegessen. Geglaubt haben es der Andi und der Fipsi immer noch nicht so recht. Aber andererseits: Irgendwie sind die zwei Lauser ja noch aus jeder Nummer wieder herausgekommen.

Ende

»Du hättest mir einfach gleich sagen sollen, dass sie da oben ist«, hat der Fipsi den Andi ein bisschen vorwurfsvoll angeblafft, aber nicht wirklich scharf, nur ein bisschen. Weil auch wenn die letzten Tage viel Polizei, viel Stress, viel Krach mit den Eltern und alles sehr anstrengend – zwischen den beiden war die Stimmung wieder top. Zwei wie Pech und Schwefel, so wie früher. Und eigentlich eh klar: Gefahr vorüber, die Polizei nur noch irgendwelche Jugos im Kopf – das hat die Situation natürlich enorm erleichtert. Und seitdem der Andi den Fipsi über die Vali aufgeklärt hat, war sowieso alles vergessen und vergeben. Höchstens ab und an, hier und da eine kleine Stichelei, so wie jetzt der Vorwurf vom Fipsi, als sie bei Andi zuhause Sachen gepackt haben. Aber wie gesagt, nicht der Rede wert.

»Es tut mir leid. Ich war einfach total verunsichert. Wusste nicht weiter. Das verstehst du doch, oder?«, hat der Andi geantwortet und der Fipsi natürlich: vollstes Verständnis. Leiche hier, Leiche da, er selbst war auch nicht gerade die Ruhe in Person, dann die Schwangerschaft, die Angst um Vali – da ist das mit dem Vertrauen und dem klaren Kopf bewahren so eine Sache.

»Ja. Passt schon.«

Und damit war das Ganze wieder gegessen.

»Sag, müssen wir das wirklich alles da raufschleppen?«, ist der Fipsi jetzt zu einem anderen Thema übergegangen, wie der Andi gerade den zweiten Rucksack mit Konservendosen gefüllt hat.

»Da oben ist sonst nichts. Absolutes Niemandsland.«

Weil die Berghütte, wo die Vali versteckt war, lag ziemlich abgeschieden, mitten im Wald. Ohne fließend Wasser, nur Brunnen, Plumpsklo und ein kleiner Stromgenerator für das Nötigste. Der Bürgermeister hat sich die Hütte einmal als Jagdhütte eingebildet, aber seitdem die Frau Bürgermeister vegan und auf dem »Die armen Tiere, wie kann man nur«-Trip war: Jagd erledigt, nur noch Hütte. Und weil seither keiner mehr einen Fuß in den nutzlosen Bretterverschlag gesetzt hat, ist er das beste Versteck für die Vali gewesen. Ein bisschen rustikal, dafür abgeschieden und sicher.

»Und wie lang willst du sie da oben noch verstecken?«

»Weiß nicht. Zwei Wochen? Bis halt ein bisschen Gras über die Sache gewachsen ist.«

»Klingt vernünftig. Simma jetzt fertig mit packen?«

»Ja. Ich geh nur schnell zur Mama und sag, wir fahren nach… pfff, weiß nicht, nach Wien?«

»Nach Wien.«

»Passt, du kannst ja schon mal den Krempel ins Auto räumen«, und dann ist der Andi ab und hat den Fipsi mit zwei Rucksäcken, drei prallgefüllten Einkaufstaschen und einem Stapel Schurwolldecken stehen gelassen – typisch. Mindestens genauso typisch, wie das, was der Fipsi jetzt gemacht hat, weil kennt man ja: Da friert eher die Hölle zu, bevor Männer zweimal gehen, wenn es auch mit einmal funktionieren kann. Also hat sich der Fipsi Pi mal Daumen eine Strategie zurechtgelegt und den Profi-Packesel raushängen lassen. Den einen Rucksack hinten, den anderen vorne, zwei Sackerl in die linke Hand, dann mit der rechten die Decken zwischen Arm und Körper geklemmt, das letzte Sackerl in die freie Hand und – kruzifix, der Tischgrill sollte ja auch noch mit. Aber kein Problem, im Prinzip konnte er ja die Henkel von dem einen Sackerl zwischen die Zähne klemmen, die Decken ein bisschen hochschoppen und zack: hatte er eine Hand frei für den Grill. Nur leider: auch zack, Sackerl gerissen. Also alles wieder auf Anfang und vorher mit Duct Tape das Sackerl kleben. Und wie er den Schreibtisch vom Andi abgesucht hat, ist er auch recht schnell fündig geworden, aber das Klebeband war nicht das Einzige, was er gefunden hat.

»Praxis Dr. Mord. Anmerkung: Toller Titel!«, hat er halblaut vor sich hin gemurmelt, als ihm die erste Seite seiner Geschichte aus der Schublade entgegengesprungen ist. Und klar, er hat sie dem Andi ja vor Ewigkeiten mal zum Lesen gegeben, kein Wunder also, dass sie hier lag, aber was den Fipsi schon sehr gewundert hat: die Anmerkungen. Toller Titel, guter Einfall, gelungene Einführung – so etwas Positives hat der Andi eigentlich nie über seine Geschichten gesagt, und seine Handschrift war das auch nicht. Und dann auch noch der Klebezettel darauf mit einem Datum und einem Namen. Dr. Raimund Pohl, wer ist das denn? Da ist der Fipsi natürlich ein bisschen neugierig geworden und war kurz davor, die komplette Schublade auszuräumen, als plötzlich hinter ihm:

»Suchst du was?«

Der Fipsi ist erschrocken hochgefahren und hat den Andi angestarrt wie einen Geist.

»Nein, ja, äh … mir ist das Sackerl gerissen, und ich wollte Klebeband suchen.«

»Das hast du in der Hand.«

»Ja, ich weiß, ich hab hier nur zufällig meine Geschichte gesehen und die Anmerkungen … und ich wollte wissen …«

Schweigen. Leere Blicke in verkrampften Gesichtern. Schulterzucken.

»Erzähl ich dir im Auto. Jetzt komm, wir müssen los«, hat der Andi kurz angebunden gesagt, das gerissene Sackerl mit beiden Händen irgendwie zusammengehalten und ist damit runter zum Auto.

Und dann sind sie auch schon losgefahren, im tiefergelegten Golf. Vorbei an der Kirche, dem Gründerbrunnen, der Friedberger Postboten Greislerei und der Konditorei Schrick, aber zum Reden hat der Andi erst angefangen, als sie das Friedberger Ortsschild hinter sich gelassen haben.

»Du kannst einem auch alles verderben.«

»Was? Ich? Wieso, was hab ich denn verdorben?«

»Das sollte eine Überraschung sein.«

»Was?«

»Praxis Dr. Mord. Ich hab es an einen Verlag geschickt.«

»Du hast was?«

»Ich hab dein Skript an einen Verlag geschickt. Schon vor längerer Zeit. Ich fand es ziemlich gut, aber ich war mir nicht sicher. Also hab ich es verschickt, und tatsächlich bin ich nicht der Einzige, der es gut findet. Sie wollen es veröffentlichen!«

»Die wollen Praxis Dr. Mord veröffentlichen? Mein Praxis Dr. Mord? Wer?«

»Der Epilogverlag.«

»Der Ep... du hast Praxis Dr. Mord an den Epilogverlag geschickt, und sie wollen es drucken? Als Buch? Als richtiges Buch?«

»Ja, ist doch toll, oder?«

Der Fipsi hat gar nicht gewusst, was er sagen soll. Selbst hätte er nie im Leben daran gedacht, das Skript einem Verlag zu schicken. Das war doch nur einer seiner Krimis, nicht viel anders als alle anderen auch. Solche Geschichten hat er als Kind für seine Mutter geschrieben, als Geschenk für die Oma oder einmal zur Pensionierung seiner alten Deutschlehrerin. Aber hauptsächlich hat er die Geschichten für sich selbst geschrieben. Für sich und für den Andi. Und jetzt sollte eine davon als Buch erscheinen?

»Ich weiß gar nicht, was ich sagen soll...«

»Gar nichts! Freu dich einfach! Vielleicht wirst du ein berühmter Autor!«

Der Fipsi konnte es immer noch nicht fassen. Natürlich, insgeheim hat er davon geträumt, aber dass sich eines Tages wirklich ein Verlag für ihn interessieren würde – unvorstellbar. Weil eigentlich war ja der Andi derjenige, der ...

»Hast du ... auch etwas eingeschickt?«

Der Andi hat nicht sofort geantwortet. Bloß stumm genickt und seinen Blick wandern lassen. Vom Seitenspiegel, zum Rückspiegel, zur Kupplung, Tacho, Blinker, Lenkrad. Erst dann hat er tief eingeatmet, kurz Luft angehalten und gesagt:

»Ja. Hab ich.«

Und mit dem »ich« ist die ganze Luft wieder aus seinem Körper entwichen.

»Aber sie fanden es nicht passend für ihr Programm.«

»Das tut mir leid.«

»Ach, macht nichts. Ich werde es anderen Verlagen schicken. Schauen wir mal. Das ist jetzt nicht so wichtig.«

»Ist es nicht?«

Der Andi hat noch einmal die große Blick-Wandertour durchs Auto genommen. Schweres Einatmen. Ausatmen. Zigarette.

»Weißt du, wenn ich von all der Scheiße etwas gelernt habe, dann ist es die Erkenntnis, dass das Leben verflucht kurz ist. Es ist so verdammt kurz, du stehst da, drehst dich um und schon ist es vorbei. Weil dich irgendwer umfährt, umschießt, um den Verstand bringt oder was weiß ich. Und dann war's das. Deine ganzen Pläne, deine Träume, die Hoffnung, die du dir gemacht hast – dahin. Einfach so. Also scheiß drauf.«

»Scheiß drauf?«

»Scheiß drauf. Scheiß auf die Pläne, scheiß auf das, was sein wird. Das Hier und Jetzt zählt! Es ist das Einzige, was zählt. Im Hier und Jetzt bin ich kein Autor. Kein Mensch braucht mich als Autor, und vielleicht werde ich auch nie einer sein. Im Hier und Jetzt, da werde ich woanders gebraucht.«

Zigarettenzug.

»Ich werde Vater. Verstehst du? Ein völlig neuer Mensch kommt auf die Welt. Und er braucht mich. Vali braucht mich. Das zählt, alles andere ist nebensächlich.«

Und wie der Andi so geredet hat, in seiner fahrigen, schnaufenden Art. Wie er dabei starr den Seitenspiegel im Blick behielt, damit er seine feuchten Augen verstecken konnte. Da wusste der Fipsi, es würde doch nicht mehr so werden, wie es mal war. Es würde anders werden. Vielleicht sogar besser.

»Und jetzt Schluss damit«, hat sich der Andi die Schwermut aus dem Leib gegrantelt, »lass uns über Praxis Dr. Mord reden. Ich hab dir bei dem Verlag schon einen Termin gemacht, aber vorher müssen wir noch einige Dinge besprechen. Das Ende zum Beispiel – das ist so ein typisches Fipsi-Ende, du lässt den Spannungsbogen einfach ins Nichts laufen...«

Und wäre der Rebhansel dabei gewesen, hätte er spätestens jetzt das Weite gesucht, weil ab da waren die beiden wieder in ihrem Element. Die ganze Autofahrt haben sie diskutiert. Über das Ende von Fipsis Buch, generell über Enden, über die Verantwortung des Autors gegenüber seiner Leserschaft, die berühmtesten Enden der Literaturgeschichte, und, und, und. Sie waren wieder wie in ihren besten Tagen. Und als sie dann nach zwei Stunden Fahrt in einen Waldweg eingebogen sind, ist es sogar noch besser geworden.

Und aus

Wirklich gut hat sie ausgesehen, die Vali, wie eine richtige werdende Mutter. Bauch war noch keiner zu sehen, doch dieses Strahlen – unfassbar, so etwas sieht man nicht alle Tage. Und komisch eigentlich: Symptome wie Krebspatienten nach der dritten Chemo, aber aussehen wie das blühende Leben – so eine Schwangerschaft ist schon ein Wunder der Natur. Und dieses Glitzern in den Augen, einmalig. Man könnte fast meinen, die glitzern für zwei.

Der Andi ist noch gar nicht richtig aus dem Auto ausgestiegen, da hat sie ihn schon von oben bis unten abgebusselt und irgendwas auf Albanisch gejapst, weil in der Aufregung sind ihr manchmal die Sprachen durcheinandergekommen. Und beim Fipsi natürlich auch: Umarmung, Bussis, Geschnatter, und, und, und. Doch im Gegensatz zu ihr hat er kein einziges Wort herausgebracht, obwohl ihm ja eigentlich tausend Dinge in den Kopf geschossen sind. Dinge, die er ihr unbedingt und aus ganzem Herzen sagen wollte, zeigen wollte, mit ihr teilen wollte. Aber er konnte nicht. Der Zug war abgefahren. Also hat er seine Zähne fest aufeinandergepresst, die Tränen unterdrückt und gelächelt. Und dann sind sie gemeinsam in die Hütte.

Wobei: Hütte hat man zu dem windschiefen Verschlag kaum sagen können. Ein Wunder, dass die Vali da drinnen nicht erfroren ist. Keine Heizung, kein Bad, kein fließend Wasser. Nur eine kleine Kochnische mit Campingherd und angeschlossener Gasflasche, ein Klappbett und in der Mitte ein wackliger Tisch mit Sitzbank und Plastiksessel. Aber trotz allem: Ungemütlich war es nicht.

Die Vali hat es irgendwie geschafft, die Tristesse verschwinden zu lassen. Hier ein, zwei Kerzen, dort ein Gesteck, am Tisch ein Kranz aus Tannenzapfen, gebastelte Kastanienmännchen mit Zahnstocherarmen und Beerenaugen und überall der angenehme Duft von frischen Zweigen und Hagebuttentee – die Vali war eine richtige kleine Künstlerin. Andere, die hätten protestiert, gejammert und wären keine Sekunde lang in diesem Rattenloch geblieben, aber sie nicht. Sie hat das Beste daraus gemacht. So wie beim Essen.

Was die aus den mitgebrachten Konservendosen und alten Teigwaren am Campingkocher gezaubert hat – einsame Spitze. Das bekommen die meisten nicht einmal in einer Profiküche mit angeschlossenem Delikatessenladen hin. Und wie sie die Burschen dirigiert hat – Weltklasse. Normalerweise ist bei denen schon beim Wasserkochen Schluss, aber unter den wachsamen Augen von Vali sind sie richtige kleine Souschefs geworden. Hier Kräuter hacken, da Zwiebeln schälen, Dosensardinen abspülen, Knoblauch anbraten, Wasser zum Kochen bringen und ACHTUNG: erst wenn's sprudelt, das Salz hinzugeben – am Schluss die Spaghetti abschmecken und voilà: Fertig war die Pasta con le sarde.

Dann haben sie den Tisch gedeckt, noch mehr Kerzen angezündet, denn draußen ist es langsam dunkel und ungemütlich geworden, aber drinnen war es warm. Vom Dampf des köstlichen Essens, vom Gaskocher, und vor allem: von der Stimmung. Wie eine kleine Familie sind sie da zusammengesessen, in ihrer abgeschiedenen Waldhütte, haben sich Geschichten erzählt, gelacht und in die Zukunft hineingeträumt. Und wie sie dann satt waren, ist der Andi aufgestanden, hat eine Flasche aus dem Rucksack geholt, jedem ein Gläschen eingeschenkt, seines erhoben und eine kurze Ansprache gehalten.

»Ich möchte mit euch anstoßen. Auf uns und unsere Zukunft. Und dass jeder von uns bekommt, was er sich schon immer gewünscht hat. Prost.«

Bewegend.

Der Fipsi hat jetzt ebenfalls sein Glas erhoben, die Vali auch, aber dann wieder auf den Tisch gestellt, weil eh klar: Schwangere. Die machen sich ja heutzutage wegen jedem ungewaschenen Salatblatt Sorgen, da rühren die Alkohol nicht mal mit der Kneifzange an. Und Vorsicht schön und gut, aber ganz ehrlich: Übertrieben ist das schon ein bisschen. Weil Leber für Zirrhose, Magen für den Durchbruch, Schädel für den Kater – das hat der Embryo ja alles sowieso noch nicht gehabt. Da wird so ein kleines Schluckerl Schnaps schon nicht schaden, hat der Andi jetzt gemeint, und dass es ja immerhin sein Kind sei, und das wird mit Schnaps erst so richtig warm. Dann haben alle gelacht, die Vali sogar am lautesten, aber trinken wollte sie trotzdem nichts, woraufhin der Fipsi zum Andi »Na dann nur wir zwei, Prost!«, doch irgendwie war auf einmal der Wurm drinnen.

Weil jetzt hat der Andi nicht lockergelassen und die Vali fast schon bedrängt, dass sie gefälligst mit ihnen anstoßen soll. Und während die Vali immer unsicherer wurde und der Andi immer zorniger, ist dem Fipsi so ein seltsames Kribbeln über den Nacken gelaufen. Denn Sie müssen bedenken: die Vorgeschichte!

Jetzt sind sie mit vollen Bäuchen in der friedlichen Waldhütte gesessen, aber noch vor ein paar Tagen haben sie Möbelpolitur in der Bestattung ausgehustet, während sich durch Mirkos Organe die ätzende Säure gefressen hat. Sowas vergisst man nicht so schnell, so etwas prägt. Und weil da wieder ein Glas, wieder ein Schnaps und wieder eine komische Stimmung – ist der Fipsi eben ein bisschen misstrauisch geworden.

Aber andererseits: warum? Es war doch alles gut. Keine Polizei, keine Leichen, keine durchgeknallten Serbenkiller, Machos und Gustls, nichts. Warum also Sorgen machen? Warum wieder alles zerdenken, hinterfragen und sich grundlos den Kopf zerbrechen? Warum nicht einfach akzeptieren? Es ist ja nicht so, dass hinter jeder Ecke eine Gefahr lauern würde. Der Andi ist halt manchmal ein unsensibler Affe, mehr nicht. Wenn er sich etwas in den Kopf gesetzt hat, sind die stursten Hunde oft ein Schas dagegen – so ist er nun mal. Warum also die Zweifel? Warum nicht einfach trinken?

»Prost«, hat der Andi jetzt zum zweiten Mal gesagt und diesmal in einem so herrischen Ton, dass der Vali fast nichts anderes übrig geblieben ist, als nachzugeben. Und während ihre Hand widerwillig zum Glas gewandert ist, hat der Fipsi seines erhoben, nachdenklich Prost gemurmelt und es zu seinen Lippen geführt. Ganz behände, wie in Zeitlupe, peu à peu. Millimeter für Millimeter, Grad für Grad, hat er begonnen, das Glas zu neigen. 11 Grad. 12 Grad. Und bei 13 Grad ist ihm plötzlich die Dobernik Elli eingefallen.

So etwas hat ein jeder schon mal gehabt, das kennen Sie sicher auch. So eine Situation, wo man nicht hinschauen kann, aber trotzdem muss. Beim Unfall auf der Autobahn zum Beispiel oder klassisch: der Gruselschocker im Kino, den sich die Mädels nur durch die Finger hindurch anschauen, damit sie das Blut nicht so spritzen sehen.

Der Fipsi hat dieses Nicht-Hinschauen in erster Linie von der Dobernik Elli gekannt. Mit der war er ganz kurz zusammen, mit 15 oder 16 muss das gewesen sein. Und nicht dass Sie jetzt glauben, die Dobernik Elli quasi Unfallgesicht oder Gruselvisage, nein, nein, im Gegenteil: Die Elli war bildhübsch und eine richtige Lebefrau. So Marke Katharine Hepburn aus dem Gemeindezentrum. Eine, die viel lacht und raucht und trotzdem schöne Haut und weiße Zähne hat. Die feiern kann bis in die frühen Morgenstunden, total beliebt ist, jeden haben könnte, sogar den einen oder anderen

Lehrer, aber aus irgendeinem Grund wollte sie nicht jeden, sondern nur einen. Und das war damals der Fipsi.

22 Grad Neigungswinkel.

Auch wenn er sich dauernd gefragt hat, warum gerade er. Weil nicht falsch verstehen, der Fipsi ist ja weder hässlich noch dumm oder sonst irgendwie komisch gewesen – aber der Überdrüberwunderwutzi war er nicht. Und weil sich schon ganz andere Kaliber bei der Elli die Finger verbrannt haben – der Janker Manfred zum Beispiel oder der Schöni aus der Parallelklasse, ja sogar die 18-Jährigen aus der Maturaklasse, die mit dem tiefergelegten Audi bei der Schule vorgefahren sind – alle sind sie bei ihr abgeblitzt. Und deswegen ist der Fipsi jeden Tag ratloser geworden, warum gerade er so viel Glück haben konnte. Aber gut, wo die Liebe eben hinfällt, hat er sich dann irgendwann gedacht und war einfach nur happy. Die Elli war auch happy, seine Freunde fanden ihn plötzlich cool, der Andi fand ihn cool, und alles war irgendwie super und voll cool. Bis zu diesem einen Tag.

31 Grad Neigungswinkel.

Da hat so etwas Bläuliches unter der Elli ihrem Rollkragenpulli hervorgeschaut, den sie schon drei Tage hintereinander angehabt hat. Und weil alles so super gelaufen ist und er sich gerade an dieses Super, dieses Cool, diese neidigen Blicke und das neue Lebensgefühl gewöhnt hat, wollte er einfach nicht hinsehen. So wie er jetzt auch nicht auf das Schnapsglas sehen wollte.

36 Grad.

Weil wenn da ein Knutschfleck war, dann nicht von ihm.

Dann hatte sie einen anderen, hat ihn beschissen, und das Super und das Cool sind zusammen ins Taxi gestiegen und servus, baba, auf Nimmerwiedersehen.

Also musste er wegsehen, den Fleck ignorieren, soweit er konnte. Und ihm sind immer und immer wieder die gleichen Gedankenspiele durch den Kopf gegangen. Könnte ja auch sein, dass der Knutschfleck gar kein Knutschfleck ist. Könnte ja auch dem Vater die Hand oder die Treppe hinunter, vielleicht mit dem Staubsauger abgerutscht oder ganz was anderes: ein Tattoo! Sie hat sich einfach ein Tattoo stechen lassen, mitten auf den Hals. Ein unförmiges, grausliches Tattoo – und Sie sehen schon: Lange hat er sich die Welt nicht schönreden können.

43 Grad.

Weil du lässt dir ja nicht auf den Schädel scheißen von so einer. In drei Wochen steht sie da, sagt, sie ist schwanger, und du brichst die Schule ab, gehst arbeiten für Kind, Haus, Garten, Pool und Hund, und plötzlich heißt es Scheidung. Das Kind nur jedes zweite Wochenende, aber jeden Ersten die Alimente. Und du gehst noch mehr arbeiten, machst Überstunden, schuftest dich zu Tode, bis dich dein Kind nicht mehr sehen will, weil du nie Zeit gehabt hast und der Neue von Mama sowieso viel cooler ist.

45 Grad.

Also hat der Fipsi doch hingesehen, so wie er jetzt auf das Schnapsglas vor seinen Lippen gesehen hat.

46 Grad.

Wie sich die Flüssigkeit Millimeter für Millimeter steiler

ausgerichtet hat, lautlos über die Innenfläche des Glases glitt und dem geschliffenen Rand immer näher kam.

47 Grad.

Gleich war es so weit, gleich würde die Woge auf die Glaskante treffen, ein Grad noch, vielleicht zwei.

48 Grad.

Jetzt! Die Flüssigkeit sammelte sich kurz, verharrte für den Bruchteil einer Sekunde auf der Kante, als wollte sie es sich überlegen, ob sie tropfen oder an der Außenseite des Glases weiterrinnen soll. Aber sie entschied sich für das Tropfen. Und der Fipsi entschied sich, in letzter Sekunde das Glas wegzureißen.

Damals bei der Elli ist es natürlich wirklich ein Knutschfleck gewesen. Hat sie auch gar nicht versucht zu leugnen, aber sie wollte nicht zugeben, von wem. Im Nachhinein kam dann heraus, dass es eine besoffene Geschichte auf irgendeiner Party war. Der Andi hat zwar behauptet, dass er sich nicht daran erinnern konnte, und der Fipsi hat ihm geglaubt und ihm sogar verziehen, weil alte Regel unter Männern: Freundschaft vor Frauen. Aber eines ist auch klar:

Bei ätzender Säure hört die Freundschaft auf.

Der Fipsi hat sein Glas so behutsam, wie es nur irgendwie ging mit zitternden Händen, auf den Tisch gestellt und der Andi ebenso.

Dann war Stille.

Hin und wieder kam ein Zischeln von der Säure am Tisch und ein Knarzen vom Plastiksessel, auf dem die Vali entgeistert, stumm, aber mit offenem Mund abwechselnd die Burschen, den Tisch und die Gläser angestarrt hat. Sagen konnte sie nichts, dazu war sie zu fassungslos. Vom Andi ist auch nichts gekommen, weil was sollte der schon großartig sagen. Nur der Fipsi kam mal wieder mit einer Meldung um die Ecke, die kann in so einer Situation nur ihm einfallen.

»Wusstest du, dass in 91 Prozent aller Mordfälle Täter und Opfer einander kennen? Deswegen sucht die Polizei zuerst innerhalb der Familie, bei Arbeitskollegen… oder Freunden.«

Und da muss man sagen: Eigentlich doch nicht typisch Fipsi, denn in dem Fall hatte seine Klugscheißerei ja einen Sinn. Er wollte den Andi quasi auf den rechten Weg zurückbringen, damit er die Kurve kriegt, die ausweglose Lage erkennt und zur Vernunft kommt. Weil mit der Nummer würde er ja nie davonkommen. So eine lange Leitung können die bei der Polizei gar nicht haben, dass sie das nicht überzuckern; und dann? Küss die Hand, Herr Kerkermeister, sag ich da nur. Und im Prinzip hätte der Andi den Wink ja auch verstehen müssen, aber wie das halt so ist: Oft reicht der größte Zaunpfahl nicht zum Winken. Musste der Fipsi eben nachsetzen.

»Was willst du der Polizei sagen? Wie willst du das erklären?«

Der Andi hat noch immer keine Anstalten gemacht zu antworten. Stattdessen ist seine Hand zur Innentasche seiner Jacke gewandert und mit einem Zettel wieder zum Vorschein gekommen.

»Das erklärt alles.«

Das Papier, die Schrift – der Fipsi hat keine Sekunde gebraucht, um das Schreiben zu erkennen, aber fast eine Minute, um die Bedeutung zu realisieren.

Der Andi ist damals, als er in Fipsis Zimmer am Computer war, noch länger auf dem Schlauch gestanden, weil eigentlich wollte er ja nur Fipsis Geschichten stehlen. Erst als er dann alle Dateien auf CD runtergebrannt hatte – und das waren Dutzende, wenn nicht gar an die hundert Skripte, fertige Bücher und Kurzgeschichten –, ist ihm zufällig der wahre Schatz in die Hände gefallen. Sorgsam aufbewahrt in der Schublade mit dem doppelten Boden, wo der Fipsi früher immer das Gras für den Andi versteckt hatte, da sind sie gelegen, die Geständnisse. Mindestens neun oder zehn, alle gleich und doch unterschiedlich.

Zuerst war dem Andi gar nicht klar, was er da in den Händen hielt, und er wollte die Briefe schon wieder zurücklegen. Aber dann ist ihm Valis Abschiedsbrief an ihre Mutter eingefallen, wie sehr ihm das in die Karten gespielt hat, und zack, Knoten geplatzt, Blitzeingebung und Schuppen von den Augen: Das war sein fehlendes Puzzlestück. Das hat aus den unausgegorenen Hirngespinsten durchwachter Nächte einen funktionierenden Plan gemacht.

»Da steht alles drinnen. Und deine Geschichten hab ich auch.«

Verstehen Sie? Die Geständnisse und die Geschichten waren Andis Eintrittskarte in ein neues Leben. Und alles, was er dafür tun musste, war zwei andere Leben zu beenden.

Der Fipsi war wie paralysiert. Andi hatte recht. In den meisten der Geständnisse standen zu viele Details, aber zwei oder drei waren so vage formuliert, dass sie auch auf dieses Ende gepasst haben. Und damit war für den Andi alles geritzt: Die Polizei würde Fipsis Leiche finden und das Geständnis, in dem er sämtliche Verbrechen von Macho, Gustl und ihm gesteht und dass er sich das Leben genommen hat, weil er mit der Last nicht länger leben konnte. Von Vali stand zwar nichts in den Briefen, aber die Erklärung schüttelt dir selbst der fantasieloseste Ermittler aus dem Ärmel.

Und bei diesem Gedanken ist dem Fipsi speiübel geworden.

»Selbstmorddrama: Killer reißt Geliebte mit in den Tod« würden die Zeitungen schreiben oder »Serienmörder nimmt sich und seiner Freundin das Leben«, das wären die Schlagzeilen, so würden sie titeln. Philipp Fipsi Hauser, die Bestie von Friedberg. Ein unscheinbarer Eigenbrötler, nie wirklich angekommen, nie wirklich verstanden, nirgendwo wirklich aufgehoben, einfach nur bedauernswert. Immer im Schatten seines besten Freundes, verirrt in den Wirren seiner kriminellen Fantasien. Naiv, abgehängt und frustriert geriet er in die Fänge seines bosnischen Schlächter-Mentors und sollte fortan seine unterdrückten, perversen Komplexe in blutrünstigen Morden ausleben. Frauen, Männer, egal wer, er kannte kein Halten, keine Gnade und kein Mitleid. Selbst als all die schrecklichen Taten seinem verkümmerten Gewissen ihren Tribut abverlangten, blieb sein Handeln zutiefst unmenschlich. Unmenschlich und unendlich feige, sodass er nicht einmal den Mut hatte, sich allein aus der Welt zu tilgen. Und so kostete er sogar auf seinem letzten Weg noch einer unschuldigen Seele das Leben. Seiner eigenen Geliebten. Vali.

Das wäre seine Geschichte. Sein Bild, seine Rolle, sein absolutes und unveränderbares Vermächtnis für die Ewigkeit. Einzementiert in den Köpfen der Menschen, akribisch dokumentiert in Gerichtsakten, ausgeschlachtet in unzähligen Porträts, Dokumentationen, Berichten und Erzählungen.

Und der Andi?

Der wäre fein raus. Ungestraft, ungesühnt und unbekümmert. Seine Opfer nicht existent, seine Taten nie geschehen, seine wahre Geschichte nie geschrieben, alle Zeugen einfach ausgelöscht. Einfach so, verstehen Sie? Einfach so! Er würde einfach so davonkommen.

Und ich weiß nicht, ob es dieser Gedanke war oder der Anblick von Valis Tränen, aber mit Fipsis Angst ist jetzt etwas passiert. Glaubt man gar nicht, wie schnell das oft geht, da wird aus Angst plötzlich Verbitterung, aus Verbitterung wird Wut und aus Wut wird dieser eine, dieser ganz bestimmte, urgewaltige und alles verschlingende Hass. Er beginnt im Bauch, steigt hoch, breitet sich aus, spreizt sich mit Widerhaken in alle Richtungen und dringt in jede Nervenfaser, jede Haarspitze, jede Zelle. Und er nimmt alles. Die klaren Gedanken, die Menschlichkeit, die Kontrolle – wie ein Lauffeuer überzieht er den ganzen Körper und lässt nichts über, außer den herausgebrannten, alles bestimmenden, puren Instinktklumpen deiner selbst.

So sind sie sich gegenübergestanden, der Andi und der Fipsi. Und die Vali daneben. Ratlos, sprachlos und fassungslos. Aber spätestens wie der Andi plötzlich ein Springmesser gezogen hat, ist ihr klar gewesen, dass sie sich damals, im Pfarrhaus, vielleicht doch besser für den Fipsi entschieden hätte.

Und aus.«

EPILOG

»Und aus?«
»Und aus.«
»Einfach Ende?«
»Ende.«

Regen trommelte dumpf gegen die Bürofenster. Etwas entfernt, das blecherne Gurgeln eines Abflussrohrs. Sonst nur Stille und fragende Blicke. Ein letzter Versuch…

»Ende Ende?«
»Ende Ende.«

Doktor Raimund Pohl lehnte sich in seinem mit feinstem Nappaleder bezogenen Chefsessel zurück und musterte sein Gegenüber argwöhnisch. Viele, so viele Menschen sind im Laufe der Jahre in sein Büro gekommen. Hoffnungsvolle Talente, Routiniers, Stümper, eingebildete Wunderkinder, selbsternannte Edelfedern, Poeten, Lyriker, kurz: Vertreter aller Couleur waren bei ihm und haben um seine Gunst gebuhlt. Und sie alle hatten etwas zu erzählen. Dramen, Krimis, Thriller, Märchen, Sagen, Novellen, Gedichte, Tragödien, Komödien, ja, selbst Haikus, Elegien und Parabeln sind ihm vorgetragen worden – in jeder erdenklichen Qualität. Mal literarisch wertvoll, mal handwerklich solide, mal bestenfalls tragbar. Aber der größte Teil war salopp gesagt einfach nur Schrott. Wörterabfall allerschlechtester Güte. Von den abwegigsten Zombie-Piraten-Nazi-Grusel-Geschichten über halbpornografische Hausfrauenfantasien bis zu den schlimmstmöglichen orthographischen Verbrechen an der literarisch interessierten Menschheit – der Cheflektor des altehrwürdigen Epilogverlags hatte alles schon gelesen und gehört. Aber eines hatte er noch nie gehört: so ein beschissenes Ende.

»Also wirklich: Ende.«

»Ja. Ende. Und? Was sagen Sie?«

Früher wäre Raimund Pohl einfach aufgestanden und hätte den Raum verlassen. Kommentarlos, ohne das kleinste Wort der Entschuldigung. Heute ist er geblieben. Womöglich die ersten Zeichen von Altersmilde oder die Auswirkungen des politisch korrekten Zeitgeistes dieser Tage, vielleicht war ihm der junge Mann aber auch einfach bloß sympathisch. Und vielleicht hatte er bereits zu viel in ihm gesehen. Zu viel zwischen den Zeilen des eingeschickten Manuskripts gelesen. Ein Leuchten ausgemacht, wo vielleicht doch nur ein Glimmen war. Also schickte er ihn nicht sofort zum Teufel. Im Gegenteil, Raimund Pohl fasste sich ein Herz und entschied sich, seinem Gegenüber einen Rettungsanker zuzuwerfen.

»Mein lieber Herr Filou. Als mir der Kollege aus der Talent-Akquise Ihr Skript auf den Tisch gelegt hat, habe ich es quergelesen und war irritiert. Sie dürfen mich an dieser Stelle nicht falsch verstehen, ›Was die Zeit begehrt‹ ist ein… episches Werk. Allein die fünfundzwanzigseitige Beschreibung des dänischen Industriellen ist, wie soll ich sagen, überaus beeindruckend. Allerdings – und wie gesagt, bitte mich nicht falsch zu verstehen – entspricht das Werk nicht unbedingt unserem Programm. Also kam Ihr Skript auf meinen Abgelehnt-Stapel. Ende der Geschichte. Einige Tage später stand ich dann neben besagtem Kollegen aus der Talent-Akquise in der Cafeteria, wir plauderten und kamen unter anderem auf Ihr Skript zu sprechen. Und jetzt war ich noch irritierter, denn er sagte zu mir – und hier wieder Pardon für die Ausdrucksweise – ›das eine ist nichts, aber das andere könnte einschlagen wie 'ne Bombe‹. So hat er es gesagt. Und ich war verwirrt. Erst als ich Ihr Skript wieder aus meinem Abgelehnt-Stapel hervorgezogen habe, um es genauer zu betrachten, war mir alles klar. Wirklich sehr riskant von Ihnen, die Blätter beidseitig mit zwei verschiedenen Geschichten zu bedrucken. Umweltschonend, aber riskant. Na ja, ist ja alles nochmal gut gegangen. Ich habe Ihr zweites Skript gelesen und gebe meinem Kollegen absolut recht: ›Praxis Dr. Mord‹ ist versiert, aber nicht verkopft. Ausgetüftelt, aber nicht um vier Ecken gedacht. Sprachlich streckenweise originell, neu und anders, aber nicht zu anders. Und wenn wir noch ein, zwei Änderungen vornehmen, hier ein bisschen feilen, dort ein wenig abschwächen, dem Protagonisten den letzten

Schliff verpassen, vielleicht das Pseudonym hinterfragen – dann sage ich Ihnen, wird sich das Buch verkaufen wie geschnitten Brot. Aber ...«

Und an dieser Stelle begann die Ruhe aus Raimund Pohls Stimme zu verschwinden.

»Oder vielleicht auch gerade deswegen – ich weiß es nicht. Ich weiß nicht, was ich von alldem hier halten soll, Herr Filou. Verstehen Sie mich nicht falsch: Wir sind begeistert von Ihrem Skript. Sie kommen hierher, bis nach München, bis in mein Büro. Und jetzt sitzen wir hier schon den ganzen Tag, und Sie haben kein einziges Wort über ›Praxis Dr. Mord‹ verloren. Auch nicht über ›Was die Zeit begehrt‹, nein, Sie erzählen mir hier eine völlig neue Geschichte. Eine dritte Geschichte, die Sie anscheinend noch nicht einmal aufgeschrieben haben! Und mal abgesehen davon, dass mir das in meiner zweiunddreißigjährigen Karriere als Lektor noch nie untergekommen ist. Abgesehen davon, dass ich nicht weiß, was diese plötzliche neue Geschichte soll, warum Sie so erpicht darauf sind, mir das hier und jetzt zu erzählen. Und mal abgesehen davon, wie gut oder schlecht, spannend oder unspannend ich das alles finde – aber das Ende ist grauenhaft. Wirklich, wirklich grauenhaft. Da steigen Ihnen die Leser auf die Barrikaden. Niemand wird je wieder eines Ihrer Bücher auch nur mit der Kneifzange anfassen. Dieses Ende zerstört Ihre Karriere, noch bevor sie begonnen hat. Verstehen Sie, Herr Filou?«

Raimund Pohls gut gemeinter Rettungsanker hatte sich zu einer Predigt ausgewachsen und endete in einem Vorwurf, der ihm sonst nicht so salopp und unbedacht über die Lippen kommen würde. Aber er hatte sich in Rage geredet. Und sein Gegenüber goss sogar noch Öl ins Feuer.

»Was stimmt denn nicht mit dem Ende?«

»Alles, Herr Filou, alles! Sie können doch nicht an dieser Stelle einfach aufhören. Sie lassen Ihre Leser Seite an Seite mit Ihrem Protagonisten all diese Hochs und Tiefs, diese schrecklichen Wendungen und Schicksalsschläge durchleben, bis zu dem einen, ultimativen, alles klärenden Konflikt. Und dann: Schluss, aus, Ende. Keine Aufklärung, nichts. Und was sich Ihre Leser noch am ehesten zusammenreimen können, ist das mit Abstand denkbar Schlechteste: Die Figur mit dem verwerflichsten Charakter gewinnt. Dieser – wie hieß er noch – Andi, genau, dieser Andi tötet seinen besten Freund, tötet seine schwangere Freundin und wird mit den geklauten Geschichten vielleicht sogar berühmt. Und das soll der Leser mitnehmen? Das Böse gewinnt? Alles ist unfair? Das Leben ist – pardon – scheiße, aber so ist es nun mal? Nein, so geht das nicht, Herr Filou, so etwas verlegen wir hier nicht. So etwas verlegt niemand.«

»Aber wieso? Da steht doch nirgends, dass es so kommen muss. Sie verstehen das so, andere anders. Ein offenes Ende.«

»Nein! Ganz entschieden nein! Ein offenes Ende lässt alle Optionen offen, in Ihrem Fall jedoch ist ein Ende möglich und das andere äußerst unwahrscheinlich.«

»Unwahrscheinlich? Wieso?«

»Na ... einfach, also, muss ich Ihnen jetzt Ihre eigene Geschichte erklären? Auf der einen Seite haben Sie den überrumpelten Fipsi und auf der anderen Seite diesen Andi, mit Messer bewaffnet, auf alles vorbereitet – da ist doch vollkommen klar, wer gewinnt!«

»Es kann doch auch sein, dass der Fipsi die Situation herumreißt.«

»Und auf das soll der Leser von alleine kommen?«

»Na ja ...«

»Natürlich wird er das nicht! Wie denn auch, der Leser wird überhaupt nicht in diese Richtung geführt, Herr Filou! Es ist ja nicht nur das Messer, es deutet ja auch alles andere darauf hin, dass dieser Andi gewinnt. Er hat alle Fäden in der Hand, er hat das Geständnis, er kann diesem Fipsi alles in die Schuhe schieben und kommt selbst davon, aber umgekehrt? Umgekehrt macht das doch alles keinen Sinn.«

»Wie umgekehrt?«

»Na wenn dieser Fipsi Andi überwältigen kann – wie auch immer. Was macht er dann? Andi hatte einen Plan, hat an alles gedacht, aber was hat Fipsi?«

»Na ja, der Fipsi könnte doch zum Beispiel einen Abschiedsbrief vom Andi fälschen, das macht der doch mit links. Darin steht dann – keine Ahnung – dass er, also der Andi, in die Mafiageschichte verstrickt war, dass er den Macho gedeckt hat, so irgendwie. Und dass er jetzt untertauchen muss, weil ihm die Mafia auf den Fersen ist. Also auf Nimmerwiedersehen, sucht mich nicht, bin über alle Berge, neues Leben, neuer Name, neue Identität. So irgendwie könnte es doch gewesen sein...«

Doktor Raimund Pohls Zeige- und Mittelfinger durchkneteten seine in Falten geschlagene Stirn. Bei einem Kuraufenthalt in der Schweiz hat ihm eine junge Sportwissenschaftlerin diese Technik gezeigt. Unschlagbar gegen Kopfschmerzen war ihr Wortlaut. Nutzloser Schwachsinn, wie Raimund Pohl befand. Dennoch wendete er sie an, um seinem Gegenüber Unwillen und Abneigung zu demonstrieren. Aber sein Gast ließ sich davon nicht beeindrucken.

»Also, was sagen Sie? Ist die Story ein Buch wert?«

Schweigen. Schnaufen. Lange starre Blicke ins Nichts. Irgendwann stand Raimund Pohl auf, wandte seinem Gast den Rücken zu und starrte aus dem Fenster. Der Regen hatte aufgehört, aber eine graue Nebeldecke lag dicht über der Stadt und schluckte sämtliche Lichter. Geschäfte, Straßenbeleuchtungen, Autos, alles eine einzige graue Suppe. Wie seine Gedanken. Alles eine einzige graue Suppe. Er musste nachdenken. Aber nicht heute. Nicht jetzt. Nicht mit diesem Schädel.

»Hören Sie, Herr Filou. Ich glaube, wir reden hier aneinander vorbei. Sind Sie noch etwas länger in der Stadt?«

»Ähm, na ja...«

»Sehr gut, dann geben Sie doch beim Hinausgehen meiner Sekretärin Ihre Telefonnummer. Wir melden uns dann morgen bei Ihnen. Ich muss jetzt leider einen anderen Termin wahrnehmen, wenn Sie also so freundlich wären...«

Raimund Pohl beobachtete in der Spiegelung des Fensters, wie sich sein Gast zögerlich vom Stuhl erhob, umständlich

Richtung Tür stakste, seine Jacke vom Kleiderständer nahm und langsam und überaus kompliziert in sie hineinschlüpfte. Dann legte er seine Hand auf den Türknauf, hielt einen Moment inne und meinte:

»Also dann ... bis morgen?«

»Ja, bis morgen Herr Filou. Auf Wiedersehen. Oder ...«, *dieses kleine Bonmot konnte er sich nicht verkneifen,* » ... servus, wie Sie in Ihrem Land zu sagen pflegen.«

Sein Gast schmunzelte verunsichert, drehte den Türknauf und verließ den Raum. Endlich. Raimund Pohl ließ sich erleichtert in seinen Schreibtischsessel fallen und atmete ein paar Mal tief durch, als plötzlich – ohne vorheriges Klopfen – die Tür erneut aufging.

»Ja was denn noch?«

»Also, na ja, ich wollte nur sagen ... wussten Sie eigentlich, dass ›servus‹ aus dem Lateinischen stammt und so viel bedeutet wie: zu Ihren Diensten?«

Dieses Buch ist ein Roman. Ähnlichkeiten mit real existierenden
Orten oder Personen sind rein zufällig.

Sollte diese Publikation Links auf Webseiten Dritter enthalten,
so übernehmen wir für deren Inhalte keine Haftung,
da wir uns diese nicht zu eigen machen, sondern lediglich auf
deren Stand zum Zeitpunkt der Erstveröffentlichung verweisen.

Dieses Buch ist auch als E-Book erhältlich.

Verlagsgruppe Random House FSC® N001967

1. Auflage
Deutsche Erstveröffentlichung März 2020
© btb Verlag in der Verlagsgruppe Random House GmbH,
Neumarkter Str. 28, 81673 München
Covergestaltung: buxdesign, München
Covermotiv: RUBO, Ruth Botzenhardt, Rudolf Ruschel
Satz: Uhl + Massopust, Aalen
Druck und Einband: GGP Media GmbH, Pößneck
cb · Herstellung: sc
Printed in Germany
ISBN 978-3-442-71901-3

www.btb-verlag.de
www.facebook.com/btbverlag